COLLECTION FOLIO

Jacques Cazotte

Le Diable amoureux

SUIVI DE

la *Prophétie de Cazotte*
rapportée par La Harpe,
de ses *Révélations*,
d'extraits de sa correspondance
ainsi que d'*Ollivier* et de
l'*Histoire de Maugraby*

Préface, notices et notes
de Georges Décote
Professeur
à l'Université de Paris X Nanterre

Gallimard

PRÉFACE

L'œuvre et la personnalité de Jacques Cazotte (1719-1792) restent souvent tributaires, aujourd'hui encore, de stéréotypes, voire d'une certaine mythologie romantique. Nerval voyait dans le conteur un poète qui « prend au sérieux le rêve éclos de sa pensée » et dans Le Diable amoureux *un ouvrage empreint de mysticisme. Cette interprétation, dont l'impact est renforcé par la fin sanglante de l'écrivain, devait façonner une image du personnage de Cazotte qui reste aujourd'hui encore vivace : celle d'un prophète, d'un visionnaire qui aurait prédit, entre autres, les événements de 1789. Parallèlement l'homme et son œuvre paraissent marqués par les contradictions et la discontinuité. Cazotte est sans conteste un des maîtres du merveilleux, mais c'est aussi un polémiste, l'auteur de chansons et d'un long poème en prose, un fabuliste assez lourdement didactique, l'initiateur du conte fantastique en France, l'adaptateur enfin de la* Suite des Mille et Une Nuits. *L'homme n'est pas moins complexe : personnalité brillante qui cherche d'abord à plaire, Cazotte fut aussi un administrateur colonial qui fit preuve de maîtrise et de courage dans des circonstances difficiles. Ce mondain qui paraît être un produit typique de son siècle est aussi un esprit critique qui stigmatisera la corruption de l'époque et ne cessera, d'autre part, de s'attaquer à la philosophie des Lumières. Ce propriétaire foncier réaliste, attaché à faire fructifier au mieux son patrimoine, est aussi un mystique convaincu d'avoir à jouer un rôle de premier plan dans une histoire humaine soumise à l'intervention active des forces surnaturelles. Ce bourgeois enfin, qui a tout à gagner au succès de la Révolution — il fut d'ailleurs élu maire de son village en 1790 — se range parmi les défenseurs les plus convaincus de l'Ancien Régime.*

Existe-t-il dans la mosaïque de cette œuvre et dans cette personnalité aux aspects contradictoires un principe d'unité? Par-delà l'imagerie traditionnelle attachée à la figure de Jacques Cazotte, il est important de questionner — sans jamais les dissocier — l'itinéraire de l'homme, celui de l'écrivain, celui du penseur spiritualiste.

*

La vie et l'œuvre de Jacques Cazotte s'inscrivent dans un triple mouvement dont Le Diable amoureux *constitue le volet central. C'est à l'âge de vingt-deux ans, en 1741, que le jeune et brillant Dijonnais, tout fraîchement arrivé à Paris, publie son premier livre,* La Patte du chat, *suivi dès 1742 des* Mille et Une Fadaises. *On y reconnaît le schéma classique des contes de fées ainsi que les thèmes et les procédés qui ont déjà fait leurs preuves chez M*me *d'Aulnoy, M*me *d'Auneuil et M*me *de Murat, mais aussi la* manière de Thomas Gueullette, Hamilton et Crébillon fils. En même temps le jeune Cazotte prend visiblement ses distances avec les productions de l'époque, comme le titre parodique des *Mille et Une Fadaises* suffirait à l'indiquer. Ses contes sont surout prétextes à badinage désinvolte, à remarques personnelles plus ou moins acides sur les mœurs de l'époque, sur les femmes, les beaux esprits et — déjà — sur les philosophes. La satire, surtout dans le second ouvrage, est dirigée contre le genre même des contes, mais elle vise davantage à faire sourire qu'à condamner. Cazotte écrit à l'évidence pour amuser et plaire et il est visible qu'il joue d'une certaine manière sur deux tableaux : il se livre certes à un persiflage fort à la mode, mais sans dissimuler sa secrète sympathie pour le merveilleux et pour le genre littéraire dont il se moque.

C'est d'ailleurs bien la défense de la féerie et de l'imaginaire que prend Cazotte pendant la Querelle des Bouffons. Dans les deux brochures d'un ton souvent très polémique qu'il rédige à cette occasion, *La Guerre de l'Opéra* et *Observations sur la lettre de Jean-Jacques Rousseau*, il s'attache à défendre la musique française et « demande grâce » — ce sont ses propres termes — pour les héros et les héroïnes d'opéras. Parallèlement s'affirme dans ces textes une position idéologique très marquée dont l'orientation ne devait que se préciser et s'approfondir tout au long de la carrière de l'écrivain. Transportant le débat sur le plan politique, Cazotte voit dans le parti philosophique une « conjuration » de « factieux » coupables non seulement d'avoir recours à la logique pour juger des problèmes esthétiques, mais surtout de vouloir imposer, à travers leurs attaques contre le spectacle aristocratique de l'opéra, une véritable révolution dans les mœurs, en attendant de pouvoir s'en prendre à l'ordre politique établi.

Ollivier, publié en 1763, dix ans après la Querelle des Bouffons, nous paraît être un point de repère intéressant dans l'itinéraire de l'écrivain : après une brève carrière administrative marquée par de nombreux déboires, Cazotte était rentré malade de la Martinique et plein d'amertume envers ses chefs. A cela s'ajoutaient la mort d'un frère, l'écroulement de sa fortune à la suite de l'affaire Lavalette (voir notre biographie, p. 307), la nécessité de plaider contre les maîtres de son adolescence, auxquels il avait toujours manifesté confiance et attachement. Le poème d'Ollivier se fait indirectement l'écho de ces traverses. Inspiré de l'Arioste et marqué par le retour à la mode des troubadours, il est certes encore fréquemment caractérisé par un merveilleux allègre et sans mystère, mais le badinage y apparaît quelque peu forcé et une sourde mélancolie y fait son apparition. En même temps, dans plusieurs épisodes — Strigilline, le Pont-au-Diable, les têtes coupées — intervient une forme de surnaturel à tonalité sombre et parfois démoniaque dont l'impact se trouve toutefois désamorcé par la démystification rationnelle ou par l'ironie. Reste que les premiers écrits de Cazotte n'avaient pas habitué ses lecteurs à cette étrange atmosphère dont on trouvera de nombreux exemples dans la suite de l'œuvre, ne serait-ce que dans ce curieux Lord impromptu, publié en 1767, et qui constitue sans doute une étude de mœurs, mais dont l'intrigue fait largement appel au surnaturel expliqué.

En ce sens Ollivier, *par la place qu'il accorde aux thèmes diaboliques, par son approche même furtive et partielle du fantastique, apparaît comme un ouvrage précurseur où s'élaborent les thèmes qui deviendront par la suite essentiels. Dans une autre perspective, il est évident qu'*Ollivier *apparaît comme un ouvrage dépourvu d'unité, tant au niveau de l'intrigue que par la diversité des thèmes et des tons en présence. On note dans le poème des oppositions, des contradictions, ou pour le moins des juxtapositions inattendues. L'incapacité visible de Cazotte à unifier de manière cohérente les différents aspects de son orientation, son parti pris nettement affiché de distanciation apparaissent comme autant de signes d'une hésitation, d'une sorte d'instabilité, mais surtout d'une quête quelque peu désordonnée d'un homme qui s'essaie à plusieurs genres sans découvrir encore sa véritable voie. Cazotte, à la croisée de diverses routes, tant sur le plan personnel que sur le plan littéraire, est encore incapable de choisir et emprunte successivement chacune d'entre elles sans s'y engager tout à fait.* Ollivier *apparaît ainsi comme le miroir d'une conscience momentanément indécise et à la recherche d'elle-même.* Le Diable amoureux, *neuf ans plus tard, nous paraît marquer en revanche la fin du désarroi et consacrer enfin la réalisation de l'unité.*

Nous reviendrons plus loin sur l'originalité du Diable amoureux, *mais nous devons souligner dès maintenant que la nouvelle de 1772 représente dans l'œuvre — et dans la vie — de son auteur un moment privilégié où se résume le passé et où s'annonce l'avenir. Elle a partiellement au moins ses racines dans les productions antérieures dont elle retrouve certaines caracté-*

ristiques : fantaisie, merveilleux, galanterie, désir de plaire. Parallèlement à ce badinage qui occupe à tel point le devant de la scène que les contemporains ne virent que lui, parallèlement aussi à une position antiphilosophique qui reste une constante de la pensée de Cazotte, il se trouve aussi de l'étrange, et cette fois l'auteur n'explique point, ne se moque point, se contentant de laisser planer jusqu'au bout un climat de mystère, évocateur de forces obscures qui seront plus nettement encore à l'œuvre dans ses écrits futurs, et particulièrement dans sa correspondance. Le goût du rêve et du surnaturel contrebalance cette fois assez exactement le sens du réel et du raisonnable qui, jusqu'ici, et sous diverses formes (ironie, extravagances dépeintes comme telles ou démystification) le dominaient nettement. La lente montée de la fiction, nettement visible d'un ouvrage à l'autre, s'est approfondie dans le calme et dans la solitude de Pierry, le village de Champagne où Cazotte s'est fixé en 1761, et le merveilleux s'est progressivement mué en fantastique dans une nouvelle dont l'unité et la sûreté de construction marquent un progrès décisif par rapport à toutes ses productions antérieures. Quelques années après la publication du Diable amoureux, *Jacques Cazotte devient membre de l'ordre des martinistes. Rappelons brièvement la doctrine de Martines de Pasqually, qui se trouve exposée pour l'essentiel dans le seul ouvrage du théosophe, le* Traité de la réintégration des êtres[1] : *à l'origine, des Esprits furent*

1. Rédigé en 1771, le *Traité* fut publié pour la première fois en 1899. Il a été réédité en 1974 par Villain et Belhomme, Éditions Traditionnelles, Paris.

« émanés » de Dieu et reçurent de lui une volonté propre ; certains d'entre eux, toutefois, à la suite de Lucifer, voulurent devenir eux aussi des créateurs et en punition de cette faute Dieu suscita la matière pour les y enfermer. Adam fut ensuite créé pour garder ces Esprits mauvais et reçut d'immenses pouvoirs, mais il prévariqua à son tour et se trouva assujetti à la souffrance et à la mort. Le but de l'homme sur la terre est donc de travailler à retrouver les privilèges et les vertus qui étaient les siens avant la chute, d'obtenir, selon l'expression de Martines, sa « réintégration ». Il peut y parvenir, avec l'aide du Christ, par la prière et la perfection intérieure, mais également par un ensemble de cérémonies théurgiques, d'opérations rituelles qui avaient pour objet d'arrêter les puissances diaboliques et de se concilier les bons Esprits, de solliciter de leur part une manifestation du monde surnaturel sous forme, le plus souvent, de phénomènes optiques ou, plus rarement, acoustiques : étincelles, lueurs colorées, sonorités diverses.

L'initiation de Cazotte au martinisme est un fait historique attesté aussi bien par la correspondance de l'écrivain et par son interrogatoire au cours de son procès que par le témoignage de Saint-Martin lui-même et divers indices nous amènent à penser qu'elle intervint en 1777 ou en 1778. Contrairement à la thèse de Nerval, il est peu vraisemblable qu'après la publication du Diable amoureux *Cazotte ait été considéré comme un initié de haut rang et qu'un mystérieux illuminé ait alors pris contact avec lui. Il paraît certain, en revanche — et Cazotte en témoigne lui-même —, qu'il fut soumis à des sollicitations diverses et rencontra dans les salons de l'époque de nombreux adeptes du martinisme, parmi lesquels d'Hauterive son initiateur. On a parfois considéré comme paradoxal que l'initiation au martinisme intervienne si peu de temps après la publication du* Diable amoureux *dans la mesure où la nouvelle de 1772 constitue, entre autres, une dénonciation de l'occultisme. Il faut bien souligner qu'en fait le martinisme n'a point pour but d'obtenir, comme dans le cas des cabalistes ou des magiciens traditionnels, des résultats d'ordre matériel (connaissance de l'avenir ou puissance temporelle par exemple). La doctrine martiniste vise au contraire à un accomplissement purement spirituel et fait partie d'un système théosophique idéaliste. Dans cette perspective il ne nous semble pas y avoir de contradiction entre l'initiation de Cazotte et les mises en garde qu'il a implicitement prodiguées dans* Le Diable amoureux *contre les pratiques magiques. Il nous paraît tout au contraire plausible que la littérature, en l'occurrence la rédaction du* Diable amoureux, *où transparaissent les préoccupations de l'écrivain, ait pu servir en quelque sorte d'introduction à son initiation, non parce que Cazotte était un « poète qui croit à sa fable » comme le dit Nerval, mais parce qu'à partir des interrogations personnelles que reflète la nouvelle, il aura cherché — et cru d'abord trouver — une réponse satisfaisante dans le martinisme.*

Cazotte devait quitter l'ordre trois ans seulement après son initiation et pour des motifs essentiellement politiques, effrayé qu'il était par les liens qui s'esquissaient entre martinisme et franc-maçonnerie et soupçonnant les loges d'imprégner peu à peu leurs adeptes d'une idéologie hostile au régime établi. Toutefois il devait rester désormais marqué jusqu'à sa mort par cette expérience et son œuvre allait se ressentir de ses convictions spirituelles, au point de privilégier nettement — à la différence du Diable amoureux *— les aspects didactiques aux dépens de l'esthétique.*

En surface Rachel ou la belle Juive, *publié en 1788, présente bien des points communs avec* Le Diable amoureux, *tant du point de vue de l'intrigue que par les thèmes en présence : surnaturel, magie noire, confusion du rêve et de la réalité, intervention d'une femme diabolique, danger de toute curiosité pour l'occultisme, victoire finale des forces du bien. On ne retrouve toutefois dans cette nouvelle ni la fantaisie gracieuse du* Diable amoureux, *ni surtout sa qualité d'analyse : à la richesse du* Diable amoureux *s'oppose une juxtaposition d'événements manquant parfois de cohérence interne. Les personnages restent des figures stéréotypées au seul service de la démonstration. Il s'agit là d'une manière de fable, intéressante certes dans la mesure où elle est révélatrice de l'évolution de Cazotte vers des tonalités plus sombres et plus agressives, mais où l'on hésite à reconnaître le créateur, si sûr de ses effets, de 1772. Tout se passe comme si l'auteur, en approfondissant son orientation spirituelle, et surtout en transposant trop ouvertement ses obsessions dans son livre, manifestait une nouvelle approche du surnaturel et sacrifiait parallèlement une grande partie de la qualité littéraire de son récit.*

Dans la même perspective la Suite des Mille et Une Nuits, *publiée à la veille de la Révolution, s'analyse comme une figure inversée des* Mille et Une Fadaises *et non comme un retour à l'inspiration première de Cazotte : il s'agit le plus souvent* d'allégories moralisatrices au didactisme pesant et assez traditionnel, mais trois de ces contes — Le Chevalier, Simoustapha et surtout Maugraby — présentent un intérêt particulier. Ils sont en effet caractéristiques de l'évolution de Cazotte, tant du point de vue de l'esthétique que pour l'orientation spirituelle dont ils témoignent. A la différence du Diable amoureux, on ne trouve dans ces contes ni badinage ni analyse psychologique, mais la force de certains passages tient plutôt à une opposition systématique, pour ainsi dire en noir et blanc, des personnages et des situations symbolisant le bien et le mal. Par ailleurs Maugraby, le plus original de ces contes, est caractérisé par un mélange d'étrangeté, de réalisme et de violence qui n'est pas sans évoquer le roman noir illustré plus tard par Ann Radcliffe et Lewis. Opérations magiques, visions d'horreur, cauchemars et tortures y tiennent une large place et telle scène décrivant les violences dont est victime Sœur-des-Planètes paraît plus digne de Sade que de Cazotte. A travers cette évocation du mal et des forces surnaturelles qui le déchaînent, s'expriment aussi dans ces trois contes de la Suite des Mille et Une Nuits les croyances personnelles de Cazotte sans doute graduellement forgées — ou confirmées — par son passage chez les martinistes : l'écrivain cherche à montrer que l'homme est le théâtre d'une lutte de tous les instants entre les forces du bien et celles du mal ; les aventures des personnages sont symboliques et ne font qu'exprimer un conflit où se joue le salut du monde. Dans le gigantesque affrontement qui se produit à l'échelle de l'univers, mais aussi à l'intérieur de chaque individu, Satan dispose certes d'un vaste pouvoir, mais il ne *peut triompher qu'en obtenant le libre abandon d'une âme humaine, comme le suggérait déjà clairement* Le Diable amoureux. *La liberté de l'homme est capable de s'opposer aux ruses du démon, et chaque être humain est, selon Cazotte, pleinement responsable de sa condamnation ou de son salut, ce qui distingue nettement ces contes du traditionnel fatalisme oriental. Dans la* Suite des Mille et Une Nuits, *l'accent est mis sur les qualités personnelles des protagonistes, et la série d'épreuves qu'ils ont à endurer apparaît symboliquement comme autant d'étapes nécessaires sur la route difficile qui conduit l'homme à la réintégration. Cette importance donnée à la vie spirituelle et à l'approfondissement intérieur rapproche Cazotte de Saint-Martin, dont l'orientation politique face à la Révolution devait par ailleurs radicalement le séparer.*

Pour Cazotte — à la différence de Saint-Martin qui voit dans la Révolution une œuvre divine, « une image abrégée du jugement dernier » — les événements de 1789 sont littéralement — et non symboliquement — inspirés par le diable : domination de la « Bête » sur le royaume de France, « malice démoniaque », allusion à une terre devenue « la vive image de l'enfer », autant de termes caractéristiques de sa correspondance. Cazotte fournit une interprétation systématiquement théologique de l'Histoire et pour lui la Révolution apparaît comme un gigantesque combat qui dépasse de loin les affaires purement humaines. A ses yeux les problèmes économiques, sociaux ou proprement politiques n'ont qu'une importance minime ou nulle. Tout se joue et tout s'explique dans une perspective spirituelle. Désormais le schéma est d'une simplicité manichéenne : toute l'histoire humaine est le reflet d'une lutte incessante entre les forces du bien et du mal, lutte que l'écrivain a souvent évoquée dans son œuvre, d'une manière intériorisée dans Le Diable amoureux, *explicite et symbolique dans la* Suite des Mille et Une Nuits. *Certaines formules de la* Suite des Mille et Une Nuits *pourraient d'ailleurs figurer dans la correspondance de Cazotte et, parallèlement, le roi Louis XVI tel qu'il est décrit dans cette correspondance apparaît comme un être aux pouvoirs quasi surnaturels qui n'est pas sans évoquer les bons génies qui peuplent les contes arabes. Il est certes peu vraisemblable que Cazotte ait jamais prédit la Révolution avec la précision que lui prête le célèbre texte de La Harpe, car il est resté jusqu'au bout persuadé du succès du roi; mais l'affrontement révolutionnaire cristallise si bien certaines des obsessions nourries par Cazotte pendant toute sa vie qu'il est probable qu'il dut se livrer, et à plusieurs reprises, à des considérations pessimistes sur l'avenir de la société et sur les risques d'une évolution des mentalités qui lui apparaissait comme une emprise grandissante des forces du mal. Cazotte souligne une fois de plus dans sa correspondance que l'éloignement de la religion, le scepticisme, la montée de l'esprit philosophique sont autant de perversions des valeurs qui ne peuvent qu'entraîner selon lui la décadence et le malheur. Sur ce point fondamental on retrouve l'écrivain fidèle à lui-même. La période 1789-1792 n'est qu'un cas particulier dans cette vision du monde : il s'agit d'un affrontement critique entre les puissances diaboliques et les puissances divines. Satan ayant jugé, comme le dit nettement Cazotte dans une lettre de juin 1792 (p. 292), qu'après une longue préparation le moment de l'assaut décisif était venu. Dans cette guerre essentiellement spirituelle, chaque homme est engagé, qu'il le veuille ou non, et dans cette perspective la prière est considérée par l'écrivain non seulement comme moyen de salut individuel mais comme une arme véritablement opératoire. Cazotte pour sa part est persuadé d'être en relation avec les forces surnaturelles et d'être l'un de ces rares sauveurs de l'humanité dont il décrit la tâche en termes prophétiques et cosmiques.*

On retrouve, à travers la correspondance de Cazotte et pendant les trois dernières années de sa vie, les principaux thèmes de sa pensée. A partir de 1789 se manifeste une synthèse de ses idéaux dans une perspective tragique qui mêle étroitement son idéal politique et ses certitudes religieuses, ou plutôt met les secondes au service des premières. La lutte contre Satan devient la lutte contre la Révolution, mysticisme et politique se mêlent et s'exaspèrent mutuellement au point de faire perdre à Cazotte le contact avec les faits ou de l'amener à en nier la signification lorsqu'il les connaît, car il préfère les interpréter à la lumière de son mysticisme. Refusant d'admettre le succès final de la Révolution et la chute de la monarchie, il se crée un système sécurisant qui lui permet de dépasser la réalité concrète et de garder espoir. Ce système est pour Cazotte une manière de résoudre des contradictions insolubles et d'avoir même la certitude de pouvoir agir sur le cours des événements. Le conteur badin, familier des salons et à l'affût de la mode, est devenu l'homme d'une seule cause, le martyr fidèle à ses croyances et à son idéal jusque dans la mort. S'agit-il en fait d'une contradiction? Déjà, sur le plan philosophique et politique — c'est-à-dire sur l'essentiel — sa position dans la Querelle des Bouffons annonçait une conviction sans faille et une détermination à toute épreuve. Son engagement, du côté du martinisme d'abord, puis dans un illuminisme de type personnel, n'a fait que renforcer ses certitudes et donne à son existence profondeur et unité.

★

Dans cet itinéraire, Le Diable amoureux *mérite une place à part. Il constitue certes dans la vie et la pensée de Jacques Cazotte un moment clé, comme nous l'avons vu, mais en même temps il s'agit d'un livre dont la richessse d'interprétation est unique dans l'œuvre de l'écrivain et même, à certains égards, dans la production du XVIIIe siècle.* Le Diable amoureux, *dont les trois versions successives nous paraissent témoigner d'un talent de plus en plus affirmé, peut se lire en effet — et avec un égal bonheur — sur plusieurs registres en apparence antithétiques : nouvelle galante et roman d'analyse ; conte moral violemment hostile aux Lumières ; récit fantastique enfin dont la puissance évocatoire a séduit les plus grands.*

En surface, Le Diable amoureux *est d'abord cette « piquante bagatelle », ce « badinage ingénieux » dont parle Fréron dans* L'Année littéraire[2]. *Il s'agit*

2. Rappelons en quelques mots l'intrigue de l'ouvrage : Alvare, jeune officier espagnol de vingt-cinq ans, « capitaine aux gardes du roi de Naples », est initié à l'évocation des esprits par un camarade de garnison. Un soir, dans les ruines de Portici, il récite une « formule d'évocation » et appelle « à trois fois clairement Béelzébut ». Le Diable lui apparaît d'abord sous la forme d'une

d'une nouvelle galante à la sensualité poétique dans laquelle Biondetta joue à merveille non seulement de sa beauté, mais de son apparente faiblesse, de sa prétendue timidité et du pouvoir irrésistible de ses larmes. A force de retenue, de flatterie admirative et de caresses, elle réussit à désarmer les préventions d'Alvare, à lui faire oublier même l'évidence, c'est-à-dire sa nature diabolique. Il pourrait y avoir là matière à un ouvrage relativement traditionnel, mais Le Diable amoureux *se distingue des autres récits par une extrême originalité qui tient d'abord à un paradoxe. Il s'agit certes en l'occurrence d'une aventure imaginaire, mais l'auteur s'y efforce en même temps à la vraisemblance et les événements s'y déroulent presque toujours sur un plan logique et rationnel, au point que* Le Diable amoureux, *loin d'être une nouvelle romanesque, une « nouvelle petit roman » comme le voudrait René Godenne*[3], *apparaît bien davantage comme un roman d'analyse.*

horrible tête de chameau, puis d'un épagneul et enfin d'un jeune page qui se révèle être une ravissante jeune fille, Biondetta. Alvare se méfie, certes, de la charmante créature mais il accepte de la suivre à Venise et peu à peu, devant son habileté à le séduire, ses préventions s'estompent : il devient éperdument amoureux de Biondetta et souhaite maintenant l'épouser, à la seule condition toutefois d'obtenir l'accord de sa mère, doña Mencia, qui reste pour lui une vivante incarnation de la conscience morale. Au cours d'un long voyage vers l'Estramadure, Biondetta réussit finalement à séduire Alvare, mais sans obtenir de lui un abandon total. Elle disparaît alors mystérieusement et le jeune homme, après avoir conté toute son aventure à sa mère et à un vénérable docteur de Salamanque, don Quebracuernos, se rend compte qu'il vient miraculeusement d'échapper aux griffes du Démon.

3. *Histoire de la nouvelle française aux XVII*^e^ *et XVIII*^e^ *siècles.* Genève, Droz, 2e éd., 1970.

Dans d'autres œuvres du XVIIIe siècle — et notamment dans les contes orientaux de Cazotte lui-même —, le merveilleux intervient partout et règle l'action. Au contraire, les aventures d'Alvare, une fois Biondetta apparue, se déroulent sur le plan humain : Alvare, qui sait que Biondetta est un démon, n'en subit pas moins son charme et c'est le récit de sa chute progressive qui constitue le centre d'intérêt. L'histoire est bien intégrée dans l'espace et dans le temps ; on peut suivre les déplacements du héros en Italie, en France et en Espagne, et cette évocation, loin d'être purement abstraite ou conventionnelle, est marquée par la présence d'une certaine couleur locale. La durée est soigneusement indiquée, car Alvare lui-même note la longueur des principaux épisodes de son aventure. Cette manière de donner directement la parole au héros contribue à un double titre à la vraisemblance du récit. C'est le personnage principal qui conte lui-même après coup son aventure à la première personne, avec un certain détachement, prenant ses distances avec elle en faisant allusion à son dénouement, la constituant ainsi comme phénomène historique bien enraciné dans le passé. Parallèlement toutefois, l'emploi fréquent et systématique du présent réussit à donner au récit une allure de confidence immédiate et de journal intime ; cette apparente spontanéité permet au lecteur de s'identifier au héros, qui est en même temps le narrateur, dans le moment même où se déroulent les faits, et rend ainsi quasi crédible son extraordinaire aventure.

C'est à l'aide de moyens purement humains que Biondetta va peu à peu séduire le jeune homme. Sans doute doit-il suffire à Alvare d'un acte de volonté pour se séparer de sa compagne, mais de Naples à Venise et de Venise à Maravillas, toute l'histoire est précisément là pour montrer combien cet acte de volonté est difficile à accomplir, combien d'hésitations, combien de prétextes à temporiser et combien de retournements intérieurs jalonnent cette longue route. Il s'agit d'abord, à travers l'aventure galante, d'une action psychologique tout intérieure qui présente une unité et une vraisemblance inconnues dans les autres ouvrages de Cazotte et dont le déroulement — qui est celui d'une crise — apparente la nouvelle à une tragédie classique. C'est ainsi que les événements extérieurs — comme la tentative d'assassinat dirigée contre Biondetta — n'ont pas grande importance en tant que tels, mais dans la mesure seulement où ils orientent les sentiments des protagonistes; ainsi lorsque Alvare contemple Biondetta blessée, ses soupçons s'évanouissent et il s'abandonne sans plus de méfiance à son amour.

Nouvelle galante et roman d'analyse, Le Diable amoureux *est aussi une allégorie morale et, plus profondément, l'expression d'un engagement philosophique et religieux. Dans son Épilogue, Cazotte souligne qu'il a rassemblé les ruses du démon « dans une allégorie où les principes sont aux prises avec les passions ». De fait, il n'est guère besoin de dépasser le sens littéral du texte pour y voir figurer en clair l'histoire d'une tentation et, à travers elle, l'expression allégorique de toutes les tentations. Alvare représente l'humanité moyenne et ses faiblesses. En se laissant aller à sa dangereuse curiosité pour le surnaturel, habilement attisée par Soberano, Alvare ne fait que céder à la première d'une série de tentations successives et s'engage dans une voie qui lui fera perdre peu à peu toute volonté et toute clairvoyance. Après la tentation de la connaissance, vient en effet celle de la puissance et du luxe ; plus tard il finira par céder aux séductions de la sensualité et à s'unir avec le démon.* Le Diable amoureux *illustre ainsi la faiblesse de la volonté humaine. Comme Pascal, Cazotte s'efforce de montrer qu'il existe dans l'âme humaine un puissant attrait pour le mal et qu'il est donc illusoire — et dangereux — de se fier dans ce domaine à son instinct naturel. C'est en fait dans le respect des vertus traditionnelles et dans la soumission à la foi que se trouvent la seule garantie morale et le seul recours face à la tentation. En effet pour Cazotte le discernement même du bien ne suffit pas à garantir la pratique du bien et la moralité ne se réduit pas au savoir ; bien plus, l'une des leçons implicites de la nouvelle est qu'il est difficile d'accomplir son devoir lorsqu'on a recours de manière systématique au seul raisonnement, comme le montre l'attitude d'Alvare qui, à force de raisonner et de calculer, finit par accepter la présence auprès de lui d'une créature diabolique et à se persuader même qu'il ne s'agit que d'une femme séduisante incapable de maléfice.*

Loin d'être un pur divertissement, Le Diable amoureux *apparaît ainsi, sous le voile de la fiction, comme une œuvre où se marquent clairement les préférences de Cazotte dans le domaine de la morale et de la religion. A travers les aspects allégoriques du récit se manifeste une prise de position sans ambiguïté qui fait du* Diable amoureux *une œuvre engagée, une manière de conte philosophique, mais dirigé cette fois contre la philosophie des Lumières. Biondetta est sans doute l'incarnation du diable, mais elle reflète en même temps — et ce n'est pas un hasard — la pensée des philosophes du XVIIIe siècle dont elle se fait le porte-parole auprès d'Alvare. Pour elle les traditions ne sont que des « préjugés » qu'il faut imputer — et la formule est caractéristique — « au défaut de lumières ». Dans cette perspective, elle reproche vivement à Alvare sa soumission filiale et prône implicitement d'autre part l'union libre, considérant le respect que lui manifeste le jeune homme comme « le poison de l'amour » et se réjouissant quant à elle de n'avoir « ni père ni mère » et de pouvoir aimer « sans cet assaisonnement-là ». Certaines de ses formules sur le mariage (« Vos cérémonies sont des précautions prises contre la mauvaise foi ») ou sur la libre détermination individuelle (« Vous me tenez de moi, je veux vous tenir de vous ») sont également sans ambiguïté. D'ailleurs c'est en France, pays des Lumières et dont elle apprécie la « facilité des mœurs », que Biondetta voudrait attirer Alvare : les Français sont galants et elle se fait fort de conquérir par sa beauté tous les hommages, se proposant sans la moindre gêne de les mettre au service du jeune homme et de lui faire jouer ainsi un rôle de premier plan à la Cour.*

*Très révélatrice de l'idéologie « éclairée » de Biondetta est aussi sa définition de la passion, que nous ne reprendrons pas ici, mais qui semble faire écho — est-ce un hasard? — à l'article de l'*Encyclopédie *sur le même sujet. Pour Biondetta, les passions — et d'abord la sexualité — ne méritent pas « les noms odieux qu'on leur donne à Salamanque », mais sont en fait des « élans naturels » et même — ce qui n'est pas le moins piquant — une « flamme céleste » qu'il faut se garder* *de contrarier. L'apologie des passions se double donc dans la bouche de Biondetta d'une divinisation de la nature — et d'ailleurs la religion du tentateur Soberano n'est-elle pas précisément la « religion naturelle »? — au point qu'Alvare, pris d'effroi et retrouvant pour un temps sa lucidité et ses principes s'écrie enfin : « Je crois voir la nature même dans l'aveu que vous faites de vos penchants. Nous trouverons des ressources contre eux. » Réhabilitation des passions et de la nature humaine, telle est, à l'exemple des philosophes, l'intention de Biondetta, c'est-à-dire du Diable.*

Parallèlement Biondetta expose à Alvare une conception toute mécaniste de l'univers : « Il n'y a point de hasard dans le monde, souligne-t-elle, tout y a été et sera toujours une suite de combinaisons nécessaires. » Cette « tirade scientifique », pour reprendre les termes du narrateur, n'est pas sans faire frissonner d'effroi son destinataire. Il en va de même lorsque Biondetta propose à son compagnon de se soumettre « les hommes, les éléments, la nature entière » et de devenir « le roi du monde » grâce à cette « haute science » qu'elle est prête à lui faire connaître. Quelle est cette haute science dont il est question dans Le Diable amoureux? *Sans doute s'agit-il, tout le contexte en témoigne à l'évidence, de l'occultisme mais, par-delà la fiction, l'ambiguïté de certains termes et l'allusion à la science des nombres comme aux « lumières » dont Biondetta se prétend douée nous semblent prouver que Cazotte suggère au lecteur que toute science, en se proposant d'expliquer l'univers par le seul effort de la raison, est dangereuse. C'est d'ailleurs la soif de connaissances d'Alvare qui est à l'origine de tous ses malheurs. A la limite s'opère dans l'esprit de Cazotte une certaine assimilation entre sciences occultes et sciences exactes, entre magiciens et philosophes; on retrouve ainsi dans* Le Diable amoureux, *d'une manière indirecte, un thème fréquent dans la littérature antiphilosophique de l'époque et par exemple dans le célèbre pamphlet des* Cacouacs *de Jacob Nicolas Moreau*[4]. *Pour Cazotte le péché suprême reste pour l'homme, être imparfait, de vouloir atteindre la vérité non grâce à la lumière de la foi, mais par l'intermédiaire des lumières de la raison. Il cherche ainsi à mettre en garde ses lecteurs contre la primauté donnée par les philosophes à l'esprit scientifique et on le verra plus tard, dans sa correspondance, qualifier de diabolique l'invention des montgolfières, dans lesquelles il voit, et nous le citons, « la philosophie du siècle cherchant à escalader le ciel ». Il n'est d'ailleurs pas sans intérêt de noter dans cette perspective, et à la suite de Robert Darnton, qu'il existe dans la seconde moitié du XVIII*e *siècle un lien entre l'engouement pour les sciences et la contestation de l'ordre établi. Il est à souligner d'autre part qu'un certain type d'illuminisme — qui n'est évidemment pas celui de Cazotte — constitue un prolongement de l'esprit des Lumières dans la mesure où il se propose, lui aussi, de dévoiler les secrets de l'univers. Ainsi se comprend mieux la position de Cazotte, en particulier son égale méfiance, dans les dernières années de sa vie, envers les philosophes et les illuminés : science et diabolique sont en quelque sorte liés dans une perspective religieuse traditionnelle. En attribuant à Bion-*

4. Jacob Nicolas Moreau, *Nouveaux mémoires pour servir à l'histoire des Cacouacs*, Amsterdam, 1757.

detta, c'est-à-dire au Diable, l'apologie de la science et de la puissance, en faisant d'elle la tentatrice d'Alvare, Cazotte reprend, dans un raccourci implicite, le schéma biblique de la tentation. Il reprend également la conception que l'on se faisait du Diable au Moyen Age, celle du maître de tous les savoirs souvent incarné sous les traits d'une femme à la beauté provocante.

Il n'est donc pas douteux que Cazotte cherche à exprimer dans Le Diable amoureux *certaines conceptions de type philosophique et métaphysique. Il y a dans* Le Diable amoureux *une présentation allégorique de la condition humaine, amenée à choisir librement sa voie entre les tentations du mal et les appels du bien. Biondetta incarne la passion, le désordre, la remise en cause — qui est celle du XVIIIe siècle — de toutes les valeurs établies. A l'opposé doña Mencia est le symbole de la tradition, de la famille, de la conscience, le pôle immuable du juste et du bien. A la nouvelle Ève qu'est Biondetta, s'oppose doña Mencia, autre figure de la Vierge Marie. A la France, pays d'incrédulité, s'oppose l'Espagne, havre de croyance et de salut. A Venise, ville de Vénus, terre de frivolité et de corruption, s'oppose Maravillas, symbole de merveille et de paradis. Aux lumières des philosophes s'oppose la lumière intérieure de la foi, celle qui semble irradier des statues de marbre blanc que découvre Alvare dans la chapelle où il vient par bonheur se réfugier un jour de tempête.*

Si Le Diable amoureux *a subi avec succès l'épreuve du temps, s'il retient aujourd'hui encore l'intérêt du lecteur, c'est qu'il est davantage qu'une allégorie, davantage qu'une expression parmi d'autres de la littérature antiphilosophique. Il y a dans cette nouvelle, étroitement mêlée à l'aspect réaliste et à l'enchaînement logique que nous avons soulignés, rencontre entre l'homme et le surnaturel. Rencontre si frappante que l'on a pu voir dans* Le Diable amoureux *aussi bien l'ouvrage d'un initié que l'un des premiers contes fantastiques et dans son auteur, même si ce fut à bien des égards malgré lui, un des précurseurs du romantisme.*

Georges Décote

Le Diable amoureux

NOUVELLE ESPAGNOLE

J'étais à vingt-cinq ans capitaine aux gardes du roi de Naples : nous vivions beaucoup entre camarades, et comme de jeunes gens, c'est-à-dire, des femmes, du jeu, tant que la bourse pouvait y suffire, et nous philosophions dans nos quartiers quand nous n'avions plus d'autre ressource.

Un soir, après nous être épuisés en raisonnements de toute espèce autour d'un très petit flacon de vin de Chypre et de quelques marrons secs, le discours tomba sur la cabale * et les cabalistes.

Un d'entre nous prétendait que c'était une science réelle, et dont les opérations étaient sûres; quatre des plus jeunes lui soutenaient que c'était un amas d'absurdités, une source de friponneries propres à tromper les gens crédules et à amuser les enfants.

Le plus âgé d'entre nous, Flamand d'origine, fumait une pipe d'un air distrait, et ne disait mot. Son air froid et sa distraction me faisaient spectacle à travers ce charivari discordant qui nous étourdissait, et m'empêchait de prendre part à une conversation trop peu réglée pour qu'elle eût de l'intérêt pour moi.

Nous étions dans la chambre du fumeur; la nuit s'avançait : on se sépara, et nous demeurâmes seuls, notre ancien et moi.

Il continua de fumer flegmatiquement; je demeurai les coudes appuyés sur la table, sans rien dire. Enfin mon homme rompit le silence.

« Jeune homme, me dit-il, vous venez d'entendre beaucoup de bruit : pourquoi vous êtes-vous tiré de la mêlée?

— C'est, lui répondis-je, que j'aime mieux me taire que d'approuver ou blâmer ce que je ne connais pas : je ne sais même ce que veut dire le mot de *cabale*.

— Il a plusieurs significations, me dit-il; mais ce n'est point d'elles dont il s'agit, c'est de la chose. Croyez-vous qu'il puisse exister une science qui enseigne à transformer les métaux et à réduire les esprits sous notre obéissance?

— Je ne connais rien des esprits, à commencer par le mien, sinon que je suis sûr de son existence. Quant aux métaux, je sais la valeur d'un carlin * au jeu, à l'auberge et ailleurs, et ne peux rien assurer ni nier sur l'essence des uns et des autres, sur les modifications et impressions dont ils sont susceptibles.

— Mon jeune camarade, j'aime beaucoup votre ignorance; elle vaut bien la doctrine des autres : au moins vous n'êtes pas dans l'erreur, et si vous n'êtes pas instruit, vous êtes susceptible de l'être. Votre naturel, la franchise de votre caractère, la droiture de votre esprit, me plaisent : je sais quelque chose de plus que le commun des hommes; jurez-moi le plus grand secret sur votre parole d'honneur, promettez de vous conduire avec prudence, et vous serez mon écolier.

— L'ouverture que vous me faites, mon cher Soberano, m'est très agréable. La curiosité est ma plus forte passion. Je vous avouerai que naturellement j'ai peu d'empressement pour nos connaissances ordinaires; elles m'ont toujours semblé trop bornées, et j'ai deviné cette sphère élevée dans laquelle vous voulez m'aider à m'élancer : mais quelle est la première clef de la science dont vous parlez? Selon ce que disaient nos camarades en disputant, ce sont les esprits eux-mêmes qui nous instruisent; peut-on se lier avec eux?

— Vous avez dit le mot, Alvare : on n'apprendrait rien de soi-même; quant à la possibilité de nos liaisons, je vais vous en donner une preuve sans réplique. »

Comme il finissait ce mot, il achevait sa pipe : il frappe trois coups pour faire sortir un peu de cendre qui restait au fond, la pose sur la table assez près de moi. Il élève la voix : « Calderon, dit-il, venez chercher ma pipe, allumez-la, et rapportez-la-moi. »

Il finissait à peine le commandement, je vois disparaître la pipe, et, avant que j'eusse pu raisonner sur les moyens, ni demander quel était ce Calderon chargé de ses ordres, la pipe allumée était de retour; et mon interlocuteur avait repris son occupation.

Il la continua quelque temps, moins pour savourer le tabac que pour jouir de la surprise qu'il m'occasionnait ; puis, se levant, il dit : « Je prends la garde au jour, il faut que je repose. Allez vous coucher ; soyez sage, et nous nous reverrons. »

Je me retirai plein de curiosité et affamé d'idées nouvelles, dont je me promettais de me remplir bientôt par le secours de Soberano. Je le vis le lendemain, les jours ensuite ; je n'eus plus d'autre passion ; je devins son ombre.

Je lui faisais mille questions ; il éludait les unes, et répondait aux autres d'un ton d'oracle. Enfin, je le pressai sur l'article de la religion de ses pareils. « C'est, me répondit-il, la religion naturelle. » Nous entrâmes dans quelques détails ; ses décisions cadraient plus avec mes penchants qu'avec mes principes, mais je voulais venir à mon but et ne devais pas le contrarier.

« Vous commandez aux esprits, lui disais-je ; je veux, comme vous, être en commerce avec eux : je le veux, je le veux.

— Vous êtes vif, camarade, vous n'avez pas subi votre temps d'épreuve ; vous n'avez rempli aucune des conditions sous lesquelles on peut aborder sans crainte cette sublime catégorie...

— Eh ! me faut-il bien du temps ?...

— Peut-être deux ans...

— J'abandonne ce projet, m'écriai-je ; je mourrais d'impatience dans l'intervalle. Vous êtes cruel, Soberano. Vous ne pouvez concevoir la vivacité du désir que vous avez créé dans moi : il me brûle...

— Jeune homme, je vous croyais plus de prudence, vous me faites trembler pour vous et pour moi. Quoi ! vous vous exposeriez à évoquer des esprits sans aucune des préparations ?...

— Eh! que pourrait-il m'en arriver?

— Je ne dis pas qu'il dût absolument vous en arriver du mal; s'ils ont du pouvoir sur nous, c'est notre faiblesse, notre pusillanimité qui le leur donne : dans le fond, nous sommes nés pour les commander...

— Ah! je les commanderai...

— Oui, vous avez le cœur chaud, mais si vous perdez la tête, s'ils vous effrayent à certain point?...

— S'il ne tient qu'à ne les pas craindre, je les mets au pis pour m'effrayer...

— Quoi! quand vous verriez le Diable?...

— Je tirerais les oreilles au grand Diable d'enfer.

— Bravo! si vous êtes si sûr de vous, vous pouvez vous risquer, et je vous promets mon assistance. Vendredi prochain, je vous donne à dîner avec deux des nôtres, et nous mettrons l'aventure à fin. »

Nous n'étions qu'à mardi : jamais rendez-vous galant ne fut attendu avec tant d'impatience. Le terme arrive enfin; je trouve chez mon camarade deux hommes d'une physionomie peu prévenante : nous dînons. La conversation roule sur des choses indifférentes.

Après dîner, on propose une promenade à pied vers les ruines de Portici*. Nous sommes en route, nous arrivons. Ces restes des monuments les plus augustes, écroulés, brisés, épars, couverts de ronces, portent à mon imagination des idées qui ne m'étaient pas ordinaires. « Voilà, disais-je, le pouvoir du temps sur les ouvrages de l'orgueil et de l'industrie des hommes. » Nous avançons dans les ruines, et enfin nous sommes parvenus presque à tâtons, à travers ces débris, dans un lieu si obscur qu'aucune lumière extérieure n'y pouvait pénétrer.

Mon camarade me conduisait par le bras; il cesse de marcher et je m'arrête. Alors un de la compagnie bat le fusil et allume une bougie. Le séjour où nous étions s'éclaire, quoique faiblement, et je découvre que nous sommes sous une voûte assez bien conservée, de vingt-cinq pieds en carré à peu près, et ayant quatre issues. Nous observions le plus parfait silence. Mon camarade, à l'aide d'un roseau qui lui servait d'appui dans sa marche, trace un cercle autour de lui sur le sable léger dont le terrain était couvert, et en sort après y avoir dessiné quelques caractères. « Entrez dans ce penthacle *, mon brave, me dit-il, et n'en sortez qu'à bonnes enseignes...

— Expliquez-vous mieux; à quelles enseignes en dois-je sortir?...

— Quand tout vous sera soumis; mais avant ce temps, si la frayeur vous faisait faire une fausse démarche, vous pourriez courir les risques les plus grands. »

Alors il me donne une formule d'évocation courte, pressante, mêlée de quelques mots que je n'oublierai jamais. « Récitez, me dit-il, cette conjuration avec fermeté, et appelez ensuite à trois fois clairement *Béelzébut*, et surtout n'oubliez pas ce que vous avez promis de faire. »

Je me rappelai que je m'étais vanté de lui tirer les oreilles. Je tiendrai parole, me dis-je, ne voulant pas en avoir le démenti. « Nous vous souhaitons bien du succès, me dit-il; quand vous aurez fini, vous nous avertirez. Vous êtes directement vis-à-vis de la porte par laquelle vous devez sortir pour nous rejoindre. » Ils se retirent.

Jamais fanfaron ne se trouva dans une crise plus délicate : je fus au moment de les rappeler; mais il y avait trop à rougir pour moi; c'était d'ailleurs renoncer à toutes mes espérances. Je me raffermis sur la place où j'étais; je tins un moment conseil. On a voulu m'effrayer, dis-je; on veut voir si je suis pusillanime. Les gens qui m'éprouvent* sont à deux pas d'ici, et à la suite de mon évocation** je dois m'attendre à quelque tentative de leur part pour m'épouvanter. Tenons bon; tournons la raillerie contre les mauvais plaisants.

Cette délibération fut assez courte, quoiqu'un peu troublée par le ramage des hiboux et des chats-huants qui habitaient les environs, et même l'intérieur de ma caverne.

Un peu rassuré par mes réflexions, je me rassois sur mes reins, je me piète***; je prononce l'évocation d'une voix claire et soutenue, et, en grossissant le son, j'appelle, à trois reprises et à très courts intervalles, *Béelzébut.*

Un frisson courait dans toutes mes veines, et mes cheveux se hérissaient sur ma tête.

A peine avais-je fini, une fenêtre s'ouvre à deux battants, vis-à-vis de moi, au haut de la voûte : un torrent de lumière plus éblouissante que celle du jour fond par cette ouverture : une tête de chameau horrible****, autant par sa grosseur que par sa forme, se présente à la fenêtre; surtout elle avait des oreilles démesurées. L'odieux fantôme ouvre la gueule, et, d'un ton assorti au reste de l'apparition, me répond : *Che vuoi*****?*

Toutes les voûtes, tous les caveaux des environs retentissent à l'envi du terrible : *Che vuoi?*

Je ne saurais peindre ma situation; je ne saurais dire qui soutint mon courage et m'empêcha de tomber en défaillance à l'aspect de ce tableau, au bruit plus effrayant encore qui retentissait à mes oreilles.

Je sentis la nécessité de rappeler mes forces; une sueur froide allait les dissiper : je fis un effort sur moi. Il faut que notre âme soit bien vaste, et ait un prodigieux ressort; une multitude de sentiments, d'idées, de réflexions touchent mon cœur, passent dans mon esprit, et font leur impression toutes à la fois.

La résolution s'opère, je me rends maître de ma terreur. Je fixe hardiment le spectre.

« Que prétends-tu toi-même, téméraire, en te montrant sous cette forme hideuse? »

Le fantôme balance un moment :

« Tu m'as demandé, dit-il d'un ton de voix plus bas...

— L'esclave, lui dis-je, cherche-t-il à effrayer son maître? Si tu viens recevoir mes ordres, prends une forme convenable et un ton soumis.

— Maître, me dit le fantôme, sous quelle forme me présenterai-je pour vous être agréable? »

La première idée qui me vint à la tête étant celle d'un chien : « Viens, lui dis-je, sous la figure d'un épagneul. »

A peine avais-je donné l'ordre, l'épouvantable chameau allonge le col de seize pieds de longueur, baisse la tête jusqu'au milieu du salon, et vomit un épagneul blanc à soies fines et brillantes, les oreilles traînantes jusqu'à terre.

La fenêtre s'est refermée, toute autre vision a disparu, et il ne reste sous la voûte, suffisamment éclairée, que le chien et moi.

Il tournait tout autour du cercle en remuant la queue, et faisant des courbettes.

« Maître, me dit-il, je voudrais bien vous lécher l'extrémité des pieds ; mais le cercle redoutable qui vous environne me repousse. »

Ma confiance était montée jusqu'à l'audace : je sors du cercle, je tends le pied, le chien le lèche ; je fais un mouvement pour lui tirer les oreilles, il se couche sur le dos, comme pour me demander grâce ; je vis que c'était une petite femelle.

« Lève-toi, lui dis-je ; je te pardonne : tu vois que j'ai compagnie ; ces messieurs attendent à quelque distance d'ici ; la promenade a dû les altérer, je veux leur donner une collation ; il faut des fruits, des conserves, des glaces, des vins de Grèce ; que cela soit bien entendu ; éclaire et décore la salle sans faste, mais proprement. Vers la fin de la collation tu viendras en virtuose du premier talent, et tu porteras une harpe : je t'avertirai quand tu devras paraître. Prends garde à bien jouer ton rôle, mets de l'expression dans ton chant, de la décence, de la retenue dans ton maintien...

— J'obéirai, maître, mais sous quelle condition ?...

— Sous celle d'obéir, esclave. Obéis sans réplique, ou...

— Vous ne me connaissez pas, maître : vous me traiteriez avec moins de rigueur ; j'y mettrais peut-être l'unique condition de vous désarmer et de vous plaire. »

Le chien avait à peine fini, qu'en tournant sur le talon, je vois mes ordres s'exécuter plus promptement qu'une décoration ne s'élève à l'Opéra. Les murs de la voûte, ci-devant noirs, humides, couverts de mousse, prenaient une teinte douce, des formes agréables ; c'était un salon de marbre jaspé. L'architecture présentait un cintre soutenu par des colonnes. Huit girandoles de cristaux, contenant chacune trois bougies, y répandaient une lumière vive, également distribuée.

Un moment après, la table et le buffet s'arrangent, se chargent de tous les apprêts de notre régal ; les fruits et les confitures étaient de l'espèce la plus rare, la plus savoureuse et de la plus belle apparence. La porcelaine employée au service et sur le buffet était du Japon. La petite chienne faisait mille tours dans la salle, mille courbettes autour de moi, comme pour hâter le travail et me demander si j'étais satisfait.

« Fort bien, Biondetta, lui dis-je ; prenez un habit de livrée, et allez dire à ces messieurs qui sont près d'ici que je les attends, et qu'ils sont servis. »

A peine avais-je détourné un instant mes regards, je vois sortir un page à ma livrée, lestement vêtu, tenant un flambeau allumé : peu après, il revint conduisant sur ses pas mon camarade le Flamand et ses deux amis.

Préparés à quelque chose d'extraordinaire par l'arrivée et le compliment du page, ils ne l'étaient pas au changement qui s'était fait dans l'endroit où ils m'avaient laissé. Si je n'eusse pas eu la tête occupée, je me serais plus amusé de leur surprise; elle éclata par leur cri, se manifesta par l'altération de leurs traits et par leurs attitudes.

« Messieurs, leur dis-je, vous avez fait beaucoup de chemin pour l'amour de moi, il nous en reste à faire pour regagner Naples : j'ai pensé que ce petit régal ne vous désobligerait pas, et que vous voudriez bien excuser le peu de choix et le défaut d'abondance en faveur de l'impromptu. »

Mon aisance les déconcerta plus encore que le changement de la scène et la vue de l'élégante collation à laquelle ils se voyaient invités. Je m'en aperçus; et, résolu de terminer bientôt une aventure dont intérieurement je me défiais *, je voulus en tirer tout le parti possible, en forçant même la gaieté qui fait le fond de mon caractère.

Je les pressai de se mettre à table, le page avançait les sièges avec une promptitude merveilleuse. Nous étions assis; j'avais rempli les verres, distribué des fruits; ma bouche seule s'ouvrait pour parler et manger, les autres restaient béantes; cependant je les engageai à entamer les fruits, ma confiance les détermina : je porte la santé de la plus jolie courtisane de Naples; nous la buvons. Je parle d'un opéra nouveau, d'une *improvisatrice* romaine arrivée depuis peu, et dont les talents font du bruit à la cour : je reviens sur les talents agréables, la musique, la sculpture; et par occasion je les fais convenir de la beauté de quelques marbres qui font l'ornement du salon. Une bouteille se vide, et est remplacée par une meilleure. Le page se multiplie, et le service ne languit pas un instant. Je jette l'œil sur lui à la dérobée : figurez-vous l'Amour en trousse de page; mes compagnons d'aventure le lorgnaient de leur côté d'un air où se peignaient la surprise, le plaisir et l'inquiétude. La monotonie de cette situation me déplut : je vis qu'il était temps de la rompre : « Biondetto, dis-je au page, la signora Fiorentina m'a promis de me donner un instant; voyez si elle ne serait point arrivée. » Biondetto sort de l'appartement.

Mes hôtes n'avaient point encore eu le temps de s'étonner de la bizarrerie du message, qu'une porte du salon s'ouvre, et Fiorentina entre, tenant sa harpe; elle était dans un déshabillé étoffé et modeste, un chapeau de voyage et un crêpe très clair sur les yeux; elle pose sa harpe à côté d'elle, salue avec aisance, avec grâce : « Seigneur don Alvare, dit-elle, je n'étais pas prévenue que vous eussiez compagnie; je ne me serais point présentée vêtue comme je suis; ces messieurs voudront bien excuser une voyageuse. »

Elle s'assied, et nous lui offrons à l'envi les reliefs de notre petit festin, auxquels elle touche par complaisance.

« Quoi, madame! lui dis-je, vous ne faites que passer par Naples? On ne saurait vous y retenir?

— Un engagement déjà ancien m'y force, seigneur : on a eu des bontés pour moi à Venise au carnaval dernier; on m'a fait promettre de revenir, et j'ai touché des arrhes : sans cela, je n'aurais pu me refuser aux avantages que m'offrait ici la cour, et à l'espoir de mériter les suffrages de la noblesse napolitaine, distinguée par son goût au-dessus de toute celle d'Italie. »

Les deux Napolitains se courbent pour répondre

à l'éloge, saisis par la vérité de la scène au point de se frotter les yeux. Je pressai la virtuose de nous faire entendre un échantillon de son talent. Elle était enrhumée, fatiguée; elle craignait avec justice de déchoir dans notre opinion. Enfin, elle se détermina à exécuter un récitatif *obligé* *, et une ariette ** pathétique qui terminaient le troisième acte de l'opéra dans lequel elle devait débuter.

Elle prend sa harpe, prélude avec une petite main longuette, potelée, tout à la fois blanche et purpurine, dont les doigts insensiblement arrondis par le bout étaient terminés par un ongle dont la forme et la grâce étaient inconcevables; nous étions tous surpris, nous croyions être au plus délicieux concert.

La dame chante. On n'a pas, avec plus de gosier, plus d'âme, plus d'expression : on ne saurait rendre plus, en chargeant moins. J'étais ému jusqu'au fond du cœur, et j'oubliais presque que j'étais le créateur du charme qui me ravissait.

La cantatrice m'adressait les expressions tendres de son récit et de son chant. Le feu de ses regards perçait à travers le voile; il était d'un pénétrant, d'une douceur inconcevables; ces yeux ne m'étaient pas inconnus. Enfin, en assemblant les traits tels que le voile me les laissait apercevoir, je reconnus dans Fiorentina le fripon de Biondetto; mais l'élégance, l'avantage de la taille se faisaient beaucoup plus remarquer sous l'ajustement de femme que sous l'habit de page.

Quand la cantatrice eut fini de chanter, nous lui donnâmes de justes éloges. Je voulus l'engager à nous exécuter une ariette vive pour nous donner lieu d'admirer la diversité de ses talents.

« Non, répondit-elle; je m'en acquitterais mal dans la disposition d'âme où je suis; d'ailleurs, vous avez dû vous apercevoir de l'effort que j'ai fait pour vous obéir. Ma voix se ressent du voyage, elle est voilée; vous êtes prévenus que je pars cette nuit. C'est un cocher de louage qui m'a conduite; je suis à ses ordres : je vous demande en grâce d'agréer mes excuses, et de me permettre de me retirer. » En disant cela, elle se lève, veut emporter sa harpe. Je la lui prends des mains, et, après l'avoir reconduite jusqu'à la porte par laquelle elle était introduite, je rejoins la compagnie.

Je devais avoir inspiré de la gaieté, et je voyais de la contrainte dans les regards : j'eus recours au vin de Chypre. Je l'avais trouvé délicieux; il m'avait rendu mes forces, ma présence d'esprit; je doublai la dose, et comme l'heure avançait, je dis à mon page, qui s'était remis à son poste derrière mon siège, d'aller faire avancer ma voiture. Biondetto sort sur-le-champ, va remplir mon intention.

« Vous avez ici un équipage? me dit Soberano.

— Oui, répliquai-je, je me suis fait suivre, et j'ai imaginé que si notre partie se prolongeait, vous ne seriez pas fâchés d'en revenir commodément. Buvons encore un coup, nous ne courrons pas les risques de faire de faux pas en chemin. »

Ma phrase n'était pas achevée, que le page rentre, suivi de deux grands estafiers* bien tournés, superbement vêtus à ma livrée. « Seigneur don Alvare, me dit Biondetto, je n'ai pu faire approcher votre voiture : elle est au-delà, mais tout auprès des débris dont ces lieux-ci sont entourés. » Nous nous levons, Biondetto et les estafiers nous précèdent, on marche.

Comme nous ne pouvions aller quatre de front entre des bases et des colonnes brisées, Soberano, qui se trouvait seul à côté de moi, me serra la main. « Vous nous donnez un beau régal, ami ; il vous coûtera cher.

— Ami, répliquai-je, je suis trop heureux s'il vous a fait plaisir ; je vous le donne pour ce qu'il me coûte. »

Nous arrivons à la voiture ; nous trouvons deux autres estafiers, un cocher, un postillon, une voiture de campagne à mes ordres, aussi commode qu'on eût pu la désirer. J'en fais les honneurs, et nous prenons légèrement le chemin de Naples.

Nous gardâmes quelque temps le silence : enfin, un des amis de Soberano le rompt. « Je ne vous demande point votre secret, Alvare ; mais il faut que vous ayez fait des conventions singulières. Jamais personne ne fut servi comme vous l'êtes ; et depuis quarante ans que je travaille, je n'ai pas obtenu le quart des complaisances que l'on vient d'avoir pour vous dans une soirée. Je ne parle pas de la plus céleste vision qu'il soit possible d'avoir, tandis que l'on afflige nos yeux plus souvent que l'on ne songe à les réjouir : enfin, vous savez nos affaires, vous êtes jeune ; à votre âge on désire trop pour se laisser le temps de réfléchir, et on précipite ses jouissances. »

Bernadillo, c'était le nom de cet homme, s'écoutait en me parlant, et me donnait le temps de penser à ma réponse.

« J'ignore, lui répliquai-je, par où j'ai pu m'attirer des faveurs distinguées ; j'augure qu'elles seront très courtes, et ma consolation sera de les avoir toutes partagées avec de bons amis. » On vit que je me tenais sur la réserve, et la conversation tomba.

Cependant le silence amena la réflexion : je me rappelai ce que j'avais fait et vu : je comparai les discours de Soberano et de Bernadillo, et conclus que je venais de sortir du plus mauvais pas dans lequel une curiosité vaine et la témérité eussent jamais engagé un homme de ma sorte. Je ne manquais pas d'instruction ; j'avais été élevé jusqu'à treize ans sous les yeux de don Bernardo de Maravillas, mon père, gentilhomme sans reproche, et par doña Mencia, ma mère, la femme la plus religieuse, la plus respectable qui fût dans l'Estramadure. « O ma mère ! disais-je, que penseriez-vous de votre fils, si vous l'aviez vu, si vous le voyiez encore ? Mais ceci ne durera pas, je m'en donne parole. »

Cependant la voiture arrivait à Naples. Je reconduisis chez eux les amis de Soberano. Lui et moi revînmes à notre quartier. Le brillant de mon équipage éblouit un peu la garde devant laquelle nous passâmes en revue, mais les grâces de Biondetto, qui était sur le devant du carrosse, frappèrent encore davantage les spectateurs.

Le page congédie la voiture et la livrée, prend un flambeau de la main des estafiers, et traverse les casernes pour me conduire à mon appartement : mon valet de chambre, encore plus étonné que les autres, voulait parler pour me demander des nouvelles du nouveau train dont je venais de faire la montre. « C'en est assez, Carle, lui dis-je en entrant dans mon appartement, je n'ai pas besoin de vous : allez vous reposer, je vous parlerai demain. »

Nous sommes seuls dans ma chambre, et Biondetto a fermé la porte sur nous; ma situation était moins embarrassante au milieu de la compagnie dont je venais de me séparer, et de l'endroit tumultueux que je venais de traverser.

Voulant terminer l'aventure, je me recueillis un instant. Je jette les yeux sur le page, les siens sont fixés vers la terre : une rougeur lui monte sensiblement au visage; sa contenance décèle de l'embarras et beaucoup d'émotion; enfin je prends sur moi de lui parler.

« Biondetto, vous m'avez bien servi, vous avez même mis des grâces à ce que vous avez fait pour moi, mais comme vous vous étiez payé d'avance, je pense que nous sommes quittes...

— Don Alvare est trop noble pour croire qu'il ait pu s'acquitter à ce prix...

— Si vous avez fait plus que vous ne me devez, si je vous dois de reste, donnez votre compte, mais je ne vous réponds pas que vous soyez payé promptement. Le quartier* courant est mangé; je dois au jeu, à l'auberge, au tailleur...

— Vous plaisantez hors de propos...

— Si je quitte le ton de plaisanterie, ce sera pour vous prier de vous retirer, car il est tard, et il faut que je me couche...

— Et vous me renverriez incivilement, à l'heure qu'il est? Je n'ai pas dû m'attendre à ce traitement de la part d'un cavalier espagnol. Vos amis savent que je suis venue ici; vos soldats, vos gens m'ont vue et ont deviné mon sexe. Si j'étais une vile courtisane, vous auriez quelque égard pour les bienséances de mon état, mais votre procédé pour moi est flétrissant, ignominieux : il n'est pas de femme qui n'en fût humiliée...

— Il vous plaît donc à présent d'être femme pour vous concilier des égards ? Eh bien, pour sauver le scandale de votre retraite, ayez pour vous le ménagement de la faire par le trou de la serrure...

— Quoi ! sérieusement, sans savoir qui je suis...

— Puis-je l'ignorer ?

— Vous l'ignorez, vous dis-je, vous n'écoutez que vos préventions ; mais, qui que je sois, je suis à vos pieds, les larmes aux yeux : c'est à titre de client que je vous implore. Une imprudence plus grande que la vôtre, excusable, peut-être, puisque vous en êtes l'objet, m'a fait aujourd'hui tout braver, tout sacrifier pour vous obéir, me donner à vous et vous suivre. J'ai révolté contre moi les passions les plus cruelles, les plus implacables ; il ne me reste de protection que la vôtre, d'asile que votre chambre : me la fermerez-vous, Alvare ? Sera-t-il dit qu'un cavalier espagnol aura traité avec cette rigueur, cette indignité, quelqu'un qui a sacrifié pour lui une âme sensible, un être faible dénué de tout autre secours que le sien ; en un mot, une personne de mon sexe ? »

Je reculais autant qu'il m'était possible, pour me tirer d'embarras ; mais elle embrassait mes genoux, et me suivait sur les siens : enfin, je suis rangé contre le mur. « Relevez-vous, lui dis-je, vous venez sans y penser de me prendre par mon serment.

» Quand ma mère me donna ma première épée,

elle me fit jurer sur la garde de servir toute ma vie les femmes, et de n'en pas désobliger une seule. Quand ce serait ce que je pense, que c'est aujourd'hui...

— Eh bien, cruel, à quelque titre que ce soit, permettez-moi de coucher dans votre chambre...

— Je le veux pour la rareté du fait, et mettre le comble à la bizarrerie de mon aventure. Cherchez à vous arranger de manière que je ne vous voie ni ne vous entende ; au premier mot, au premier mouvement capables de me donner de l'inquiétude, je grossis le ton de ma voix pour vous demander, à mon tour, *Che vuoi?* »

Je lui tourne le dos, et m'approche de mon lit pour me déshabiller. « Vous aiderai-je? me dit-on. — Non, je suis militaire et me sers moi-même. » Je me couche.

A travers la gaze de mon rideau, je vois le prétendu page arranger dans le coin de ma chambre une natte usée qu'il a trouvée dans une garde-robe. Il s'assied dessus, se déshabille entièrement, s'enveloppe d'un de mes manteaux qui était sur un siège, éteint la lumière, et la scène finit là pour le moment ; mais elle recommença bientôt dans mon lit, où je ne pouvais trouver le sommeil.

Il semblait que le portrait du page fût attaché au ciel du lit et aux quatre colonnes ; je ne voyais que lui. Je m'efforçais en vain de lier avec cet objet ravissant l'idée du fantôme épouvantable que j'avais vu ; la première apparition servait à relever le charme de la dernière.

Ce chant mélodieux que j'avais entendu sous la voûte, ce ton de voix ravissant, ce parler qui semblait venir du cœur, retentissaient encore dans le mien, et y excitaient un frémissement singulier.

Ah! Biondetta! disais-je, si vous n'étiez pas un être fantastique! si vous n'étiez pas ce vilain dromadaire!

Mais à quel mouvement me laissé-je emporter? J'ai triomphé de la frayeur, déracinons un sentiment plus dangereux. Quelle douceur puis-je en attendre? Ne tiendrait-il pas toujours de son origine?

Le feu de ses regards si touchants, si doux, est un cruel poison. Cette bouche, si bien formée, si coloriée, si fraîche, et en apparence si naïve, ne s'ouvre que pour des impostures. Ce cœur, si c'en était un, ne s'échaufferait que pour une trahison.

Pendant que je m'abandonnais aux réflexions occasionnées par les mouvements divers dont j'étais agité, la lune parvenue au haut de l'hémisphère, et dans un ciel sans nuages, dardait tous ses rayons dans ma chambre à travers trois grandes croisées.

Je faisais des mouvements prodigieux dans mon lit; il n'était pas neuf; le bois s'écarte, et les trois planches qui soutenaient mon sommier tombent avec fracas.

Biondetta se lève, accourt à moi avec le ton de la frayeur. « Don Alvare, quel malheur vient de vous arriver? »

Comme je ne la perdais pas de vue, malgré mon accident, je la vis se lever, accourir : sa chemise était une chemise de page, et au passage, la lumière de la lune ayant frappé sur sa cuisse, avait paru gagner au reflet.

Fort peu ému du mauvais état de mon lit, qui ne

m'exposait qu'à être un peu plus mal couché, je le fus bien davantage de me trouver serré dans les bras de Biondetta.

« Il ne m'est rien arrivé, lui dis-je, retirez-vous ; vous courez sur le carreau sans pantoufles ; vous allez vous enrhumer, retirez-vous...

— Mais vous êtes mal à votre aise...

— Oui, vous m'y mettez actuellement ; retirez-vous, ou, puisque vous voulez être cachée chez moi et près de moi, je vous ordonnerai d'aller dormir dans cette toile d'araignée qui est à l'encoignure de ma chambre. » Elle n'attendit pas la fin de la menace, et alla se coucher sur sa natte en sanglotant tout bas.

La nuit s'achève, et la fatigue, prenant le dessus, me procure quelques moments de sommeil. Je ne m'éveillai qu'au jour, on devine la route que prirent mes premiers regards. Je cherchai des yeux mon page.

Il était assis, tout vêtu, à la réserve de son pourpoint, sur un petit tabouret ; il avait étalé ses cheveux qui tombaient jusqu'à terre, en couvrant, à boucles flottantes et naturelles, son dos et ses épaules, et même entièrement son visage.

Ne pouvant faire mieux, il démêlait sa chevelure avec ses doigts. Jamais peigne d'un plus bel ivoire ne se promena dans une plus épaisse forêt de cheveux blond cendré ; leur finesse était égale à toutes leurs autres perfections ; un petit mouvement que j'avais fait ayant annoncé mon réveil, il écarte avec ses doigts les boucles qui lui ombrageaient le visage. Figurez-vous l'aurore au printemps, sortant d'entre les vapeurs du matin avec sa rosée, ses fraîcheurs et tous ses parfums.

« Biondetta, lui dis-je, prenez un peigne ; il y en a dans le tiroir de ce bureau. » Elle obéit. Bientôt, à l'aide d'un ruban, ses cheveux sont rattachés sur sa tête avec autant d'adresse que d'élégance. Elle prend son pourpoint, met le comble à son ajustement, et s'assied sur son siège d'un air timide, embarrassé, inquiet, qui sollicitait vivement la compassion.

S'il faut, me disais-je, que je voie dans la journée mille tableaux plus piquants les uns que les autres, assurément, je n'y tiendrai pas, amenons le dénouement, s'il est possible.

Je lui adresse la parole.

« Le jour est venu, Biondetta ; les bienséances sont remplies, vous pouvez sortir de ma chambre sans craindre le ridicule...

— Je suis, me répondit-elle, maintenant, au-dessus de cette frayeur ; mais vos intérêts et les miens m'en inspirent une beaucoup plus fondée. Ils ne permettent pas que nous nous séparions.

— Vous vous expliquerez ? lui dis-je...

— Je vais le faire, Alvare.

» Votre jeunesse, votre imprudence, vous ferment les yeux sur les périls que nous avons rassemblés autour de nous. A peine vous vis-je sous la voûte, que cette contenance héroïque, à l'aspect de la plus hideuse apparition, décida mon penchant : si, me dis-je à moi-même, pour parvenir au bonheur, je dois m'unir à un mortel, prenons un corps : il en est temps. Voilà le héros digne de moi. Dussent s'en indigner les méprisables rivaux dont je lui fais le sacrifice; dussé-je me voir exposée à leur ressentiment, à leur vengeance, que m'importe? Aimée d'Alvare, unie avec Alvare, eux et la nature nous seront soumis. Vous avez vu la suite; voici les conséquences.

» L'envie, la jalousie, le dépit, la rage, me préparent les châtiments les plus cruels auxquels puisse être soumis un être de mon espèce, dégradé par son choix, et vous seul pouvez m'en garantir. A peine est-il jour, et déjà les délateurs sont en chemin pour vous déférer, comme nécromancien, à ce tribunal que vous connaissez*. Dans une heure...

— Arrêtez, m'écriai-je en me mettant les poings fermés sur les yeux, vous êtes le plus adroit, le plus insigne des faussaires. Vous parlez d'amour, vous en présentez l'image, vous en empoisonnez l'idée, je vous défends de m'en dire un mot. Laissez-moi me calmer assez, si je le puis, pour devenir capable de prendre une résolution.

» S'il faut que je tombe entre les mains du tribunal, je ne balance pas, pour ce moment-ci, entre vous et lui; mais si vous m'aidez à me tirer d'ici, à quoi m'engagerai-je? Puis-je me séparer de vous quand je le voudrai? Je vous somme de me répondre avec clarté et précision...

— Pour vous séparer de moi, Alvare, il suffira d'un acte de votre volonté. J'ai même regret que ma soumission soit forcée. Si vous méconnaissez mon zèle par la suite, vous serez imprudent, ingrat...

— Je ne crois rien, sinon qu'il faut que je parte. Je vais éveiller mon valet de chambre : il faut qu'il me trouve de l'argent, qu'il aille à la poste. Je me rendrai à Venise près de Bentinelli, banquier de ma mère.

— Il vous faut de l'argent? Heureusement, je m'en suis précautionnée : j'en ai à votre service...

— Gardez-le. Si vous étiez une femme, en l'acceptant je ferais une bassesse...

— Ce n'est pas un don, c'est un prêt que je vous propose. Donnez-moi un mandement sur le banquier; faites un état de ce que vous devez ici. Laissez sur votre bureau un ordre à Carle pour payer. Disculpez-vous par lettre auprès de votre commandant sur une affaire indispensable qui vous force à partir sans congé. J'irai à la poste vous chercher une voiture et des chevaux. Mais, auparavant, Alvare, forcée à m'écarter de vous, je retombe dans toutes mes frayeurs; dites : *Esprit qui ne t'es lié à un corps que pour moi, et pour moi seul, j'accepte ton vasselage et t'accorde ma protection.* »

En me prescrivant cette formule, elle s'était jetée à mes genoux, me tenait la main, la pressait, la mouillait de larmes.

J'étais hors de moi, ne sachant quel parti prendre; je lui laisse ma main qu'elle baise, et je balbutie les mots qui lui semblaient si importants : à peine ai-je fini qu'elle se relève. « Je suis à vous, s'écrie-t-elle avec transport; je pourrai devenir la plus heureuse de toutes les créatures. »

En un moment, elle s'affuble d'un long manteau, rabat un grand chapeau sur ses yeux, et sort de ma chambre.

J'étais dans une sorte de stupidité. Je trouve un état de mes dettes. Je mets au bas l'ordre à Carle de le payer; je compte l'argent nécessaire; j'écris au commandant, à un de mes plus intimes, des lettres qu'ils durent trouver très extraordinaires. Déjà la voiture et le fouet du postillon se faisaient entendre à la porte.

Biondetta, toujours le nez dans son manteau, revient et m'entraîne. Carle, éveillé par le bruit, paraît en chemise. « Allez, lui dis-je, à mon bureau, vous y trouverez mes ordres. » Je monte en voiture. Je pars.

Biondetta était entrée avec moi dans la voiture; elle était sur le devant. Quand nous fûmes sortis de la ville, elle ôta le chapeau qui la tenait à l'ombre. Ses cheveux étaient renfermés dans un filet cramoisi : on n'en voyait que la pointe, c'étaient des perles dans du corail. Son visage, dépouillé de tout autre ornement, brillait de ses seules perfections. On croyait voir un transparent sur son teint. On ne pouvait concevoir comment la douceur, la candeur, la naïveté pouvaient s'allier au caractère de finesse qui brillait dans ses regards. Je me surpris : faisant, malgré moi, ces remarques, et les jugeant dangereuses pour mon repos, je fermai les yeux pour essayer de dormir.

Ma tentative ne fut pas vaine, le sommeil s'empara de mes sens, et m'offrit les rêves les plus agréables, les plus propres à délasser mon âme des idées effrayantes et bizarres dont elle avait été fatiguée. Il fut, d'ailleurs, très long, et ma mère, par la suite, réfléchissant un jour sur mes aventures, prétendit que cet assoupissement n'avait pas été naturel. Enfin, quand je m'éveillai, j'étais sur les bords du canal sur lequel on s'embarque pour aller à Venise.

La nuit était avancée ; je me sens tirer par ma manche, c'était un portefaix : il voulait se charger de mes ballots. Je n'avais pas même un bonnet de nuit.

Biondetta se présenta à une autre portière pour me dire que le bâtiment qui devait me conduire était prêt. Je descends machinalement, j'entre dans la felouque *, et retombe dans ma léthargie.

Que dirai-je ? Le lendemain matin je me trouvai logé sur la place Saint-Marc, dans le plus bel appartement de la meilleure auberge de Venise. Je le connaissais. Je le reconnus sur-le-champ. Je vois du linge, une robe de chambre assez riche auprès de mon lit. Je soupçonnai que ce pouvait être une attention de l'hôte chez qui j'étais arrivé dénué de tout.

Je me lève et regarde si je suis le seul objet vivant qui soit dans la chambre ; je cherchais Biondetta.

Honteux de ce premier mouvement, je rendis grâce à ma bonne fortune. Cet esprit et moi ne sommes donc pas inséparables ; j'en suis délivré ; et, après mon imprudence, si je ne perds que ma compagnie aux gardes, je dois m'estimer très heureux.

Courage, Alvare, continuai-je : il y a d'autres cours, d'autres souverains que celui de Naples ; ceci doit te corriger, si tu n'es pas incorrigible, et tu te conduiras mieux. Si on refuse tes services, une mère tendre, l'Estramadure et un patrimoine honnête te tendent les bras.

Mais que te voulait ce lutin, qui ne t'a pas quitté depuis vingt-quatre heures ? Il avait pris une figure bien séduisante : il m'a donné de l'argent; je veux le lui rendre.

Comme je parlais encore, je vois arriver mon créancier; il m'amenait deux domestiques et deux gondoliers. « Il faut, dit-il, que vous soyez servi, en attendant l'arrivée de Carle. On m'a répondu dans l'auberge de l'intelligence et de la fidélité de ces gens-ci, et voici les plus hardis patrons de la république.

— Je suis content de votre choix, Biondetta, lui dis-je; vous êtes-vous logée ici?

— J'ai pris, me répond le page, les yeux baissés, dans l'appartement même de Votre Excellence, la pièce la plus éloignée de celle que vous occupez, pour vous causer le moins d'embarras qu'il sera possible. »

Je trouvai du ménagement, de la délicatesse, dans cette attention à mettre de l'espace entre elle et moi. Je lui en sus gré.

Au pis-aller, disais-je, je ne saurais la chasser du vague de l'air, s'il lui plaît de s'y tenir invisible pour m'obséder. Quand elle sera dans une chambre connue, je pourrai calculer ma distance. Content de mes raisons, je donnais légèrement mon approbation à tout.

Je voulais sortir pour aller chez le correspondant de ma mère. Biondetta donna ses ordres pour ma toilette, et quand elle fut achevée, je me rendis où j'avais dessein d'aller.

Le négociant me fit un accueil dont j'eus lieu d'être surpris. Il était à sa banque; de loin il me caresse de l'œil, vient à moi.

« Don Alvare, me dit-il, je ne vous croyais pas

ici. Vous arrivez très à propos pour m'empêcher de faire une bévue ; j'allais vous envoyer deux lettres et de l'argent.

— Celui de mon quartier ? répondis-je.

— Oui, répliqua-t-il, et quelque chose de plus. Voilà deux cents sequins * en sus qui sont arrivés ce matin. Un vieux gentilhomme à qui j'en ai donné le reçu me les a remis de la part de doña Mencia. Ne recevant pas de vos nouvelles, elle vous a cru malade, et a chargé un Espagnol de votre connaissance de me les remettre pour vous les faire passer...

— Vous a-t-il dit son nom ?...

— Je l'ai écrit dans le reçu ; c'est don Miguel Pimientos, qui dit avoir été écuyer dans votre maison. Ignorant votre arrivée ici, je ne lui ai pas demandé son adresse. »

Je pris l'argent. J'ouvris les lettres : ma mère se plaignait de sa santé, de ma négligence, et ne parlait pas des sequins qu'elle envoyait : je n'en fus que plus sensible à ses bontés.

Me voyant la bourse aussi à propos et aussi bien garnie, je revins gaiement à l'auberge ; j'eus de la peine à trouver Biondetta dans l'espèce de logement où elle s'était réfugiée. Elle y entrait par un dégagement distant de ma porte : je m'y aventurai par hasard, et la vis courbée près d'une fenêtre, fort occupée à rassembler et recoller les débris d'un clavecin.

« J'ai de l'argent, lui dis-je, et vous rapporte celui que vous m'avez prêté. » Elle rougit, ce qui lui arrivait toujours avant de parler : elle chercha mon obligation, me la remit, prit la somme, et se contenta de me dire que j'étais trop exact, et qu'elle eût désiré jouir plus longtemps du plaisir de m'avoir obligé.

« Mais je vous dois encore, lui dis-je, car vous avez payé les postes. » Elle en avait l'état sur la table. Je l'acquittai. Je sortais avec un sang-froid apparent; elle me demanda mes ordres, je n'en eus pas à lui donner, et elle se remit tranquillement à son ouvrage; elle me tournait le dos : je l'observai quelque temps; elle semblait très occupée, et apportait à son travail autant d'adresse que d'activité.

Je revins rêver dans ma chambre. Voilà, disais-je, le pair de ce Calderon qui allumait la pipe de Soberano, et quoiqu'il ait l'air très distingué, il n'est pas de meilleure maison. S'il ne se rend ni exigeant, ni incommode, s'il n'a pas de prétentions, pourquoi ne le garderais-je pas? Il m'assure, d'ailleurs, que, pour le renvoyer, il ne faut qu'un acte de ma volonté. Pourquoi me presser de vouloir tout à l'heure ce que je puis vouloir à tous les instants du jour? On interrompit mes réflexions en m'annonçant que j'étais servi.

Je me mis à table. Biondetta, en grande livrée, était derrière mon siège, attentive à prévenir mes besoins. Je n'avais pas besoin de me retourner pour la voir : trois glaces, disposées dans le salon, répétaient tous ses mouvements. Le dîner finit; on dessert. Elle se retire.

L'aubergiste monte, la connaissance n'était pas nouvelle. On était en carnaval; mon arrivée n'avait rien qui dût le surprendre. Il me félicita sur l'augmentation de mon train, qui supposait un meilleur état dans ma fortune, et se rabattit sur les louanges de mon page, le jeune homme le plus beau, le plus affectionné, le plus intelligent, le plus doux qu'il eût encore vu. Il me demanda si je comptais prendre part aux plaisirs du carnaval : c'était mon intention. Je pris un déguisement, et montai dans ma gondole.

Je courus la place; j'allai au spectacle, au *Ridotto**. Je jouai : je gagnai quarante sequins, et rentrai assez tard, ayant cherché de la dissipation partout où j'avais cru pouvoir en trouver.

Mon page, un flambeau à la main, me reçoit au bas de l'escalier, me livre aux soins d'un valet de chambre, et se retire, après m'avoir demandé à quelle heure j'ordonnais que l'on entrât chez moi. « A l'heure ordinaire », répondis-je, sans savoir ce que je disais, sans penser que personne n'était au fait de ma manière de vivre.

Je me réveillai tard le lendemain, et me levai promptement. Je jetai par hasard les yeux sur les lettres de ma mère, demeurées sur la table. « Digne femme! m'écriai-je : que fais-je ici? Que ne vais-je me mettre à l'abri de vos sages conseils? J'irai, ah! j'irai, c'est le seul parti qui me reste. »

Comme je parlais haut, on s'aperçut que j'étais éveillé : on entra chez moi, et je revis l'écueil de ma raison. Il avait l'air désintéressé, modeste, soumis, et ne m'en parut que plus dangereux. Il m'annonçait un tailleur et des étoffes; le marché fait, il disparut avec lui jusqu'à l'heure du repas.

Je mangeai peu, et courus me précipiter à travers le tourbillon des amusements de la ville. Je cherchai les masques; j'écoutai, je fis de froides plaisanteries, et terminai la scène par l'opéra, surtout le jeu, jusqu'alors ma passion favorite. Je gagnai beaucoup plus à cette seconde séance qu'à la première.

Dix jours se passèrent dans la même situation de cœur et d'esprit, et à peu près dans des dissipations semblables : je trouvai d'anciennes connaissances; j'en fis de nouvelles. On me présenta aux assemblées les plus distinguées; je fus admis aux parties des nobles dans leurs casins *.

Tout allait bien, si ma fortune au jeu ne s'était pas démentie; mais je perdis au *Ridotto,* en une soirée, treize cents sequins que j'avais amassés. On n'a jamais joué d'un plus grand malheur. A trois heures du matin je me retirai, mis à sec, devant cent sequins à mes connaissances. Mon chagrin était écrit dans mes regards, et sur tout mon extérieur. Biondetta m'en parut affectée; mais elle n'ouvrit pas la bouche.

Le lendemain, je me levai tard. Je me promenais à grands pas dans ma chambre en frappant des pieds. On me sert, je ne mange point. Le service enlevé, Biondetta reste, contre son ordinaire. Elle me fixe un instant, laisse échapper quelques larmes : « Vous avez perdu de l'argent, don Alvare, peut-être plus que vous n'en pouvez payer...

— Et quand cela serait, où trouverais-je le remède?...

— Vous m'offensez; mes services sont toujours à vous au même prix; mais ils ne s'étendraient pas loin, s'ils n'allaient qu'à vous faire contracter avec moi de ces obligations que vous vous croiriez dans la nécessité de remplir sur-le-champ. Trouvez bon que je prenne un siège : je sens une émotion qui ne me permettrait pas de me soutenir debout; j'ai, d'ailleurs, des choses importantes à vous dire. Voulez-vous vous ruiner?... Pourquoi jouez-vous avec cette fureur, puisque vous ne savez pas jouer?...

— Tout le monde ne sait-il pas les jeux de hasard? Quelqu'un pourrait-il me les apprendre?...

— Oui : prudence à part, on apprend les jeux de chance, que vous appelez mal à propos jeux de hasard. Il n'y a point de hasard dans le monde : tout y a été et sera toujours une suite de combinaisons nécessaires que l'on ne peut entendre que par la science des nombres, dont les principes sont, en même temps, et si abstraits et si profonds, qu'on ne peut les saisir si l'on n'est conduit par un maître; mais il faut avoir su se le donner et se l'attacher. Je ne puis vous peindre cette connaissance sublime que par une image. L'enchaînement des nombres fait la cadence de l'univers, règle ce qu'on appelle les événements fortuits et prétendus déterminés, les forçant par des balanciers invisibles à tomber chacun à leur tour, depuis ce qui se passe d'important dans les sphères éloignées, jusqu'aux misérables petites chances qui vous ont aujourd'hui dépouillé de votre argent. »

Cette tirade scientifique dans une bouche enfantine, cette proposition un peu brusque de me donner un maître, m'occasionnèrent un léger frisson, un peu de cette sueur froide qui m'avait saisi sous la voûte de Portici. Je fixe Biondetta, qui baissait la vue. « Je ne veux pas de maître, lui dis-je; je craindrais d'en trop apprendre; mais essayez de me prouver qu'un gentilhomme peut savoir un peu plus que le jeu, et s'en servir sans compromettre son caractère. » Elle prit la thèse, et voici en substance l'abrégé de sa démonstration.

« La banque est combinée sur le pied d'un profit exorbitant qui se renouvelle à chaque taille* : si elle ne courait pas de risque, la république ferait à coup sûr un vol manifeste aux particuliers. Mais les calculs que nous pouvons faire sont supposés, et la banque a toujours beau jeu, en tenant contre une personne instruite sur dix mille dupes. »

La conviction fut poussée plus loin. On m'enseigna une seule combinaison, très simple en apparence : je n'en devinai pas les principes ; mais, dès le soir même, j'en connus l'infaillibilité par le succès.

En un mot, je regagnai, en la suivant, tout ce que j'avais perdu, payai mes dettes de jeu, et rendis, en rentrant, à Biondetta, l'argent qu'elle m'avait prêté pour tenter l'aventure.

J'étais en fonds ; mais plus embarrassé que jamais. Mes défiances s'étaient renouvelées sur les desseins de l'être dangereux dont j'avais agréé les services. Je ne savais pas décidément si je pourrais l'éloigner de moi : en tout cas, je n'avais pas la force de le vouloir. Je détournais les yeux pour ne pas le voir où il était, et le voyais partout où il n'était pas.

Le jeu cessait de m'offrir une dissipation attachante. Le pharaon**, que j'aimais passionnément, n'étant plus assaisonné par le risque, avait perdu tout ce qu'il avait de piquant pour moi. Les singeries du carnaval m'ennuyaient ; les spectacles m'étaient insipides. Quand j'aurais eu le cœur assez libre pour désirer de former une liaison parmi les femmes de haut parage, j'étais rebuté d'avance par la langueur, le cérémonial et la contrainte de la cicisbeature*. Il me restait la ressource des casins des nobles, où je ne voulais plus jouer, et la société des courtisanes.

Parmi les femmes de cette dernière espèce, il y en avait quelques-unes plus distinguées par l'élégance de leur faste et l'enjouement de leur société, que par leurs agréments personnels. Je trouvais, dans leurs maisons, une liberté réelle dont j'aimais à jouir, une gaieté bruyante qui pouvait m'étourdir, si elle ne pouvait me plaire; enfin un abus continuel de la raison qui me tirait pour quelques moments des entraves de la mienne. Je faisais des galanteries à toutes les femmes de cette espèce chez lesquelles j'étais admis, sans avoir de projet sur aucune; mais la plus célèbre d'entre elles avait des desseins sur moi qu'elle fit bientôt éclater.

On la nommait Olympia. Elle avait vingt-six ans, beaucoup de beauté, de talents et d'esprit. Elle me laissa bientôt apercevoir du goût qu'elle avait pour moi, et, sans en avoir pour elle, je me jetai à sa tête pour me débarrasser, en quelque sorte, de moi-même.

Notre liaison commença brusquement, et, comme j'y trouvais peu de charmes, je jugeai qu'elle finirait de même, et qu'Olympia, ennuyée de mes distractions auprès d'elle, chercherait bientôt un amant qui lui rendît plus de justice, d'autant plus que nous nous étions pris sur le pied de la passion la plus désintéressée; mais notre planète en décidait autrement. Il fallait sans doute, pour le châtiment de cette femme superbe et emportée, et pour me jeter dans des embarras d'une autre espèce, qu'elle conçût un amour effréné pour moi.

Déjà je n'étais plus le maître de revenir le soir à mon auberge, et j'étais accablé, pendant la journée, de billets, de messages et de surveillants.

On se plaignait de mes froideurs. Une jalousie qui n'avait pas encore trouvé d'objet s'en prenait à toutes les femmes qui pouvaient attirer mes regards, et aurait exigé de moi jusqu'à des incivilités pour elles, si l'on eût pu entamer mon caractère. Je me déplaisais dans ce tourment presque perpétuel; mais il fallait bien y vivre. Je cherchais de bonne foi à aimer Olympia, pour aimer quelque chose, et me distraire du goût dangereux que je me connaissais; cependant une scène plus vive se préparait.

J'étais sourdement observé dans mon auberge par les ordres de la courtisane. « Depuis quand, me dit-elle un jour, avez-vous ce beau page qui vous intéresse tant, à qui vous témoignez tant d'égards, et que vous ne cessez de suivre des yeux quand son service l'appelle dans votre appartement? Pourquoi lui faites-vous observer cette retraite austère? Car on ne le voit jamais dans Venise.

— Mon page, répondis-je, est un jeune homme bien né, de l'éducation duquel je suis chargé par devoir. C'est...

— C'est, reprit-elle, les yeux enflammés de courroux, traître, c'est une femme. Une de mes affidées lui a vu faire sa toilette par le trou de la serrure...

— Je vous donne ma parole d'honneur que ce n'est pas une femme...

— N'ajoute pas le mensonge à la trahison. Cette femme pleurait : on l'a vue; elle n'est pas heureuse. Tu ne sais que faire le tourment des cœurs qui se donnent à toi. Tu l'as abusée, comme tu m'abuses, et tu l'abandonnes. Renvoie à ses parents cette jeune personne; et si tes prodigalités t'ont mis hors d'état de lui faire justice, qu'elle la tienne de moi. Tu lui dois un sort : je le lui ferai; mais je veux qu'elle disparaisse demain.

— Olympia, repris-je le plus froidement qu'il me fut possible, je vous ai juré, je vous le répète et vous jure encore que ce n'est pas une femme; et plût au ciel!...

— Que veulent dire ces mensonges et ce Plût au ciel, monstre? Renvoie-la, te dis-je, ou...

Mais j'ai d'autres ressources; je te démasquerai, et elle entendra raison, si tu n'es pas susceptible de l'entendre. »

Excédé par ce torrent d'injures et de menaces, mais affectant de n'être point ému, je me retirai chez moi, quoiqu'il fût tard.

Mon arrivée parut surprendre mes domestiques, et surtout Biondetta : elle témoigna quelque inquiétude sur ma santé; je répondis qu'elle n'était point altérée.

Je ne lui parlais presque jamais depuis ma liaison avec Olympia, et il n'y avait eu aucun changement dans sa conduite à mon égard; mais on en remarquait dans ses traits : il y avait, sur le ton général de sa physionomie, une teinte d'abattement et de mélancolie.

Le lendemain, à peine étais-je éveillé, que

Biondetta entre dans ma chambre, une lettre ouverte à la main. Elle me la remet, et je lis :

AU PRÉTENDU BIONDETTO

« Je ne sais qui vous êtes, madame, ni ce que vous pouvez faire chez don Alvare ; mais vous êtes trop jeune pour n'être pas excusable, et en de trop mauvaises mains pour ne pas exciter la compassion. Ce cavalier vous aura promis ce qu'il promet à tout le monde, ce qu'il me jure encore tous les jours, quoique déterminé à nous trahir. On dit que vous êtes sage autant que belle ; vous serez susceptible d'un bon conseil. Vous êtes en âge, madame, de réparer le tort que vous pouvez vous être fait ; une âme sensible vous en offre les moyens. On ne marchandera point sur la force du sacrifice que l'on doit faire pour assurer votre repos. Il faut qu'il soit proportionné à votre état, aux vues que l'on vous a fait abandonner, à celles que vous pouvez avoir pour l'avenir, et par conséquent vous réglerez tout vous-même. Si vous persistez à vouloir être trompée et malheureuse, et à en faire d'autres, attendez-vous à tout ce que le désespoir peut suggérer de plus violent à une rivale. J'attends votre réponse. »

Après avoir lu cette lettre, je la remis à Biondetta. « Répondez, lui dis-je, à cette femme qu'elle est folle, et vous savez mieux que moi combien elle l'est...

— Vous la connaissez, don Alvare, n'appréhendez-vous rien d'elle ?...

— J'appréhende qu'elle ne m'ennuie plus longtemps, ainsi je la quitte ; et pour m'en délivrer plus sûrement, je vais louer ce matin une jolie maison que l'on m'a proposée sur la Brenta *. » Je m'habillai sur-le-champ, et allai conclure mon marché. Chemin faisant, je réfléchissais aux menaces d'Olympia. Pauvre folle ! disais-je, elle veut tuer... Je ne pus jamais, et sans savoir pourquoi, prononcer le mot.

Dès que j'eus terminé mon affaire, je revins chez moi, je dînai, et, craignant que la force de l'habitude ne m'entraînât chez la courtisane, je me déterminai à ne pas sortir de la journée.

Je prends un livre. Incapable de m'appliquer à la lecture, je le quitte ; je vais à la fenêtre, et la foule, la variété des objets me choquent au lieu de me distraire. Je me promène à grands pas dans mon appartement, cherchant la tranquillité de l'esprit dans l'agitation continuelle du corps.

Dans cette course indéterminée, mes pas s'adressent vers une garde-robe sombre où mes gens renfermaient les choses nécessaires à mon service qui ne devaient pas se trouver sous la main. Je n'y étais jamais entré ; l'obscurité du lieu me plaît. Je m'assieds sur un coffre et y passe quelques minutes.

Au bout de ce court espace de temps, j'entends du bruit dans une pièce voisine ; un petit jour qui me donne dans les yeux m'attire vers une porte condamnée : il s'échappait par le trou de la serrure ; j'y applique l'œil.

Je vois Biondetta assise vis-à-vis de son clavecin, les bras croisés, dans l'attitude d'une personne qui rêve profondément. Elle rompit le silence.

« Biondetta ! Biondetta ! dit-elle. Il m'appelle

Biondetta. C'est le premier, c'est le seul mot caressant qui soit sorti de sa bouche. »

Elle se tait, et paraît retomber dans sa rêverie. Elle pose enfin les mains sur le clavecin que je lui avais vu raccommoder. Elle avait devant elle un livre fermé sur le pupitre. Elle prélude et chante à demi-voix en s'accompagnant.

Je démêlai sur-le-champ que ce qu'elle chantait n'était pas une composition arrêtée. En prêtant mieux l'oreille, j'entendis mon nom, celui d'Olympia ; elle improvisait en prose sur sa prétendue situation, sur celle de sa rivale, qu'elle trouvait bien plus heureuse que la sienne ; enfin sur les rigueurs que j'avais pour elle, et les soupçons qui occasionnaient une défiance qui m'éloignait de mon bonheur. Elle m'aurait conduit dans la route des grandeurs, de la fortune et des sciences, et j'aurais fait sa félicité. « Hélas ! disait-elle, cela devient impossible. Quand il me connaîtrait pour ce que je suis, mes faibles charmes ne pourraient l'arrêter ; une autre... »

La passion l'emportait, et les larmes semblaient la suffoquer. Elle se lève, va prendre un mouchoir, s'essuie et se rapproche de l'instrument ; elle veut se rasseoir et, comme si le peu de hauteur du siège l'eût tenue ci-devant dans une attitude trop gênée, elle prend le livre qui était sur son pupitre, le met sur le tabouret, s'assied, et prélude de nouveau.

Je compris bientôt que la seconde scène de musique ne serait pas de l'espèce de la première. Je reconnus l'air d'une barcarolle fort en vogue alors à Venise. Elle le répéta deux fois ; puis, d'une voix plus distincte et plus assurée, elle chanta les paroles suivantes :

Hélas ! quelle est ma chimère,
Fille du ciel et des airs,
Pour Alvare et pour la terre
J'abandonne l'univers ;
Sans éclat et sans puissance,
Je m'abaisse jusqu'aux fers ;
Et quelle est ma récompense ?
On me dédaigne et je sers.

Coursier, la main qui vous mène
S'empresse à vous caresser ;
On vous captive, on vous gêne,
Mais on craint de vous blesser.
Des efforts qu'on vous fait faire
Sur vous l'honneur rejaillit,
Et le frein qui vous modère
Jamais ne vous avilit.

Alvare, une autre t'engage,
Et m'éloigne de ton cœur :
Dis-moi par quel avantage
Elle a vaincu ta froideur ?
On pense qu'elle est sincère,
On s'en rapporte à sa foi ;
Elle plaît, je ne puis plaire ;
Le soupçon est fait pour moi.

La cruelle défiance
Empoisonne le bienfait.
On me craint en ma présence ;
En mon absence on me hait.
Mes tourments, je les suppose ;
Je gémis, mais sans raison ;

Si je parle, j'en impose ;
Je me tais, c'est trahison.

Amour, tu fis l'imposture,
Je passe pour l'imposteur ;
Ah ! pour venger notre injure,
Dissipe enfin son erreur.
Fais que l'ingrat me connaisse ;
Et quel qu'en soit le sujet,
Qu'il déteste une faiblesse
Dont je ne suis pas l'objet.

Ma rivale est triomphante,
Elle ordonne de mon sort,
Et je me vois dans l'attente
De l'exil ou de la mort :
Ne brisez pas votre chaîne,
Mouvements d'un cœur jaloux ;
Vous éveilleriez la haine...
Je me contrains : taisez-vous.

Le ton de la voix, le chant, le sens des vers, leur tournure, me jettent dans un désordre que je ne puis exprimer. Être fantastique, dangereuse imposture ! m'écriai-je en sortant avec rapidité du poste où j'étais demeuré trop longtemps : peut-on mieux emprunter les traits de la vérité et de la nature ? Que je suis heureux de n'avoir connu que d'aujourd'hui le trou de cette serrure, comme je serais venu m'enivrer, combien j'aurais aidé à me tromper moi-même ! Sortons d'ici. Allons sur la Brenta dès demain. Allons-y ce soir.

J'appelle, sur-le-champ, un domestique, et fais dépêcher, dans une gondole, ce qui m'était nécessaire pour aller passer la nuit dans ma nouvelle maison.

Il m'eût été trop difficile d'attendre la nuit dans mon auberge. Je sortis. Je marchai au hasard. Au détour d'une rue, je crus voir entrer dans un café ce Bernadillo qui accompagnait Soberano dans notre promenade à Portici. Autre fantôme! dis-je : ils me poursuivent. J'entrai dans ma gondole, et courus tout Venise de canal en canal : il était onze heures quand je rentrai. Je voulus partir pour la Brenta, et mes gondoliers fatigués refusant le service, je fus obligé d'en faire appeler d'autres : ils arrivèrent; et mes gens, prévenus de mes intentions, me précèdent dans la gondole, chargés de leurs propres effets. Biondetta me suivait.

A peine ai-je les deux pieds dans le bâtiment, que des cris me forcent à me retourner. Un masque poignardait Biondetta : « Tu l'emportes sur moi! meurs, meurs, odieuse rivale! »

L'exécution fut si prompte qu'un des gondoliers resté sur le rivage ne put l'empêcher. Il voulut attaquer l'assassin en lui portant le flambeau dans les yeux; un autre masque accourt, et le repousse avec une action menaçante, une voix tonnante que je crus reconnaître pour celle de Bernadillo.

Hors de moi, je m'élance de la gondole. Les meurtriers ont disparu. A l'aide du flambeau je vois Biondetta pâle, baignée dans son sang, expirante.

Mon état ne saurait se peindre. Toute autre idée s'efface. Je ne vois plus qu'une femme adorée, victime d'une prévention ridicule, sacrifiée à ma vaine et extravagante confiance, et accablée par moi, jusque-là, des plus cruels outrages.

Je me précipite, j'appelle en même temps le secours et la vengeance. Un chirurgien, attiré par l'éclat de cette aventure, se présente. Je fais transporter la blessée dans mon appartement; et, crainte qu'on ne la ménage point assez, je me charge moi-même de la moitié du fardeau.

Quand on l'eut déshabillée, quand je vis ce beau corps sanglant atteint de deux énormes blessures, qui semblaient devoir attaquer toutes deux les sources de la vie, je dis, je fis mille extravagances.

Biondetta, présumée sans connaissance*, ne devait pas les entendre; mais l'aubergiste et ses gens, un chirurgien, deux médecins, appelés, jugèrent qu'il était dangereux pour la blessée qu'on me laissât auprès d'elle. On m'entraîna hors de la chambre.

On laissa mes gens près de moi, mais un d'eux ayant eu la maladresse de me dire que la faculté avait jugé les blessures mortelles, je poussai des cris aigus.

Fatigué enfin par mes emportements, je tombai dans un abattement qui fut suivi du sommeil.

Je crus voir ma mère, en rêve** : je lui racontais mon aventure, et pour la lui rendre plus sensible, je la conduisais vers les ruines de Portici.

« N'allons pas là, mon fils, me disait-elle, vous êtes dans un danger évident. » Comme nous passions dans un défilé étroit où je m'engageais avec sécurité, une main tout à coup me pousse dans un précipice; je la reconnais, c'est celle de Biondetta. Je tombais, une autre main me retire, et je me trouve entre les bras de ma mère. Je me réveille, encore haletant de frayeur. Tendre mère! m'écriai-je, vous ne m'abandonnez pas, même en rêve.

Biondetta! vous voulez me perdre? Mais ce songe est l'effet du trouble de mon imagination. Ah! chassons des idées qui me feraient manquer à la reconnaissance, à l'humanité.

J'appelle un domestique et fais demander des nouvelles. Deux chirurgiens veillent : on a beaucoup tiré de sang; on craint la fièvre.

Le lendemain, après l'appareil levé, on décida que les blessures n'étaient dangereuses que par la profondeur; mais la fièvre survient, redouble, et il faut épuiser le sujet par de nouvelles saignées.

Je fis tant d'instances pour entrer dans l'appartement, qu'il ne fut pas possible de s'y refuser.

Biondetta avait le transport, et répétait sans cesse mon nom. Je la regardai; elle ne m'avait jamais paru si belle.

Est-ce là, me disais-je, ce que je prenais pour un fantôme colorié, un amas de vapeurs brillantes uniquement rassemblées pour en imposer à mes sens?

Elle avait la vie comme je l'ai, et la perd, parce que je n'ai jamais voulu l'entendre, parce que je l'ai volontairement exposée. Je suis un tigre, un monstre.

Si tu meurs, objet le plus digne d'être chéri, et dont j'ai si indignement reconnu les bontés, je ne veux pas te survivre. Je mourrai après avoir sacrifié sur ta tombe la barbare Olympia!

Si tu m'es rendue, je serai à toi; je reconnaîtrai tes bienfaits; je couronnerai tes vertus, ta patience; je me lie par des liens indissolubles, et ferai mon devoir de te rendre heureuse par le sacrifice aveugle de mes sentiments et de mes volontés.

Je ne peindrai point les efforts pénibles de l'art et de la nature pour rappeler à la vie un corps qui semblait devoir succomber sous les ressources mises en œuvre pour le soulager.

Vingt et un jours se passèrent sans qu'on pût se décider entre la crainte et l'espérance : enfin, la fièvre se dissipa, et il parut que la malade reprenait connaissance.

Je l'appelai ma chère Biondetta; elle me serra la main. Depuis cet instant, elle reconnut tout ce qui était autour d'elle. J'étais à son chevet : ses yeux se tournèrent sur moi; les miens étaient baignés de larmes. Je ne saurais peindre, quand elle me regarda, les grâces, l'expression de son sourire. « Chère Biondetta! reprit-elle; je suis la chère Biondetta d'Alvare. » Elle voulait m'en dire davantage : on me força encore une fois de m'éloigner.

Je pris le parti de rester dans sa chambre, dans un endroit où elle ne pût pas me voir. Enfin, j'eus la permission d'en approcher. « Biondetta, lui dis-je, je fais poursuivre vos assassins.

— Ah! ménagez-les, dit-elle : ils ont fait mon bonheur. Si je meurs, ce sera pour vous; si je vis, ce sera pour vous aimer. »

J'ai des raisons pour abréger ces scènes de tendresse qui se passèrent entre nous jusqu'au temps où les médecins m'assurèrent que je pouvais faire transporter Biondetta sur les bords de la Brenta, où l'air serait plus propre à lui rendre ses forces. Nous nous y établîmes. Je lui avais donné deux femmes pour la servir, dès le premier instant où son sexe fut avéré par la nécessité de panser ses blessures. Je rassemblai autour d'elle tout ce qui pouvait contribuer à sa commodité, et ne m'occupai qu'à la soulager, l'amuser et lui plaire.

Ses forces se rétablissaient à vue d'œil, et sa beauté semblait prendre chaque jour un nouvel éclat. Enfin, croyant pouvoir l'engager dans une conversation assez longue, sans intéresser sa santé : « Ô Biondetta ! lui dis-je, je suis comblé d'amour, persuadé que vous n'êtes point un être fantastique, convaincu que vous m'aimez, malgré les procédés révoltants que j'ai eus pour vous jusqu'ici. Mais vous savez si mes inquiétudes furent fondées. Développez-moi le mystère de l'étrange apparition qui affligea mes regards sous la voûte de Portici. D'où venaient, que devinrent ce monstre affreux, cette petite chienne qui précédèrent votre arrivée ? Comment, pourquoi les avez-vous remplacés pour vous attacher à moi ? Qui étaient-ils ? Qui êtes-vous ? Achevez de rassurer un cœur tout à vous, et qui veut se dévouer pour la vie.

— Alvare, répondit Biondetta, les nécromanciens, étonnés de votre audace, voulurent se faire un jeu de votre humiliation et parvenir par la voie de la terreur à vous réduire à l'état de vil esclave de leurs volontés. Ils vous préparaient d'avance à la frayeur, en vous provoquant à l'évocation du plus puissant et du plus redoutable de tous les esprits ; et, par le secours de ceux dont la catégorie leur est soumise, ils vous présentèrent un spectacle qui vous eût fait mourir d'effroi, si la vigueur de votre âme n'eût fait tourner contre eux leur propre stratagème.

» A votre contenance héroïque, les Sylphes, les

Salamandres, les Gnomes, les Ondins *, enchantés de votre courage, résolurent de vous donner tout l'avantage sur vos ennemis.

» Je suis Sylphide d'origine, et une des plus considérables d'entre elles. Je parus sous la forme de la petite chienne ; je reçus vos ordres, et nous nous empressâmes tous à l'envi de les accomplir. Plus vous mettiez de hauteur, de résolution, d'aisance, d'intelligence à régler mes mouvements, plus nous redoublions d'admiration pour vous et de zèle.

» Vous m'ordonnâtes de vous servir en page, de vous amuser en cantatrice. Je me soumis avec joie, et goûtai de tels charmes dans mon obéissance, que je résolus de vous la vouer pour toujours.

» Décidons, me disais-je, mon état et mon bonheur. Abandonnée dans le vague de l'air à une incertitude nécessaire, sans sensations, sans jouissances, esclave des évocations des cabalistes, jouet de leurs fantaisies, nécessairement bornée dans mes prérogatives comme dans mes connaissances, balancerais-je davantage sur le choix des moyens par lesquels je puis ennoblir mon essence ?

» Il m'est permis de prendre un corps pour m'associer à un sage ** : le voilà. Si je me réduis au simple état de femme, si je perds par ce changement volontaire le droit naturel des Sylphides et l'assistance de mes compagnes, je jouirai du bonheur d'aimer et d'être aimée. Je servirai mon vainqueur ; je l'instruirai de la sublimité de son être, dont il ignore les prérogatives : il nous soumettra, avec les éléments dont j'aurai abandonné l'empire, les esprits de toutes les sphères. Il est fait pour être le roi du monde, et j'en serai la reine, et la reine adorée de lui.

» Ces réflexions, plus subites que vous ne pouvez le croire dans une substance débarrassée d'organes, me décidèrent sur-le-champ. En conservant ma figure, je prends un corps de femme pour ne le quitter qu'avec la vie.

» Quand j'eus pris un corps, Alvare, je m'aperçus que j'avais un cœur. Je vous admirais, je vous aimais; mais que devins-je lorsque je ne vis en vous que de la répugnance, de la haine! Je ne pouvais ni changer, ni même me repentir; soumise à tous les revers auxquels sont sujettes les créatures de votre espèce, m'étant attiré le courroux des esprits, la haine implacable des nécromanciens, je devenais, sans votre protection, l'être le plus malheureux qui fût sous le ciel : que dis-je? je le serais encore sans votre amour. »

Mille grâces répandues dans la figure, l'action, le son de la voix, ajoutaient au prestige de ce récit intéressant. Je ne concevais rien de ce que j'entendais. Mais qu'y avait-il de concevable dans mon aventure?

Tout ceci me paraît un songe, me disais-je; mais la vie humaine est-elle autre chose*? Je rêve plus extraordinairement qu'un autre, et voilà tout.

Je l'ai vue de mes yeux, attendant tout secours de l'art, arriver presque aux portes de la mort, en passant par tous les termes de l'épuisement et de la douleur.

L'homme fut un assemblage d'un peu de boue et d'eau. Pourquoi une femme ne serait-elle pas faite de rosée, de vapeurs terrestres et de rayons de lumière, des débris d'un arc-en-ciel condensés? Où est le possible?... Où est l'impossible?

Le résultat de mes réflexions fut de me livrer encore plus à mon penchant, en croyant consulter ma raison. Je comblais Biondetta de prévenances, de caresses innocentes. Elle s'y prêtait avec une franchise qui m'enchantait, avec cette pudeur naturelle qui agit sans être l'effet des réflexions ou de la crainte.

Un mois s'était passé dans des douceurs qui m'avaient enivré. Biondetta, entièrement rétablie, pouvait me suivre partout à la promenade. Je lui avais fait faire un déshabillé d'amazone : sous ce vêtement, sous un grand chapeau ombragé de plumes, elle attirait tous les regards, et nous ne paraissions jamais que mon bonheur ne fît l'objet de l'envie de tous ces heureux citadins qui peuplent, pendant les beaux jours, les rivages enchantés de la Brenta; les femmes même semblaient avoir renoncé à cette jalousie dont on les accuse, ou subjuguées par une supériorité dont elles ne pouvaient disconvenir, ou désarmées par un maintien qui annonçait l'oubli de tous ses avantages.

Connu de tout le monde pour l'amant aimé d'un objet aussi ravissant, mon orgueil égalait mon amour, et je m'élevais encore davantage quand je venais à me flatter sur le brillant de son origine.

Je ne pouvais douter qu'elle ne possédât les connaissances les plus rares, et je supposais, avec raison, que son but était de m'en orner; mais elle ne m'entretenait que de choses ordinaires, et semblait avoir perdu l'autre objet de vue. « Biondetta, lui dis-je, un soir que nous nous promenions sur la terrasse de mon jardin, lorsqu'un penchant trop flatteur pour moi vous décida à lier votre sort au mien, vous vous promettiez de m'en rendre digne, en me donnant des connaissances qui ne sont point réservées au commun des hommes. Vous parais-je, maintenant, indigne de vos soins? un amour aussi tendre, aussi délicat que le vôtre, peut-il ne point désirer d'ennoblir son objet?

— Oh! Alvare, me répondit-elle, je suis femme depuis six mois, et ma passion, il me le semble, n'a pas duré un jour. Pardonnez si la plus douce des sensations enivre un cœur qui n'a jamais rien éprouvé. Je voudrais vous montrer à aimer comme moi; et vous seriez, par ce sentiment seul, au-dessus de tous vos semblables; mais l'orgueil humain aspire à d'autres jouissances. L'inquiétude naturelle ne lui permet pas de saisir un bonheur, s'il n'en peut envisager un plus grand dans la perspective. Oui, je vous instruirai, Alvare. J'oubliais avec plaisir mon intérêt; il le veut, puisque je dois retrouver ma grandeur dans la vôtre; mais il ne suffit pas de me promettre d'être à moi, il faut que vous vous donniez, et sans réserve et pour toujours. »

Nous étions assis sur un banc de gazon, sous un abri de chèvrefeuille au fond du jardin; je me jetai à ses genoux. « Chère Biondetta, lui dis-je, je vous jure une fidélité à toute épreuve.

— Non, disait-elle, vous ne me connaissez pas, vous ne me connaissez pas : il me faut un abandon absolu. Il peut seul me rassurer et me suffire. »

Je lui baisais la main avec transport, et redoublais mes serments; elle m'opposait ses craintes. Dans le feu de la conversation, nos têtes se penchent, nos lèvres se rencontrent... Dans le moment, je me sens saisir par la basque de mon habit, et secouer d'une étrange force...

C'était mon chien, un jeune danois dont on m'avait fait présent. Tous les jours, je le faisais jouer avec mon mouchoir. Comme il s'était échappé de la maison la veille, je l'avais fait attacher pour prévenir une seconde évasion. Il venait de rompre son attache ; conduit par l'odorat, il m'avait trouvé, et me tirait par mon manteau pour me montrer sa joie et me solliciter au badinage ; j'eus beau le chasser de la main, de la voix, il ne fut pas possible de l'écarter : il courait, revenait sur moi en aboyant ; enfin, vaincu par son importunité, je le saisis par son collier et le reconduisis à la maison.

Comme je revenais au berceau pour rejoindre Biondetta, un domestique, marchant presque sur mes talons, nous avertit qu'on avait servi, et nous fûmes prendre nos places à table. Biondetta eut pu y paraître embarrassée. Heureusement, nous nous trouvions en tiers, un jeune noble était venu passer la soirée avec nous.

Le lendemain, j'entrai chez Biondetta, résolu de lui faire part des réflexions sérieuses qui m'avaient occupé pendant la nuit. Elle était encore au lit, et je m'assis auprès d'elle. « Nous avons, lui dis-je, pensé faire hier une folie dont je me fusse repenti le reste de mes jours. Ma mère veut absolument que je me marie. Je ne saurais être à d'autre qu'à vous, et ne puis point prendre d'engagement sérieux sans son aveu. Vous regardant déjà comme ma femme, chère Biondetta, mon devoir est de vous respecter.

— Eh ! ne dois-je pas vous respecter vous-même, Alvare ? Mais ce sentiment ne serait-il pas le poison de l'amour ?

— Vous vous trompez, repris-je, il en est l'assaisonnement...

— Bel assaisonnement ! qui vous ramène à moi d'un air glacé, et me pétrifie moi-même. Ah ! Alvare ! Alvare ! je n'ai heureusement ni rime ni raison, ni père ni mère, et veux aimer de tout mon cœur sans cet assaisonnement-là. Vous devez des égards à votre mère : ils sont naturels ; il suffit que sa volonté ratifie l'union de nos cœurs, pourquoi faut-il qu'elle la précède ? Les préjugés sont nés chez vous au défaut de lumières*, et soit en raisonnant, soit en ne raisonnant pas, ils rendent votre conduite aussi inconséquente que bizarre. Soumis à de véritables devoirs, vous vous en imposez qu'il est ou impossible ou inutile de remplir : enfin, vous cherchez à vous faire écarter de la route, dans la poursuite de l'objet dont la possession vous semble la plus désirable. Notre union, nos liens deviennent dépendants de la volonté d'autrui. Qui sait si doña Mencia me trouvera d'assez bonne maison pour entrer dans celle de Maravillas ? Et je me verrais dédaignée ? ou, au lieu de vous tenir de vous-même, il faudrait vous obtenir d'elle ? Est-ce un homme destiné à la haute science qui me parle, ou un enfant qui sort des montagnes de l'Estramadure ? Et dois-je être sans délicatesse, quand je vois qu'on ménage celle des autres plus que la mienne ? Alvare ! Alvare ! on vante l'amour des Espagnols ; ils auront toujours plus d'orgueil et de morgue que d'amour. »

J'avais vu des scènes bien extraordinaires; je n'étais point préparé à celle-ci. Je voulus excuser mon respect pour ma mère; le devoir me le prescrivait, et la reconnaissance, l'attachement, plus forts encore que lui. On n'écoutait pas. « Je ne suis pas devenue femme pour rien, Alvare : vous me tenez de moi, je veux vous tenir de vous. Doña Mencia désapprouvera après, si elle est folle. Ne m'en parlez plus. Depuis qu'on me respecte, qu'on se respecte, qu'on respecte tout le monde, je deviens plus malheureuse que lorsqu'on me haïssait. » Et elle se mit à sangloter.

Heureusement je suis fier, et ce sentiment me garantit du mouvement de faiblesse qui m'entraînait aux pieds de Biondetta, pour essayer de désarmer cette déraisonnable colère, et faire cesser des larmes dont la seule vue me mettait au désespoir. Je me retirai. Je passai dans mon cabinet. En m'y enchaînant, on m'eût rendu service; enfin, craignant l'issue des combats que j'éprouvais, je cours à ma gondole : une des femmes de Biondetta se trouve sur mon chemin. « Je vais à Venise, lui dis-je. J'y deviens nécessaire pour la suite du procès intenté à Olympia. » Et, sur-le-champ, je pars, en proie aux plus dévorantes inquiétudes, mécontent de Biondetta et plus encore de moi, voyant qu'il ne me restait à prendre que des partis lâches ou désespérés.

J'arrive à la ville : je touche à la première calle. Je parcours d'un air effrayé toutes les rues qui sont sur mon passage, ne m'apercevant point qu'un orage affreux va fondre sur moi, et qu'il faut m'inquiéter pour trouver un abri.

C'était dans le milieu du mois de juillet. Bientôt je fus chargé par une pluie abondante mêlée de beaucoup de grêle.

Je vois une porte ouverte devant moi : c'était celle de l'église du grand couvent des Franciscains *; je m'y réfugie.

Ma première réflexion fut qu'il avait fallu un semblable accident pour me faire entrer dans une église depuis mon séjour dans les États de Venise; le second ** fut de me rendre justice sur cet entier oubli de mes devoirs.

Enfin, voulant m'arracher à mes pensées, je considère les tableaux, et cherche à voir les monuments qui sont dans cette église : c'était une espèce de voyage curieux que je faisais autour de la nef et du chœur.

J'arrive enfin dans une chapelle enfoncée et qui était éclairée par une lampe, le jour extérieur n'y pouvant pénétrer; quelque chose d'éclatant frappe mes regards dans le fond de la chapelle : c'était un monument.

Deux génies descendaient dans un tombeau de marbre noir une figure de femme. Deux autres génies fondaient en larmes auprès de la tombe.

Toutes les figures étaient de marbre blanc, et leur éclat naturel, rehaussé par le contraste, en réfléchissant vivement la faible lumière de la lampe, semblait les faire briller d'un jour qui leur fût propre, et éclairer lui-même le fond de la chapelle.

J'approche : je considère les figures; elles me paraissent des plus belles proportions, pleines d'expression et de l'exécution la plus finie.

J'attache mes yeux sur la tête de la principale

figure. Que deviens-je? Je crois voir le portrait de ma mère. Une douleur vive et tendre, un saint respect me saisissent.

« Ô ma mère! est-ce pour m'avertir que mon peu de tendresse et le désordre de ma vie vous conduiront au tombeau, que ce froid simulacre emprunte ici votre ressemblance chérie? Ô la plus digne des femmes! tout égaré qu'il est, votre Alvare vous a conservé tous vos droits sur son cœur. Avant de s'écarter de l'obéissance qu'il vous doit, il mourrait plutôt mille fois : il en atteste ce marbre insensible. Hélas! je suis dévoré de la passion la plus tyrannique : il m'est impossible de m'en rendre maître désormais. Vous venez de parler à mes yeux; parlez. Ah! parlez à mon cœur, et si je dois la bannir, enseignez-moi comment je le pourrai faire sans qu'il m'en coûte la vie. »

En prononçant avec force cette pressante invocation, je m'étais prosterné la face contre terre, et j'attendais, dans cette attitude, la réponse que j'étais presque sûr de recevoir, tant j'étais enthousiasmé.

Je réfléchis maintenant, ce que je n'étais pas en état de faire alors, que dans toutes les occasions où nous avons besoin de secours extraordinaires pour régler notre conduite, si nous les demandons avec force, dussions-nous n'être pas exaucés, au moins, en nous recueillant pour les recevoir, nous nous mettons dans le cas d'user de toutes les ressources de notre propre prudence. Je méritais d'être abandonné à la mienne, et voici ce qu'elle me suggéra : « Tu mettras un devoir à remplir et un espace considérable entre ta passion et toi; les événements t'éclaireront. »

Allons, dis-je en me relevant avec précipitation, allons ouvrir mon cœur à ma mère, et remettons-nous encore une fois sous ce cher abri.

Je retourne à mon auberge ordinaire : je cherche une voiture, et, sans m'embarrasser d'équipages, je prends la route de Turin pour me rendre en Espagne par la France, mais avant je mets dans un paquet une note de trois cents sequins sur la banque, et la lettre qui suit :

A MA CHÈRE BIONDETTA

« Je m'arrache d'auprès de vous, ma chère Biondetta, et ce serait m'arracher à la vie, si l'espoir du plus prompt retour ne consolait mon cœur. Je vais voir ma mère; animé par votre charmante idée, je triompherai d'elle, et viendrai former avec son aveu une union qui doit faire mon bonheur. Heureux d'avoir rempli mes devoirs avant de me donner tout entier à l'amour, je sacrifierai à vos pieds le reste de ma vie. Vous connaîtrez un Espagnol, ma Biondetta; vous jugerez d'après sa conduite, que s'il obéit aux devoirs de l'honneur et du sang, il sait également satisfaire aux autres. En voyant l'heureux effet de ses préjugés, vous ne taxerez pas d'orgueil le sentiment qui l'y attache. Je ne puis douter de votre amour : il m'avait voué une entière obéissance; je le reconnaîtrai encore mieux par cette faible condescendance à des vues qui n'ont pour objet que notre commune félicité. Je vous envoie ce qui peut être nécessaire pour l'entretien de notre maison. Je vous enverrai d'Espagne ce que je croirai le moins indigne de vous, en attendant que la plus vive tendresse qui fut jamais vous ramène pour toujours votre esclave. »

Je suis sur la route de l'Estramadure. Nous étions dans la plus belle saison, et tout semblait se prêter à l'impatience que j'avais d'arriver dans ma patrie. Je découvrais déjà les clochers de Turin, lorsqu'une chaise de poste assez mal en ordre ayant dépassé ma voiture, s'arrête et me laisse voir, à travers une portière, une femme qui fait des signes et s'élance pour en sortir.

Mon postillon s'arrête de lui-même; je descends, et reçois Biondetta dans mes bras; elle y reste pâmée sans connaissance; elle n'avait pu dire que ce peu de mots : « Alvare! vous m'avez abandonnée. »

Je la porte dans ma chaise, seul endroit où je pusse l'asseoir commodément : elle était heureusement à deux places. Je fais mon possible pour lui donner plus d'aisance à respirer, en la dégageant de ceux de ses vêtements qui la gênent; et, la soutenant entre mes bras, je continue ma route dans la situation que l'on peut imaginer.

Nous arrêtons à la première auberge de quelque apparence : je fais porter Biondetta dans la chambre la plus commode : je la fais mettre sur un lit, et m'assieds à côté d'elle. Je m'étais fait apporter des eaux spiritueuses, des élixirs propres à dissiper un évanouissement. A la fin elle ouvre les yeux.

« On a voulu ma mort, encore une fois, dit-elle; on sera satisfait.

— Quelle injustice! lui dis-je; un caprice vous fait vous refuser à des démarches senties et nécessaires de ma part. Je risque de manquer à mon devoir si je ne sais pas vous résister, et je m'expose à des désagréments, à des remords qui troubleraient la tranquillité de notre union. Je prends le parti de m'échapper pour aller chercher l'aveu de ma mère...

— Et que ne me faites-vous connaître votre volonté, cruel! Ne suis-je pas faite pour vous obéir? Je vous aurais suivi. Mais m'abandonner seule, sans protection, à la vengeance des ennemis que je me suis faits pour vous, me voir exposée, par votre faute, aux affronts les plus humiliants...

— Expliquez-vous, Biondetta; quelqu'un aurait-il osé?...

— Et qu'avait-on à risquer contre un être de mon sexe, dépourvu d'aveu comme de toute assistance? L'indigne Bernadillo nous avait suivis à Venise : à peine avez-vous disparu, qu'alors cessant de vous craindre, impuissant contre moi depuis que je suis à vous, mais pouvant troubler l'imagination des gens attachés à mon service, il a fait assiéger par des fantômes de sa création votre maison de la Brenta. Mes femmes, effrayées, m'abandonnent. Selon un bruit général, autorisé par beaucoup de lettres, un lutin a enlevé un capitaine aux gardes du roi de Naples, et l'a conduit à Venise. On assure que je suis ce lutin; et cela se trouve presque avéré par les indices. Chacun s'écarte de moi avec frayeur. J'implore de l'assistance, de la compassion; je n'en trouve pas. Enfin l'or obtient ce que l'on refuse à l'humanité. On me vend fort cher une mauvaise chaise : je trouve des guides, des postillons; je vous suis... »

Ma fermeté pensa s'ébranler au récit des disgrâces de Biondetta. « Je ne pouvais, lui dis-je, prévoir des événements de cette nature. Je vous avais vue l'objet des égards, des respects de tous les habitants des bords de la Brenta; ce tribut vous semblait si bien acquis. Pouvais-je imaginer qu'on vous le disputerait dans mon absence? Ô Biondetta! Vous êtes éclairée, ne deviez-vous pas prévoir qu'en contrariant des vues aussi raisonnables que les miennes, vous me porteriez à des résolutions désespérées? Pourquoi?...

— Est-on toujours maîtresse de ne pas contrarier? Je suis femme par mon choix, Alvare, mais je suis femme, enfin, exposée à ressentir toutes les impressions; je ne suis pas de marbre. J'ai choisi entre les zones la matière élémentaire dont mon corps est composé : elle est très susceptible; si elle ne l'était pas, je manquerais de sensibilité, vous ne me feriez rien éprouver et je vous deviendrais insipide. Pardonnez-moi d'avoir couru le risque de prendre toutes les imperfections de mon sexe, pour en réunir, si je pouvais, toutes les grâces, mais la folie est faite, et constituée comme je le suis à présent, mes sensations sont d'une vivacité dont rien n'approche, mon imagination est un volcan. J'ai, en un mot, des passions d'une violence qui devrait vous effrayer, si vous n'étiez pas l'objet de la plus emportée de toutes, et si nous ne connaissions pas mieux les principes et les effets de ces élans naturels qu'on ne les connaît à Salamanque. On leur y donne des noms odieux; on parle au moins de les étouffer. Étouffer une flamme céleste, le seul ressort au moyen duquel l'âme et le corps peuvent agir réciproquement l'un sur l'autre et se forcer de concourir au maintien nécessaire de leur union! Cela est bien imbécile, mon cher Alvare! Il faut régler ces mouvements, mais quelquefois il faut leur céder; si on les contrarie, si on les soulève, ils échappent tous à la fois, et la raison ne sait plus où s'asseoir pour gouverner. Ménagez-moi dans ces moments-ci, Alvare; je n'ai que six mois, je suis dans l'enthousiasme de tout ce que j'éprouve; songez qu'un de vos refus, un mot que vous me dites inconsidérément, indignent l'amour, révoltent l'orgueil, éveillent le dépit, la défiance, la crainte : que dis-je? je vois d'ici ma pauvre tête perdue, et mon Alvare aussi malheureux que moi!

— Ô Biondetta! repartis-je, on ne cesse pas de s'étonner auprès de vous; mais je crois voir la nature même dans l'aveu que vous faites de vos penchants. Nous trouverons des ressources contre eux dans notre tendresse mutuelle. Que ne devons-nous pas espérer, d'ailleurs, des conseils de la digne mère qui va nous recevoir dans ses bras? Elle vous chérira, tout m'en assure, et tout nous aidera à couler des jours heureux...

— Il faut vouloir ce que vous voulez, Alvare. Je connais mieux mon sexe et n'espère pas autant que vous; mais je veux vous obéir pour vous plaire, et je me livre. »

Satisfait de me trouver sur la route de l'Espagne, de l'aveu et en compagnie de l'objet qui avait captivé ma raison et mes sens, je m'empressai de chercher le passage des Alpes pour arriver en France; mais il semblait que le ciel me devenait contraire depuis que je n'étais pas seul *; des orages affreux suspendent ma course et rendent les chemins mauvais et les passages impraticables. Les chevaux s'abattent : ma voiture, qui semblait neuve et bien assemblée, se dément à chaque poste, et manque par l'essieu, ou par le train, ou par les roues. Enfin, après des traverses infinies, je parviens au Col de Tende.

Parmi les sujets d'inquiétude, les embarras que me donnait un voyage aussi contrarié, j'admirais le personnage de Biondetta. Ce n'était plus cette femme tendre, triste ou emportée que j'avais vue; il semblait qu'elle voulût soulager mon ennui en se livrant aux saillies de la gaieté la plus vive, et me persuader que les fatigues n'avaient rien de rebutant pour elle.

Tout ce badinage agréable était mêlé de caresses trop séduisantes pour que je pusse m'y refuser : je m'y livrais, mais avec réserve; mon orgueil compromis servait de frein à la violence de mes désirs. Elle lisait trop bien dans mes yeux pour ne pas juger de mon désordre et chercher à l'augmenter. Je fus en péril : je dois en convenir. Une fois entre autres, si une roue ne se fût brisée, je ne sais ce que le point d'honneur fût devenu. Cela me mit un peu plus sur mes gardes pour l'avenir.

Après des fatigues incroyables, nous arrivâmes à Lyon. Je consentis, par attention pour elle, à m'y reposer quelques jours. Elle arrêtait mes regards sur l'aisance, la facilité des mœurs de la nation française. « C'est à Paris, c'est à la cour que je voudrais vous voir établi. Les ressources d'aucune espèce ne vous y manqueront; vous ferez la figure qu'il vous plaira d'y faire, et j'ai des moyens sûrs de vous y faire jouer le plus grand rôle; les Français sont galants : si je ne présume point trop de ma figure, ce qu'il y aurait de plus distingué parmi eux viendrait me rendre hommage, et je les sacrifierais tous à mon Alvare. Le beau sujet de triomphe pour une vanité espagnole! »

Je regardai cette proposition comme un badinage. « Non, dit-elle, j'ai sérieusement cette fantaisie...

— Partons donc bien vite pour l'Estramadure, répliquai-je, et nous reviendrons faire présenter à la cour de France l'épouse de don Alvare Maravillas, car il ne vous conviendrait pas de ne vous y montrer qu'en aventurière...

— Je suis sur le chemin de l'Estramadure, dit-elle, il s'en faut bien que je la regarde comme le terme où je dois trouver mon bonheur; comment ferais-je pour ne jamais la rencontrer? »

J'entendais, je voyais sa répugnance, mais j'allais à mon but, et je me trouvai bientôt sur le territoire espagnol. Les obstacles imprévus, les fondrières, les ornières impraticables, les muletiers ivres, les mulets rétifs, me donnaient encore moins de relâche que dans le Piémont et la Savoie.

On dit beaucoup de mal des auberges d'Espagne, et c'est avec raison; cependant je m'estimais heureux quand les contrariétés éprouvées pendant le jour ne me forçaient pas de passer une partie de la nuit au milieu de la campagne, ou dans une grange écartée.

« Quel pays allons-nous chercher, disait-elle, à en juger par ce que nous éprouvons? En sommes-nous encore beaucoup éloignés?

— Vous êtes, repris-je, en Estramadure, et à dix lieues tout au plus du château de Maravillas...

— Nous n'y arriverons certainement pas ; le ciel nous en défend les approches. Voyez les vapeurs dont il se charge. »

Je regardai le ciel, et jamais il me m'avait paru plus menaçant. Je fis apercevoir à Biondetta que la grange où nous étions pouvait nous garantir de l'orage. « Nous garantira-t-elle aussi du tonnerre ? me dit-elle... — Et que vous fait le tonnerre, à vous, habituée à vivre dans les airs, qui l'avez vu tant de fois se former et devez si bien connaître son origine physique ?... — Je ne le craindrais pas, si je le connaissais moins : je me suis soumise pour l'amour de vous aux causes physiques, et je les appréhende parce qu'elles tuent et qu'elles sont physiques. »

Nous étions sur deux tas de paille aux deux extrémités de la grange. Cependant l'orage, après s'être annoncé de loin, approche et mugit d'une manière épouvantable. Le ciel paraissait un brasier agité par les vents en mille sens contraires : les coups de tonnerre, répétés par les antres des montagnes voisines, retentissaient horriblement autour de nous. Ils ne se succédaient pas, ils semblaient s'entre-heurter. Le vent, la grêle, la pluie, se disputaient entre eux à qui ajouterait le plus à l'horreur de l'effroyable tableau dont nos sens étaient affligés. Il part un éclair qui semble embraser notre asile ; un coup effroyable suit. Biondetta, les yeux fermés, les doigts dans les oreilles, vient se précipiter dans mes bras : « Ah ! Alvare, je suis perdue !... »

Je veux la rassurer. « Mettez la main sur mon cœur », disait-elle. Elle me la place sur sa gorge, et quoiqu'elle se trompât en me faisant appuyer sur un endroit où le battement ne devait pas être le plus sensible, je démêlai que le mouvement était extraordinaire. Elle m'embrassait de toutes ses forces et redoublait à chaque éclair*. Enfin un coup plus effrayant que tous ceux qui s'étaient fait entendre, part : Biondetta s'y dérobe de manière qu'en cas d'accident, il ne pût la frapper avant de m'avoir atteint moi-même le premier.

Cet effet de la peur me parut singulier, et je commençai à appréhender pour moi, non les suites de l'orage, mais celles d'un complot formé dans sa tête de vaincre ma résistance à ses vues. Quoique plus transporté que je ne puis le dire, je me lève : « Biondetta, lui dis-je, vous ne savez ce que vous faites. Calmez cette frayeur; ce tintamarre ne menace ni vous ni moi. »

Mon flegme dut la surprendre; mais elle pouvait me dérober ses pensées en continuant d'affecter du trouble. Heureusement la tempête avait fait son dernier effort. Le ciel se nettoyait, et bientôt la clarté de la lune nous annonça que nous n'avions plus rien à craindre du désordre des éléments.

Biondetta demeurait à la place où elle s'était mise. Je m'assis auprès d'elle sans proférer une parole : elle fit semblant de dormir, et je me mis à rêver plus tristement que j'eusse encore fait depuis le commencement de mon aventure, sur les suites nécessairement fâcheuses de ma passion. Je ne donnerai que le canevas de mes réflexions. Ma maîtresse était charmante, mais je voulais en faire ma femme.

Le jour m'ayant surpris dans ces pensées, je me levai pour aller voir si je pourrais poursuivre ma route. Cela me devenait impossible pour le moment. Le muletier qui conduisait ma calèche me dit que ses mulets étaient hors de service. Comme j'étais dans cet embarras, Biondetta vint me joindre.

Je commençais à perdre patience quand un homme d'une physionomie sinistre, mais vigoureusement taillé, parut devant la porte de la ferme, chassant devant lui deux mulets qui avaient de l'apparence. Je lui proposai de me conduire chez moi ; il savait le chemin, nous convînmes du prix.

J'allais remonter dans ma voiture, lorsque je crus reconnaître une femme de campagne qui traversait le chemin, suivie d'un valet : je m'approche ; je la fixe. C'est Berthe, honnête fermière de mon village et sœur de ma nourrice. Je l'appelle ; elle s'arrête, me regarde à son tour, mais d'un air consterné. « Quoi ! c'est vous, me dit-elle, seigneur don Alvare ! Que venez-vous chercher dans un endroit où votre perte est jurée, où vous avez mis la désolation ?

— Moi ! ma chère Berthe, et qu'ai-je fait ?...

— Ah ! seigneur Alvare, la conscience ne vous reproche-t-elle pas la triste situation à laquelle votre digne mère, notre bonne maîtresse, se trouve réduite ? Elle se meurt...

— Elle se meurt ? m'écriai-je.

— Oui, poursuivit-elle, et c'est la suite du chagrin que vous lui avez causé ; au moment où je vous parle, elle ne doit pas être en vie. Il lui est venu des lettres de Naples, de Venise. On lui a écrit des choses qui font trembler. Notre bon seigneur, votre frère, est furieux : il dit qu'il sollicitera partout des ordres contre vous, qu'il vous dénoncera, vous livrera lui-même...

— Allez, madame Berthe, si vous retournez à Maravillas et y arrivez avant moi, annoncez à mon frère qu'il me verra bientôt. »

Sur-le-champ, la calèche étant attelée, je présente la main à Biondetta, cachant le désordre de mon âme sous l'apparence de la fermeté. Elle, se montrant effrayée : « Quoi ! dit-elle, nous allons nous livrer à votre frère ? nous allons aigrir par notre présence une famille irritée, des vassaux désolés...

— Je ne saurais craindre mon frère, madame ; s'il m'impute des torts que je n'ai pas, il est important que je le désabuse. Si j'en ai, il faut que je m'excuse, et comme ils ne viennent pas de mon cœur, j'ai droit à sa compassion et à son indulgence. Si j'ai conduit ma mère au tombeau par le dérèglement de ma conduite, j'en dois réparer le scandale, et pleurer si hautement cette perte, que la vérité, la publicité de mes regrets effacent aux yeux de toute l'Espagne la tache que le défaut de naturel imprimerait à mon sang...

— Ah, don Alvare ! vous courez à votre perte et à la mienne ; ces lettres écrites de tous côtés, ces préjugés répandus avec tant de promptitude et d'affectation, sont la suite de nos aventures et des persécutions que j'ai essuyées à Venise. Le traître

Bernadillo, que vous ne connaissez pas assez, obsède votre frère ; il le portera...

— Eh ! qu'ai-je à redouter de Bernadillo et de tous les lâches de la terre ? Je suis, madame, le seul ennemi redoutable pour moi. On ne portera jamais mon frère à la vengeance aveugle, à l'injustice, à des actions indignes d'un homme de tête et de courage, d'un gentilhomme enfin*. » Le silence succède à cette conversation assez vive ; il eût pu devenir embarrassant pour l'un et l'autre : mais après quelques instants, Biondetta s'assoupit peu à peu, et s'endort.

Pouvais-je ne pas la regarder ? Pouvais-je la considérer sans émotion ? Sur ce visage brillant de tous les trésors, de la pompe, enfin, de la jeunesse, le sommeil ajoutait aux grâces naturelles du repos cette fraîcheur délicieuse, animée, qui rend tous les traits harmonieux ; un nouvel enchantement s'empare de moi : il écarte mes défiances ; mes inquiétudes sont suspendues, ou s'il m'en reste une, assez vive, c'est que la tête de l'objet dont je suis épris, ballottée par les cahots de la voiture, n'éprouve quelque incommodité par la brusquerie ou la rudesse des frottements. Je ne suis plus occupé qu'à la soutenir, à la garantir. Mais nous en éprouvons un si vif, qu'il me devient impossible de le parer ; Biondetta jette un cri, et nous sommes renversés. L'essieu était rompu ; les mulets, heureusement, s'étaient arrêtés. Je me dégage : je me précipite vers Biondetta, rempli des plus vives alarmes. Elle n'avait qu'une légère contusion au coude, et bientôt nous sommes debout en pleine campagne, mais exposés à l'ardeur du soleil en plein midi, à cinq lieues du château de ma mère, sans moyens apparents de pouvoir nous y rendre, car il ne s'offrait à nos regards aucun endroit qui parût être habité.

Cependant, à force de regarder avec attention, je crois distinguer, à la distance d'une lieue, une fumée qui s'élève derrière un taillis, mêlé de quelques arbres assez élevés ; alors, confiant ma voiture à la garde du muletier, j'engage Biondetta à marcher avec moi du côté qui m'offre l'apparence de quelque secours.

Plus nous avançons, plus notre espoir se fortifie ; déjà la petite forêt semble se partager en deux : bientôt elle forme une avenue au fond de laquelle on aperçoit des bâtiments d'une structure modeste : enfin, une ferme considérable termine notre perspective.

Tout semble être en mouvement dans cette habitation, d'ailleurs isolée. Dès qu'on nous aperçoit, un homme se détache et vient au-devant de nous.

Il nous aborde avec civilité. Son extérieur est honnête : il est vêtu d'un pourpoint de satin noir taillé en couleur de feu, orné de quelques passements en argent. Son âge paraît être de vingt-cinq à trente ans. Il a le teint d'un campagnard ; la fraîcheur perce sous le hâle, et décèle la vigueur et la santé.

Je le mets au fait de l'accident qui m'attire chez lui. « Seigneur cavalier, me répondit-il, vous êtes toujours le bien arrivé, et chez des gens remplis de bonne volonté. J'ai ici une forge, et votre essieu sera rétabli : mais vous me donneriez aujourd'hui tout l'or de monseigneur le duc de Medina-Sidonia mon maître, que ni moi ni personne des miens ne pourrait se mettre à l'ouvrage. Nous arrivons de l'église, mon épouse et moi : c'est le plus beau de nos jours. Entrez. En voyant la mariée, mes parents, mes amis, mes voisins qu'il me faut fêter, vous jugerez s'il m'est possible de faire travailler maintenant. D'ailleurs, si madame et vous ne dédaignez pas une compagnie composée de gens qui subsistent de leur travail depuis le commencement de la monarchie, nous allons nous mettre à table, nous sommes tous heureux aujourd'hui ; il ne tiendra qu'à vous de partager notre satisfaction. Demain nous penserons aux affaires. » En même temps il donne ordre qu'on aille chercher ma voiture.

Me voilà hôte de Marcos, le fermier de monseigneur le duc, et nous entrons dans le salon préparé pour le repas de noce ; adossé au manoir principal, il occupe tout le fond de la cour : c'est une feuillée en arcades, ornée de festons de fleurs, d'où la vue, d'abord arrêtée par les deux petits bosquets, se perd agréablement dans la campagne, à travers l'intervalle qui forme l'avenue.

La table était servie. Luisia, la nouvelle mariée, est entre Marcos et moi : Biondetta est à côté de Marcos. Les pères et les mères, les autres parents sont vis-à-vis ; la jeunesse occupe les deux bouts.

La mariée baissait deux grands yeux noirs qui n'étaient pas faits pour regarder en dessous ; tout ce qu'on lui disait, et même les choses indifférentes la faisaient sourire et rougir.

La gravité préside au commencement du repas :

c'est le caractère de la nation; mais à mesure que les outres disposées autour de la table se désenflent, les physionomies deviennent moins sérieuses.

On commençait à s'animer, quand tout à coup les poètes improvisateurs de la contrée paraissent autour de la table. Ce sont des aveugles qui chantent les couplets suivants, en s'accompagnant de leurs guitares :

Marcos a dit à Louise :
Veux-tu mon cœur et ma foi?
Elle a répondu : suis-moi,
Nous parlerons à l'église.
Là, de la bouche et des yeux,
Ils se sont juré tous deux
Une flamme vive et pure :
Si vous êtes curieux
De voir des époux heureux,
Venez en Estramadure.

Louise est sage, elle est belle,
Marcos a bien des jaloux;
Mais il les désarme tous
En se montrant digne d'elle;
Et tout ici, d'une voix,
Applaudissant à leur choix,
Vante une flamme aussi pure :
Si vous êtes curieux
De voir des époux heureux,
Venez en Estramadure.

D'une douce sympathie,
Comme leurs cœurs sont unis,
Leurs troupeaux sont réunis
Dans la même bergerie;
Leurs peines et leurs plaisirs,

Leurs soins, leurs vœux, leurs désirs
Suivent la même mesure :
Si vous êtes curieux
De voir des époux heureux,
Venez en Estramadure.

Pendant qu'on écoutait ces chansons aussi simples que ceux pour qui ils semblaient être faits, tous les valets de la ferme n'étant plus nécessaires au service, s'assemblaient gaiement pour manger les reliefs du repas ; mêlés avec des Égyptiens et des Égyptiennes * appelés pour augmenter le plaisir de la fête, ils formaient, sous les arbres de l'avenue, des groupes aussi agissants que variés, et embellissaient notre perspective.

Biondetta cherchait continuellement mes regards, et les forçait à se porter vers ces objets dont elle paraissait agréablement occupée, semblant me reprocher de ne point partager avec elle tout l'amusement qu'ils lui procuraient.

Mais le repas a déjà paru trop long à la jeunesse, elle attend le bal. C'est aux gens d'un âge mûr à montrer de la complaisance. La table est dérangée, les planches qui la forment, les futailles dont elle est soutenue, sont repoussées au fond de la feuillée ; devenues tréteaux, elles servent d'amphithéâtre aux symphonistes. On joue le fandango sévillan, de jeunes Égyptiennes l'exécutent avec leurs castagnettes et leurs tambours de basque ; la noce se mêle avec elles et les imite : la danse est devenue générale.

Biondetta paraissait en dévorer des yeux le spectacle. Sans sortir de sa place, elle essaye tous les mouvements qu'elle voit faire. « Je crois, dit-elle, que j'aimerais le bal à la fureur. » Bientôt elle s'y engage et me force à danser.

D'abord elle montre quelque embarras et même un peu de maladresse : bientôt elle semble s'aguerrir et unir la grâce à la force, à la légèreté, à la précision. Elle s'échauffe : il lui faut son mouchoir, le mien, celui qui lui tombe sous la main : elle ne s'arrête que pour s'essuyer.

La danse ne fut jamais ma passion ; et mon âme n'était point assez à son aise pour que je pusse me livrer à un amusement aussi vain. Je m'échappe et gagne un des bouts de la feuillée, cherchant un endroit où je pusse m'asseoir et rêver.

Un caquet très bruyant me distrait, et arrête presque malgré moi mon attention. Deux voix se sont élevées derrière moi. « Oui, oui, disait l'une, c'est un enfant de la planète. Il entrera dans sa maison. Tiens, Zoradille, il est né le trois mai à trois heures du matin...

— Oh, vraiment, Lélagise, répondait l'autre, malheur aux enfants de Saturne, celui-ci a Jupiter à l'ascendant, Mars et Mercure en conjonction trine avec Vénus*. Ô le beau jeune homme ! quels avantages naturels ! quelles espérances il pourrait concevoir ! quelle fortune il devrait faire ! mais... »

Je connaissais l'heure de ma naissance, et je l'entendais détailler avec la plus singulière précision. Je me retourne et fixe ces babillardes.

Je vois deux vieilles Égyptiennes, moins assises qu'accroupies sur leurs talons. Un teint plus qu'olivâtre, des yeux creux et ardents, une bouche enfoncée, un nez mince et démesuré qui, partant du haut de la tête vient, en se recourbant, toucher au menton; un morceau d'étoffe qui fut rayé de blanc et de bleu tourne deux fois autour du crâne à demi pelé, tombe en écharpe sur l'épaule, et, de là, sur les reins, de manière qu'ils ne soient qu'à demi nus, en un mot, des objets presque aussi révoltants que ridicules.

Je les aborde. « Parliez-vous de moi, mesdames? leur dis-je, voyant qu'elles continuaient à me fixer et à se faire des signes...

— Vous nous écoutiez donc, seigneur cavalier?

— Sans doute, répliquai-je; et qui vous a si bien instruites de l'heure de ma nativité?...

— Nous aurions bien d'autres choses à vous dire, heureux jeune homme; mais il faut commencer par mettre le signe dans la main.

— Qu'à cela ne tienne, repris-je; et sur-le-champ je leur donne un doublon*.

— Vois, Zoradille, dit la plus âgée, vois comme il est noble, comme il est fait pour jouir de tous les trésors** qui lui sont destinés. Allons, pince la guitare, et suis-moi. » Elle chante :

L'Espagne vous donna l'être;
Mais Parthénope vous a nourri :
La terre en vous voit son maître,
Du ciel, si vous voulez l'être,
Vous serez le favori.

Le bonheur qu'on vous présage
Est volage, et pourrait vous quitter.
Vous le tenez au passage :
Il faut, si vous êtes sage,
Le saisir sans hésiter.

Quel est cet objet aimable
Qui s'est soumis à votre pouvoir?
Est-il...

Les vieilles étaient en train. J'étais tout oreilles. Biondetta a quitté la danse : elle est accourue, elle me tire par le bras, me force à m'éloigner. « Pourquoi m'avez-vous abandonnée, Alvare? Que faites-vous ici?

— J'écoutais, repris-je...

— Quoi! me dit-elle en m'entraînant, vous écoutiez ces vieux monstres?...

— En vérité, ma chère Biondetta, ces créatures sont singulières : elles ont plus de connaissances qu'on ne leur en suppose; elles me disaient...

— Sans doute, reprit-elle avec ironie, elles faisaient leur métier, elles vous disaient votre bonne aventure, et vous les croiriez? Vous êtes, avec beaucoup d'esprit, d'une simplicité d'enfant. Et ce sont là les objets qui vous empêchent de vous occuper de moi?...

— Au contraire, ma chère Biondetta, elles allaient me parler de vous.

— Parler de moi! reprit-elle vivement, avec une sorte d'inquiétude, qu'en savent-elles? qu'en peuvent-elles dire? Vous extravaguez. Vous danserez toute la soirée pour me faire oublier cet écart. »

Je la suis : je rentre de nouveau dans le cercle, mais sans attention à ce qui se passe autour de moi, à ce que je fais moi-même. Je ne songeais qu'à m'échapper pour rejoindre, où je le pourrais, mes diseuses de bonne aventure. Enfin, je crois voir un moment favorable : je le saisis. En un clin d'œil j'ai volé vers mes sorcières, les ai retrouvées et conduites sous un petit berceau qui termine le potager de la ferme. Là, je les supplie de me dire, en prose, sans énigme, très succinctement, enfin, tout ce qu'elles peuvent savoir d'intéressant sur mon compte. La conjuration était forte, car j'avais les mains pleines d'or. Elles brûlaient de parler, comme moi de les entendre. Bientôt je ne puis douter qu'elles ne soient instruites des particularités les plus secrètes de ma famille, et confusément de mes liaisons avec Biondetta, de mes craintes, de mes espérances; je croyais apprendre bien des choses, je me flattais d'en apprendre de plus importantes encore; mais notre Argus est sur mes talons.

Biondetta n'est point accourue, elle a volé. Je voulais parler. « Point d'excuses, dit-elle, la rechute est impardonnable...

— Ah! vous me la pardonnerez! lui dis-je : j'en suis sûr; quoique vous m'ayez empêché de m'instruire comme je pouvais l'être, dès à présent j'en sais assez...

— Pour faire quelque extravagance. Je suis furieuse, mais ce n'est pas ici le temps de quereller; si nous sommes dans le cas de nous manquer d'égards, nous en devons à nos hôtes. On va se mettre à table, et je m'y assieds à côté de vous : je ne prétends plus souffrir que vous m'échappiez. »

Dans le nouvel arrangement du banquet, nous étions assis vis-à-vis des nouveaux mariés. Tous deux sont animés par les plaisirs de la journée : Marcos a les regards brûlants, Luisia les a moins timides : la pudeur s'en venge et lui couvre les joues du plus vif incarnat. Le vin de Xérès fait le tour de la table, et semble en avoir banni jusqu'à un certain point la réserve : les vieillards même, s'animant du souvenir de leurs plaisirs passés, provoquent la jeunesse par des saillies qui tiennent moins de la vivacité que de la pétulance. J'avais ce tableau sous les yeux ; j'en avais un plus mouvant, plus varié à côté de moi.

Biondetta, paraissant, tour à tour, livrée à la passion ou au dépit, la bouche armée des grâces fières du dédain, ou embellie par le sourire, m'agaçait, me boudait, me pinçait jusqu'au sang, et finissait par me marcher doucement sur les pieds. En un mot, c'était en un moment une faveur, un reproche, un châtiment, une caresse, de sorte que, livré à cette vicissitude de sensations, j'étais dans un désordre inconcevable.

Les mariés ont disparu : une partie des convives les a suivis pour une raison ou pour une autre. Nous quittons la table. Une femme, c'était la tante du fermier et nous le savions, prend un flambeau de cire jaune, nous précède, et, en la suivant, nous arrivons dans une petite chambre de douze pieds en carré : un lit qui n'en a pas quatre de largeur, une table et deux sièges en font l'ameublement. « Monsieur et Madame, nous dit notre conductrice, voilà le seul appartement que nous puissions vous donner. » Elle pose son flambeau sur la table et on nous laisse seuls.

Biondetta baisse les yeux. Je lui adresse la parole : « Vous avez donc dit que nous étions mariés ?

— Oui, répond-elle, je ne pouvais dire que la

vérité. J'ai votre parole, vous avez la mienne. Voilà l'essentiel. Vos cérémonies sont des précautions prises contre la mauvaise foi, et je n'en fais point de cas*. Le reste n'a pas dépendu de moi. D'ailleurs, si vous ne voulez pas partager le lit que l'on nous abandonne, vous me donnerez la mortification de vous voir passer la nuit mal à votre aise. J'ai besoin de repos : je suis plus que fatiguée, je suis excédée de toutes les manières. » En prononçant ces paroles du ton le plus animé, elle s'étend dessus le lit, le nez tourné vers la muraille. « Eh quoi, m'écriai-je, Biondetta, je vous ai déplu, vous êtes sérieusement fâchée ! Comment puis-je expier ma faute ! demandez ma vie.

— Alvare, me répond-elle sans se déranger, allez consulter vos Égyptiennes sur les moyens de rétablir le repos dans mon cœur et dans le vôtre.

— Quoi, l'entretien que j'ai eu avec ces femmes est le motif de votre colère ? Ah ! vous allez m'excuser, Biondetta. Si vous saviez combien les avis qu'elles m'ont donnés sont d'accord avec les vôtres, et qu'elles m'ont enfin décidé à ne point retourner au château de Maravillas ! Oui, c'en est fait, demain nous partons pour Rome, pour Venise, pour Paris, pour tous les lieux que vous voudrez que j'aille habiter avec vous. Nous y attendrons l'aveu de ma famille... »

A ce discours, Biondetta se retourne. Son visage était sérieux et même sévère. « Vous rappelez-vous, Alvare, ce que je suis, ce que j'attendais de vous, ce que je vous conseillais de faire ? Quoi, lorsqu'en me servant avec discrétion des lumières dont je suis douée, je n'ai pu vous amener à rien de raisonnable, la règle de ma conduite et de la vôtre sera fondée sur les propos de deux êtres les plus dangereux pour vous et pour moi, s'ils ne sont pas les plus méprisables. Certes, s'écria-t-elle dans un transport de douleur, j'ai toujours craint les hommes ; j'ai balancé pendant des siècles à faire un choix, il est fait, il est sans retour. Je suis bien malheureuse ! » Alors elle fond en larmes, dont elle cherche à me dérober la vue.

Combattu par les passions les plus violentes, je tombe à ses genoux : « Ô Biondetta ! m'écriai-je, vous ne voyez pas mon cœur ! vous cesseriez de le déchirer.

— Vous ne me connaissez pas, Alvare, et me ferez cruellement souffrir avant de me connaître. Il faut qu'un dernier effort vous dévoile mes ressources, et ravisse si bien et votre estime et votre confiance, que je ne sois plus exposée à des partages humiliants ou dangereux ; vos pythonisses sont trop d'accord avec moi pour ne pas m'inspirer de justes terreurs. Qui m'assure que Soberano, Bernadillo, vos ennemis et les miens, ne soient pas cachés sous ces masques ? Souvenez-vous de Venise. Opposons à leurs ruses un genre de merveilles qu'ils n'attendent sans doute pas de moi. Demain, j'arrive à Maravillas, dont leur politique cherche à m'éloigner ; les plus avilissants, les plus accablants de tous les soupçons vont m'y accueillir : mais doña Mencia est une femme juste, estimable ; votre frère a l'âme noble, je m'abandonnerai à eux. Je serai un prodige de douceur, de complaisance, d'obéissance, de patience, j'irai au-devant des épreuves. »

Elle s'arrête un moment. « Sera-ce assez t'abaisser, malheureuse sylphide ? » s'écrie-t-elle d'un ton douloureux : elle voulut poursuivre ; mais l'abondance des larmes lui ôte l'usage de la parole.

Que devins-je à ces témoignages de passion, ces marques de douleur, ces résolutions dictées par la prudence, ces mouvements d'un courage que je regardais comme héroïque ! Je m'assieds auprès d'elle : j'essaye de la calmer par mes caresses ; mais, d'abord on me repousse : bientôt après je n'éprouve plus de résistance, sans avoir sujet de m'en applaudir ; la respiration l'embarrasse, les yeux sont à demi fermés, le corps n'obéit qu'à des mouvements convulsifs, une froideur suspecte s'est répandue sur toute la peau, le pouls n'a plus de mouvement sensible, et le corps paraîtrait entièrement inanimé, si les pleurs ne coulaient pas avec la même abondance.

Ô pouvoir des larmes ! c'est sans doute le plus puissant de tous les traits de l'amour ! Mes défiances, mes résolutions, mes serments, tout est oublié. En voulant tarir la source de cette rosée précieuse, je me suis trop approché de cette bouche où la fraîcheur se réunit au doux parfum de la rose ; et si je voulais m'en éloigner, deux bras dont je ne saurais peindre la blancheur, la douceur et la forme, sont des liens dont il me devient impossible de me dégager. ....
....

« Ô mon Alvare ! s'écrie Biondetta, j'ai triomphé : je suis le plus heureux de tous les êtres. »

Je n'avais pas la force de parler : j'éprouvais un trouble extraordinaire : je dirai plus ; j'étais honteux, immobile. Elle se précipite à bas du lit : elle est à mes genoux : elle me déchausse. « Quoi, chère Biondetta ! m'écriai-je, quoi, vous vous abaissez... ?

— Ah, répond-elle, ingrat, je te servais lorsque tu n'étais que mon despote : laisse-moi servir mon amant. »

Je suis, dans un moment, débarrassé de mes hardes : mes cheveux, ramassés avec ordre, sont arrangés dans un filet qu'elle a trouvé dans sa poche. Sa force, son activité, son adresse ont triomphé de tous les obstacles que je voulais opposer. Elle fait avec la même promptitude sa petite toilette de nuit, éteint le flambeau qui nous éclairait, et voilà les rideaux tirés.

Alors, avec une voix à la douceur de laquelle la plus délicieuse musique ne saurait se comparer : « Ai-je fait, dit-elle, le bonheur de mon Alvare comme il a fait le mien ? Mais non : je suis encore la seule heureuse : il le sera, je le veux ; je l'enivrerai de délices, je le remplirai de sciences, je l'élèverai au faîte des grandeurs. Voudras-tu, mon cœur, voudras-tu être la créature la plus privilégiée, te soumettre avec moi les hommes, les éléments, la nature entière ?

— Ô ma chère Biondetta ! lui dis-je, quoiqu'en faisant un peu d'efforts sur moi-même, tu me suffis : tu remplis tous les vœux de mon cœur...

— Non, non, répliqua-t-elle vivement, Biondetta ne doit pas te suffire : ce n'est pas là mon nom : tu me l'avais donné : il me flattait ; je le portais avec plaisir : mais il faut que tu saches qui je suis... Je suis le diable, mon cher Alvare, je suis le diable... »

En prononçant ce mot avec un accent d'une

douceur enchanteresse, elle fermait, plus qu'exactement, le passage aux réponses que j'aurais voulu lui faire. Dès que je pus rompre le silence : « Cesse, lui dis-je, ma chère Biondetta, ou qui que tu sois, de prononcer ce nom fatal et de me rappeler une erreur abjurée depuis longtemps.

— Non, mon cher Alvare, non, ce n'était point une erreur ; j'ai dû te le faire croire, cher petit homme. Il fallait bien te tromper pour te rendre enfin raisonnable. Votre espèce échappe à la vérité : ce n'est qu'en vous aveuglant qu'on peut vous rendre heureux. Ah, tu le seras beaucoup si tu veux l'être ! je prétends te combler. Tu conviens déjà que je ne suis pas aussi dégoûtant que l'on me fait noir. »

Ce badinage achevait de me déconcerter. Je m'y refusais, et l'ivresse de mes sens aidait à ma distraction volontaire.

« Mais, réponds-moi donc, me disait-elle.

— Eh ! que voulez-vous que je réponde ?...

— Ingrat, place la main sur ce cœur qui t'adore ; que le tien s'anime, s'il est possible, de la plus légère des émotions qui sont si sensibles dans le mien. Laisse couler dans tes veines un peu de cette flamme délicieuse par qui les miennes sont embrasées ; adoucis, si tu le peux, le ton de cette voix si propre à inspirer l'amour, et dont tu ne te sers que trop pour effrayer mon âme timide : dis-moi, enfin, s'il t'est possible, mais aussi tendrement que je l'éprouve pour toi : « Mon cher Béelzébut, je t'adore... »

A ce nom fatal, quoique si tendrement prononcé, une frayeur mortelle me saisit ; l'étonnement, la stupeur accablent mon âme : je la croirais anéantie si la voix sourde du remords ne criait pas au fond de mon cœur. Cependant, la révolte de mes sens subsiste d'autant plus impérieusement qu'elle ne peut être réprimée par la raison. Elle me livre sans défense à mon ennemi : il en abuse et me rend aisément sa conquête.

Il ne me donne pas le temps de revenir à moi, de réfléchir sur la faute dont il est beaucoup plus l'auteur que le complice. « Nos affaires sont arrangées, me dit-il, sans altérer sensiblement ce ton de voix auquel il m'avait habitué. Tu es venu me chercher : je t'ai suivi, servi, favorisé ; enfin, j'ai fait ce que tu as voulu. Je désirais ta possession, et il fallait, pour que j'y parvinsse, que tu me fisses un libre abandon de toi-même. Sans doute, je dois à quelques artifices la première complaisance ; quant à la seconde, je m'étais nommé : tu savais à qui tu te livrais, et ne saurais te prévaloir de ton ignorance. Désormais notre lien, Alvare, est indissoluble, mais pour cimenter notre société, il est important de nous mieux connaître. Comme je te sais déjà presque par cœur, pour rendre nos avantages réciproques, je dois me montrer à toi tel que je suis. »

On ne me donne pas le temps de réfléchir sur cette harangue singulière : un coup de sifflet très aigu part à côté de moi. A l'instant, l'obscurité qui m'environne se dissipe : la corniche qui surmonte le lambris de la chambre s'est toute chargée de gros limaçons : leurs cornes, qu'ils font mouvoir vivement en manière de bascule, sont devenues des jets de lumière phosphorique, dont l'éclat et l'effet redoublent par l'agitation et l'allongement.

Presque ébloui par cette illumination subite, je jette les yeux à côté de moi; au lieu d'une figure ravissante, que vois-je? Ô ciel! c'est l'effroyable tête de chameau. Elle articule d'une voix de tonnerre ce ténébreux *Che vuoi* qui m'avait tant épouvanté dans la grotte, part d'un éclat de rire humain plus effrayant encore, tire une langue démesurée...

Je me précipite : je me cache sous le lit, les yeux fermés, la face contre terre. Je sentais battre mon cœur avec une force terrible : j'éprouvais un suffoquement comme si j'allais perdre la respiration. Je ne puis évaluer le temps que je comptais avoir passé dans cette inexprimable situation, quand je me sens tirer par le bras; mon épouvante s'accroît : forcé néanmoins d'ouvrir les yeux, une lumière frappante les aveugle.

Ce n'était point celle des escargots, il n'y en avait plus sur les corniches; mais le soleil me donnait d'aplomb sur le visage. On me tire encore par le bras : on redouble; je reconnais Marcos.

« Eh! seigneur cavalier, me dit-il, à quelle heure comptez-vous donc partir? Si vous voulez arriver à Maravillas aujourd'hui, vous n'avez pas de temps à perdre, il est près de midi. »

Je ne répondais pas : il m'examine : « Comment! vous êtes resté tout habillé sur votre lit : vous y avez donc passé quatorze heures sans vous éveiller? Il fallait que vous eussiez un grand besoin de repos. Madame votre épouse s'en est doutée : c'est, sans doute, dans la crainte de vous gêner qu'elle a été passer la nuit avec une de mes tantes; mais elle a été plus diligente que vous ; par ses ordres, dès le matin, tout a été mis en état dans votre voiture, et vous pouvez y monter. Quant à madame, vous ne la trouverez pas ici. Nous lui avons donné une bonne mule ; elle a voulu profiter de la fraîcheur du matin ; elle vous précède, et doit vous attendre dans le premier village que vous rencontrerez sur votre route. »

Marcos sort. Machinalement je me frotte les yeux, et passe les mains sur ma tête pour y trouver ce filet dont mes cheveux devaient être enveloppés... Elle est nue, en désordre, ma cadenette * est comme elle était la veille : la rosette y tient. Dormirais-je ? me dis-je alors. Ai-je dormi ? serais-je assez heureux pour que tout n'eût été qu'un songe ? Je lui ai vu éteindre la lumière... Elle l'a éteinte... La voilà... Marcos rentre. « Si vous voulez prendre un repas, seigneur cavalier, il est préparé. Votre voiture est attelée. »

Je descends du lit ; à peine puis-je me soutenir, mes jarrets plient sous moi. Je consens à prendre quelque nourriture, mais cela me devient impossible. Alors, voulant remercier le fermier et l'indemniser de la dépense que je lui ai occasionnée, il refuse.

« Madame, me répond-il, nous a satisfaits et plus que noblement ; vous et moi, seigneur cavalier, avons deux braves femmes. » A ce propos, sans rien répondre, je monte dans ma chaise : elle chemine.

Je ne peindrai point la confusion de mes pensées : elle était telle que l'idée du danger dans lequel je devais trouver ma mère ne s'y retraçait que faiblement. Les yeux hébétés, la bouche béante, j'étais moins un homme qu'un automate.

Mon conducteur me réveille. « Seigneur cavalier, nous devons trouver madame dans ce village-ci. »

Je ne lui réponds rien. Nous traversions une espèce de bourgade ; à chaque maison il s'informe si l'on n'a pas vu passer une jeune dame en tel et tel équipage. On lui répond qu'elle ne s'est point arrêtée. Il se retourne, comme voulant lire sur mon visage mon inquiétude à ce sujet. Et, s'il n'en savait pas plus que moi, je devais lui paraître bien troublé.

Nous sommes hors du village, et je commence à me flatter que l'objet actuel de mes frayeurs s'est éloigné au moins pour quelque temps. Ah ! si je puis arriver, tomber aux genoux de doña Mencia, me dis-je à moi-même, si je puis me mettre sous la sauvegarde de ma respectable mère, fantômes, monstres qui vous êtes acharnés sur moi, oserez-vous violer cet asile ? J'y retrouverai, avec les sentiments de la nature, les principes salutaires dont je m'étais écarté, je m'en ferai un rempart contre vous.

Mais si les chagrins occasionnés par mes désordres m'ont privé de cet ange tutélaire... Ah ! je ne veux vivre que pour la venger sur moi-même. Je m'ensevelirai dans un cloître... Eh ! qui m'y délivrera des chimères engendrées dans mon cerveau ? Prenons l'état ecclésiastique. Sexe charmant, il faut que je renonce à vous : une larve infernale s'est revêtue de toutes les grâces dont j'étais idolâtre ; ce que je verrais en vous de plus touchant me rappellerait...

Au milieu de ces réflexions dans lesquelles mon

attention est concentrée, la voiture est entrée dans la grande cour du château. J'entends une voix : « C'est Alvare! c'est mon fils! » J'élève la vue et reconnais ma mère sur le balcon de son appartement.

Rien n'égale alors la douceur, la vivacité du sentiment que j'éprouve. Mon âme semble renaître : mes forces se raniment toutes à la fois. Je me précipite, je vole dans les bras qui m'attendent. Je me prosterne. « Ah, m'écriai-je, les yeux baignés de pleurs, la voix entrecoupée de sanglots, ma mère! ma mère! je ne suis donc pas votre assassin? Me reconnaîtrez-vous pour votre fils? Ah! ma mère, vous m'embrassez... »

La passion qui me transporte, la véhémence de mon action ont tellement altéré mes traits et le son de ma voix, que doña Mencia en conçoit de l'inquiétude. Elle me relève avec bonté, m'embrasse de nouveau, me force à m'asseoir. Je voulais parler : cela m'était impossible; je me jetais sur ses mains en les baignant de larmes, en les couvrant des caresses les plus emportées.

Doña Mencia me considère d'un air d'étonnement : elle suppose qu'il doit m'être arrivé quelque chose d'extraordinaire; elle appréhende même quelque dérangement dans ma raison. Tandis que son inquiétude, sa curiosité, sa bonté, sa tendresse, se peignent dans ses complaisances et dans ses regards, sa prévoyance a fait rassembler sous ma main ce qui peut soulager les besoins d'un voyageur fatigué par une route longue et pénible.

Les domestiques s'empressent à me servir. Je mouille mes lèvres par complaisance : mes regards distraits cherchent mon frère; alarmé de ne le pas voir : « Madame, dis-je, où est l'estimable don Juan?...

— Il sera bien aise de savoir que vous êtes ici, puisqu'il vous avait écrit de vous y rendre; mais comme ses lettres, datées de Madrid, ne peuvent être parties que depuis quelques jours, nous ne vous attendions pas si tôt. Vous êtes colonel du régiment qu'il avait, et le roi vient de le nommer à une vice-royauté dans les Indes.

— Ciel! m'écriai-je. Tout serait-il faux dans le songe affreux que je viens de faire?... Mais il est impossible...

— De quel songe parlez-vous, Alvare?

— Du plus long, du plus étonnant, du plus effrayant que l'on puisse faire. » Alors, surmontant l'orgueil et la honte, je lui fais le détail de ce qui m'était arrivé depuis mon entrée dans la grotte de Portici, jusqu'au moment heureux où j'avais pu embrasser ses genoux.

Cette femme respectable m'écoute avec une attention, une patience, une bonté extraordinaires. Comme je connaissais l'étendue de ma faute, elle vit qu'il était inutile de me l'exagérer.

« Mon cher fils, vous avez couru après les mensonges, et, dès le moment même, vous en avez été environné. Jugez-en par la nouvelle de mon indisposition et du courroux de votre frère aîné. Berthe, à qui vous avez cru parler, est, depuis quelque temps, détenue au lit par une infirmité. Je ne songeai jamais à vous envoyer deux cents sequins au-delà de votre pension. J'aurais craint, ou d'entretenir vos désordres, ou de vous y plonger par une libéralité mal entendue. L'honnête écuyer Pimientos est mort depuis huit mois. Et sur dix-huit cents clochers que possède peut-être M. le duc de Medina-Sidonia dans toutes les Espagnes, il n'a pas un pouce de terre à l'endroit que vous désignez : je le connais parfaitement, et vous aurez rêvé cette ferme et tous ses habitants.

— Ah ! madame, repris-je, le muletier qui m'amène a vu cela comme moi. Il a dansé à la noce. »

Ma mère ordonne qu'on fasse venir le muletier, mais il avait dételé en arrivant, sans demander son salaire.

Cette fuite précipitée, qui ne laissait point de traces, jeta ma mère en quelques soupçons. « Nugnès, dit-elle à un page qui traversait l'appartement, allez dire au vénérable don Quebracuernos que mon fils Alvare et moi l'attendons ici.

» C'est, poursuivit-elle, un docteur de Salamanque ; il a ma confiance et la mérite : vous pouvez lui donner la vôtre. Il y a, dans la fin de votre rêve, une particularité qui m'embarrasse ; don Quebracuernos connaît les termes, et définira ces choses beaucoup mieux que moi. »

Le vénérable ne se fit pas attendre ; il en imposait, même avant de parler, par la gravité de son maintien. Ma mère me fit recommencer devant lui l'aveu sincère de mon étourderie et des suites qu'elle avait eues. Il m'écoutait avec une attention mêlée d'étonnement et sans m'interrompre. Lorsque j'eus achevé, après s'être un peu recueilli, il prit la parole en ces termes :

« Certainement, seigneur Alvare, vous venez

d'échapper au plus grand péril auquel un homme puisse être exposé par sa faute. Vous avez provoqué l'esprit malin, et lui avez fourni, par une suite d'imprudences, tous les déguisements dont il avait besoin pour parvenir à vous tromper et à vous perdre. Votre aventure est bien extraordinaire; je n'ai rien lu de semblable dans la *Démonomanie* de Bodin, ni dans le *Monde enchanté* de Bekker *. Et il faut convenir que, depuis que ces grands hommes ont écrit, notre ennemi s'est prodigieusement raffiné sur la manière de former ses attaques, en profitant des ruses que les hommes du siècle emploient réciproquement pour se corrompre. Il copie la nature fidèlement et avec choix, il emploie la ressource des talents aimables, donne des fêtes bien entendues, fait parler aux passions leur plus séduisant langage; il imite même jusqu'à un certain point la vertu. Cela m'ouvre les yeux sur beaucoup de choses qui se passent; je vois d'ici bien des grottes plus dangereuses que celle de Portici, et une multitude d'obsédés qui malheureusement ne se doutent pas de l'être. A votre égard, en prenant des précautions sages pour le présent et pour l'avenir, je vous crois entièrement délivré. Votre ennemi s'est retiré, cela n'est pas équivoque. Il vous a séduit, il est vrai, mais il n'a pu parvenir à vous corrompre; vos intentions, vos remords vous ont préservé à l'aide des secours extraordinaires que vous avez reçus; ainsi son prétendu triomphe et votre défaite n'ont été pour vous et pour lui qu'une *illusion* dont le repentir achèvera de vous laver. Quant à lui, une retraite forcée a été son partage; mais admirez comme il a su la couvrir, et laisser en partant le trouble dans votre esprit et des intelligences dans votre cœur pour pouvoir renouveler l'attaque, si vous lui en fournissez l'occasion. Après vous avoir ébloui autant que vous avez voulu l'être, contraint de se montrer à vous dans toute sa difformité, il obéit en esclave qui prémédite la révolte ; il ne veut vous laisser aucune idée raisonnable et distincte, mêlant le grotesque au terrible, le puéril de ses escargots lumineux à la découverte effrayante de son horrible tête, enfin le mensonge à la vérité, le repos à la veille ; de manière que votre esprit confus ne distingue rien, et que vous puissiez croire que la vision qui vous a frappé était moins l'effet de sa malice, qu'un rêve occasionné par les vapeurs de votre cerveau : mais il a soigneusement isolé l'idée de ce fantôme agréable dont il s'est longtemps servi pour vous égarer ; il la rapprochera si vous le lui rendez possible. Je ne crois pas cependant que la barrière du cloître, ou de notre état, soit celle que vous deviez lui opposer. Votre vocation n'est point assez décidée ; les gens instruits par leur expérience sont nécessaires dans le monde. Croyez-moi, formez des liens légitimes avec une personne du sexe ; que votre respectable mère préside à votre choix : et dût celle que vous tiendrez de sa main avoir des grâces et des talents célestes, vous ne serez jamais tenté de la prendre pour le Diable *. »

ÉPILOGUE
DU DIABLE AMOUREUX

Lorsque la première édition du *Diable amoureux* parut, les lecteurs en trouvèrent le dénouement trop brusque. Le plus grand nombre eût désiré que le héros tombât dans un piège couvert d'assez de fleurs pour qu'elles pussent lui sauver le désagrément de la chute. Enfin, l'imagination leur semblait avoir abandonné l'auteur, parvenu aux trois quarts de sa petite carrière; alors la vanité, qui ne veut rien perdre, suggéra à celui-ci, pour se venger du reproche de stérilité et justifier son propre goût, de réciter aux personnes de sa connaissance le roman en entier tel qu'il l'avait conçu dans le premier feu. Alvare y devenait la dupe de son ennemi, et l'ouvrage alors, divisé en deux parties, se terminait dans la première par cette fâcheuse catastrophe, dont la seconde partie développait les suites; d'obsédé qu'il était, Alvare, devenu possédé, n'était plus qu'un instrument entre les mains du Diable, dont celui-ci se servait pour mettre le désordre partout. Le canevas de cette seconde partie, en donnant beaucoup d'essor à l'imagination, ouvrait la carrière la plus étendue à la critique, au sarcasme, à la licence.

Sur ce récit, les avis se partagèrent; les uns prétendirent qu'on devait conduire Alvare jusqu'à la chute inclusivement, et s'arrêter là; les autres, qu'on ne devait pas en retrancher les conséquences.

On a cherché à concilier les idées des critiques dans cette nouvelle édition. Alvare y est dupe jusqu'à un certain point, mais sans être victime; son adversaire, pour le tromper, est réduit à se montrer honnête et presque prude, ce qui détruit les effets de son propre système, et rend son succès incomplet. Enfin, il arrive à sa victime ce qui pourrait arriver à un galant homme séduit par les plus honnêtes apparences; il aurait sans doute fait de certaines pertes, mais il sauverait l'honneur, si les circonstances de son aventure étaient connues.

On pressentira aisément les raisons qui ont fait supprimer la deuxième partie de l'ouvrage : si elle était susceptible d'une certaine espèce de comique, aisé, piquant, quoique forcé, elle présentait des idées noires, et il n'en faut pas offrir de cette espèce à une nation de qui l'on peut dire que, si le rire est un caractère distinctif de l'homme comme animal, c'est chez elle qu'il est le plus agréablement marqué. Elle n'a pas moins de grâces dans l'attendrissement; mais soit qu'on l'amuse ou qu'on l'intéresse, il faut ménager son beau naturel, et lui épargner les convulsions.

Le petit ouvrage que l'on donne aujourd'hui réimprimé et augmenté, quoique peu important, a eu, dans le principe, des motifs raisonnables, et son origine est assez noble pour qu'on ne doive en parler ici qu'avec les plus grands ménagements. Il fut inspiré par la lecture du passage d'un auteur infiniment respectable, dans lequel il est parlé des ruses que peut employer le Démon quand il veut plaire et séduire*. On les a rassemblées autant qu'on a pu le faire, dans une allégorie où les principes sont aux prises avec les passions : l'âme est le champ de bataille; la curiosité engage l'action, l'allégorie est double, et les lecteurs s'en apercevront aisément.

On ne poursuivra pas l'explication plus loin : on se souvient qu'à vingt-cinq ans, en parcourant l'édition complète des œuvres du Tasse, on tomba sur un volume qui ne contenait que l'éclaircissement des allégories renfermées dans la *Jérusalem délivrée*. On se garda bien de l'ouvrir. On était amoureux passionné d'Armide, d'Herminie, de Clorinde; on perdait des chimères trop agréables si ces princesses étaient réduites à n'être que de simples emblèmes.

particulier avec le [illegible]. Il [illegible] par la [illegible] [illegible] [illegible] qu'on a supposé [illegible] [illegible] [illegible] [illegible] [illegible] [illegible] [illegible] [illegible] [illegible] [illegible] l'œuvre [illegible] [illegible].

On ne pousse pas l'explication plus avant. On [illegible].

Ollivier

POÈME

Extraits

CHANT PREMIER

Je voulais chanter les Dieux, les Héros et les Belles ; mais la gaieté m'entraîne, elle m'égare, elle veut que je folâtre malgré moi.

Le dieu du ridicule m'apparaît. Viens, me dit-il, entre dans ma carrière, je te soumets tous les esprits... Puissant dieu ! m'écriai-je... Il s'est évanoui, et m'a laissé son sceptre et ses grelots.

Loin d'ici la réserve minaudière, fille dédaigneuse de l'humeur et de la jalousie.

Venez, esprits enfantins, enjoués, complaisants, faciles, troupe oisive et riante, environnez votre poète, formez des groupes autour de moi : mêlez du lierre et des fleurs à mes grelots ; qu'un peu de sel rende le babil piquant ; que le ridicule ne soit point sans grâces : rêvons, chantons, amusons-nous.

Mais si quelque esprit sérieux trouve que nous ne sommes pas sages, que nous faisons trop de bruit : jeunesse aimable, prenez ce petit air boudeur qui vous sied si bien, et notre censeur lui-même va vous sourire.

L'Asie était en feu; le monde chrétien, animé d'un zèle religieux, voulait arracher la Palestine aux peuples infidèles qui la profanaient. L'Europe en armes couvrait la mer de ses vaisseaux, la terre de ses bataillons; mais entre tous les états qui se livraient à l'ardeur d'un si beau zèle, la France se signalait par les plus redoutables efforts.

Au chagrin de voir la Terre sainte opprimée, se joignait le ressentiment des anciens affronts faits par les Sarrasins à l'empire des lys. Philippe, souverain des Français, voulait humilier l'orgueil du Croissant; et les puissants vassaux de cet auguste monarque conspiraient d'une ardeur égale à l'exécution de ses glorieux desseins.

Sigismond, comte de Tours, avait ordonné à sa noblesse de prendre les armes; mais la noblesse française eut-elle jamais besoin d'être excitée? La volonté du prince n'était pas encore annoncée par ses hérauts, et déjà cinq cents hommes d'armes, et quantité de chevaliers illustres par la valeur et par la noblesse de leur origine, s'étaient rangés sous la bannière de Tours.

La croix d'or, qui brille sous leurs soubrevestes, est un témoignage authentique du dessein qui les a rassemblés. Leur contenance fière présage les prodiges que doit opérer leur vaillance.

Le comte de Tours est à la tête. On démêle dans son attitude et sur son visage l'orgueil et le plaisir de commander à une aussi belle troupe; cependant, ses regards sont animés d'un feu sombre : on voit qu'un chagrin secret le dévore. Eh quoi! le plaisir, le faste, l'abondance environnent les grands; l'obéissance et le respect les entourent, la soumission et le dévouement rampent à leurs pieds : comment les soucis cruels, les pâles inquiétudes, les soins dévorants peuvent-ils trouver accès dans leurs âmes?

Le comte n'a qu'une fille unique : la nature et l'éducation en ont fait un objet accompli; l'amour que les obstacles irritent, qui se nourrit dans les larmes, a touché le cœur de la princesse, et l'a rendue sensible au mérite d'un simple chevalier, autrefois son page : Agnès est devenue mère dans les bras d'Ollivier.

Les liens d'un nouvel hyménée attachaient, depuis deux ans, Sigismond à Frédegilde, femme avare, ambitieuse, jalouse et cruelle : elle avait un fils, objet de ses complaisances, et lui destinait, dans son cœur, la main d'Agnès et la souveraineté de Tours : la princesse, prévenue d'une aversion invincible contre le farouche Inare, ne la dissimulait point assez. La mère, le fils, également furieux, s'occupaient des moyens de se venger d'un sentiment dont ils pensaient avoir droit de se plaindre.

Depuis longtemps Agnès, pour se soustraire aux importunités d'Inare, en prétextant une santé chancelante, affectait de ne plus sortir de son appartement; dès qu'elle s'aperçoit de sa grossesse, elle cherche à s'envelopper encore davantage des ténèbres de la solitude; Bobée sa nourrice, Fleur-de-Myrte sa confidente, seules dépositaires du secret, s'efforcent, de concert avec elle, à le couvrir d'un mystère éternel; mais le moment fatal arrive; il faut donner le jour au fruit d'un amour indiscret et malheureux. Les grands sont trop entourés, les yeux ennemis et jaloux trop clairvoyants : Frédegilde en est instruite, et en porte sur-le-champ la nouvelle au comte.

Voilà, lui dit-elle, seigneur, la raison des dédains qu'essuyait mon fils Inare; on le sacrifiait à ce rival; et vos complaisances pour votre fille, cet objet indigne de votre amour, vous fermaient les yeux sur une conduite aussi coupable.

Sigismond ne répond rien; mais ses regards étincelants, ses lèvres tremblantes annoncent sa fureur. Il appelle sa garde. « Le scélérat qui me déshonore est dans mon palais, et les membres de son corps écartelé ne sont pas encore la proie des vautours! Allez, ministres de mes volontés; que toutes les portes s'ouvrent à la vue des ordres terribles dont vous êtes chargés, et que ma vengeance soit consommée. »

La garde obéit; mais la recherche qu'elle fait est inutile. Ollivier était près d'Agnès tandis qu'elle ressentait les douleurs de mère; à peine elles eurent fini par un heureux accouchement, que la belle, déployant elle-même sa toilette, en forma des langes pour l'enfant. Ollivier le prend dans ses bras. Il s'agit de dérober ce dépôt précieux aux dangers dont il est menacé. Un balcon de la princesse donnait sur les fossés du château, trop profonds pour laisser en apparence quelque espoir à la fuite par cet endroit; les draps du lit, attachés à la balustrade, aplanissent les difficultés, et facilitent la descente à l'amant favorisé. Chargé du fruit d'un amour imprudent, il s'éloigne de la vue des murs dont l'enceinte, un instant plus tard, allait lui devenir fatale.

Alors Enguerrand vient trouver le comte... « Seigneur, dit ce chevalier à Sigismond, je fus ami d'Ollivier tant qu'il fut votre serviteur et que je ne vis en lui qu'un chevalier sans reproche; l'honneur de vous être attaché par le sang ne me permet pas de balancer sur le parti que je dois prendre. Ordonnez à vos gens de me suivre, et abandonnez à mes soins la recherche du coupable. »

La démarche d'Enguerrand étonna la cour du comte. Était-il naturel que le meilleur ami d'Ollivier se déclarât si hautement contre lui? Mais Sigismond suppose dans ceux dont il est environné les mêmes mouvements dont il est lui-même agité, et la garde de ce prince se met sur-le-champ en campagne sous les ordres d'Enguerrand.

Pendant que le comte de Tours était en proie à des chagrins aussi cruels, la trompette excitait de toutes parts les sujets de l'empire des lys à venir se ranger sous les drapeaux de leur monarque; et la renommée publiait que ce héros, à la tête d'une armée formidable, était prêt à s'embarquer sur une flotte de cinq cents voiles assemblées devant Arles. Sigismond se voit forcé de se rendre au camp des princes chrétiens.

« Madame, dit-il à Frédegilde, si des raisons d'ambition ou de politique m'avaient fait prendre les armes, je connais ce qu'un souverain doit à son peuple, à sa maison, et à lui-même; et, sachant mépriser de vains avantages, ou, s'il en était besoin, dissimuler une injure, je n'irais point porter à l'armée un front chargé d'ennuis, un cœur dévoré de chagrins, incapable de trouver du soulagement où vous n'êtes pas, et je préférerais au faste des cours, au tumulte des camps, la plus affreuse solitude ; mais, madame, un intérêt sacré nous anime et ne nous laisse pas le choix des sacrifices. Cependant ne croyez pas qu'infidèle à ma gloire, je veuille oublier un affront dont un ingrat l'a mortellement flétrie. Il faut intimider le crime par des exemples mémorables. Ce lâche suborneur, ce vil écuyer, nourri dans ma maison, expirera dans les horreurs d'un supplice éclatant ; et, déchu des privilèges de sa naissance, enseveli dans les ténèbres du plus affreux cachot, l'indigne objet de sa passion sera abandonné pour toujours à la honte et aux remords. Adieu, madame ; conservez-vous si je vous suis cher, et songez à ma vengeance. » Le comte part, et la malheureuse Agnès demeure au pouvoir de sa mortelle ennemie.

Après le départ de Sigismond, la garde de ce prince, fidèle à ses ordres, s'empressait de chercher l'amant d'Agnès dans la ville et aux environs de Tours. Mais rien n'égalait les mouvements que se donnait Inare. Bassement jaloux des avantages naturels, de toute espèce de mérite dans les autres, il portait depuis longtemps à Ollivier une haine violente ; elle devint implacable après l'éclat des amours d'Agnès, non qu'Inare aimât la princesse, un mouvement si noble n'était pas fait pour animer un cœur aussi dépravé ; mais dévoré d'ambition, hautain, plein de lui-même, la concurrence d'un semblable rival l'indignait, et la préférence obtenue sur lui le jetait dans les derniers excès de l'emportement. Il brûlait de le rencontrer pour le livrer à la vengeance de Frédegilde, et descendait, pour y parvenir, à des recherches dont le plus vil des satellites aurait rougi.

Un bruit se répand qu'on a vu sur la route d'Orléans un homme à cheval, pressant sa marche, et portant devant lui, dans un panier, un jeune enfant dont les cris se sont fait entendre.

Inare vole à la source de ce rapport ; il vient de quelques laboureurs qui travaillent dans la campagne ; et la conformité des discours ne permettant pas de former des doutes sur leur sincérité, le Tourangeau se précipite vers l'endroit indiqué, se croyant déjà maître de sa proie. Enguerrand le suit avec toute la garde de Sigismond.

Ollivier échappe à Inare, mais dans sa fuite il doit traverser la Loire et abandonner son enfant. Plus tard il se joint à la croisade qui vient de se constituer et sauve Sigismond dont le vaisseau vient de faire naufrage ; pour toute reconnaissance, il ne reçoit que de violentes menaces.

CHANT DEUXIÈME

Enguerrand et son écuyer, Barin, prennent le chemin d'Angers. Ils se trouvent maintenant dans une forêt profonde.

En marchant vers la lumière qui les guidait, Enguerrand et son écuyer arrivent sous un berceau formé par les branches de quelques chênes très élevés, auxquelles un pavillon leste et galant était suspendu. On voyait sous ce pavillon un couvert mis pour deux personnes, servi avec propreté, et un souper aussi bien entendu qu'appétissant.

Dans la situation où se trouvaient nos voyageurs, leurs yeux ne pouvaient être frappés par un spectacle plus agréable. Le terrain était couvert d'un riche tapis de Turquie. L'ameublement et le buffet respiraient la délicatesse, le bon goût et l'opulence ; nos aventuriers jugèrent que le lieu préparé pour cette petite fête devait être destiné à recevoir des gens d'importance. Ils s'avancèrent et furent surpris de ne voir personne sous ce pavillon.

Ils en font le tour. L'obscurité la plus épaisse, le silence le plus morne, la solitude la plus exacte, y règnent de toutes parts.

Ils entrent. Les mets leur paraissent cuits à propos, l'assaisonnement saisit l'odorat, la vapeur les environne encore, et annonce qu'on ne fait que de les servir.

« Sans doute, dit Enguerrand, nous aurons affaire à des gens bien nés ; ils se feront un plaisir de partager ce repas avec nous. Vous vous inquiétiez, Barin. Avais-je besoin, pour courir après Ollivier, de m'engager dans cette forêt sombre ? J'en devais craindre quelque fâcheuse aventure. Cependant vous voyez comme celle-ci commence. »

Barin d'abord, puis Enguerrand, commencent à goûter aux mets.

Voilà Enguerrand assis et installé. Voilà Barin vis-à-vis de lui. Les entrées, le rôt, l'entremets, tout fut attaqué dans les règles. Le vin était délicieux : on en but. Nos gens étaient si fort occupés, qu'ils ne s'apercevaient point de ce qui se passait autour d'eux.

Barin leva les yeux par hasard. « Qu'est-ce que ceci, monsieur ? Nous sommes en cage. » Enguerrand regarde à son tour : ils y étaient en effet. Tandis qu'ils satisfaisaient si avidement leur appétit, le pavillon avait disparu, et il s'était formé autour d'eux une belle cage de fil de laiton bien dorée. Comme ils allaient se récrier sur cette merveille, la cage s'élève de terre, à l'aide d'une poulie, jusqu'au haut d'une branche, et y tient.

Le maître et l'écuyer se regardèrent. « Nous avons fait un bon souper, dit le dernier, gare à la digestion ; nous sommes pris à la pipée. Jusqu'ici, à considérer le repas et les barreaux de la cage, tout n'est qu'or et bonne chère ; mais j'appréhende que les choses n'empirent. Avais-je tort de me défier de ce maudit bois ? »

Enguerrand ne répondit rien ; Barin se tut à son tour ; tous deux se prirent à rêver. Peu à peu les vapeurs du souper, les fumées du vin leur montant à la tête, mirent fin aux réflexions ; et voilà nos deux encagés étendus sur le tapis de Turquie, dormant à qui mieux mieux.

Le jour était déjà fort avancé, et les rayons du soleil, perçant de toutes parts à travers les feuillages, éclairaient depuis longtemps la cage de nos dormeurs, lorsqu'ils furent éveillés par un caquet bruyant et des éclats de rire très animés.

Ils se mettent sur leur séant, ils ouvrent les yeux, ils se les frottent, et pensent dormir encore, tant ce qu'ils voient autour d'eux a l'apparence d'un rêve.

La cage, qu'on avait redescendue, était environnée de six femelles. Elles paraissaient être d'espèce humaine. Cependant, à la réserve du cou, du visage et des mains, elles étaient couvertes de plumes de la tête aux pieds. Leur physionomie n'avait rien de rebutant. La plume courte, mince et frisée, qui tenait la place des cheveux, une touffe placée en aigrette au-dessus du front, formaient en tout une coiffure agréable. Les bras ressemblaient à des ailerons, et les jambes présentaient encore un spectacle plus bizarre.

Elles parlaient toutes à la fois. « Voilà de jolis étourneaux ! disait l'une. — Comme ils ont mordu à l'appât ! disait l'autre en regardant les restes du souper demeurés sur la table. — Trêve à la plaisanterie », dit celle qui paraissait avoir le plus d'autorité. Puis, adressant la parole à Enguerrand : « Chevalier, lui dit-elle, je vous rends la liberté au nom de Strigilline, ma maîtresse, mais sous une condition : vous me donnerez la main jusqu'au château qui est à quelques pas d'ici, et vous y prendrez du repos. »

La capitulation fut acceptée. Enguerrand marcha vers le château. Il n'ouvrait pas la bouche ; cependant il commençait à se faire à l'aventure, qui, jusque-là, ne le menaçait de rien de fâcheux. Il jette les yeux sur les objets qui sont autour de lui. Il voit des avenues riantes, une campagne agréable et qui paraît cultivée, d'assez belles eaux, des points de vue bien ménagés, enfin tout ce qui peut annoncer la demeure d'une personne opulente et entendue. Le château ne paraissait pas encore. Enfin il se présenta, et ne répondit point, du moins par la forme, aux dehors qui l'avaient annoncé. C'était une très grande cage flanquée de quatre autres petites, comme le serait une tour de ses quatre tourillons.

Dès qu'Enguerrand fut entré dans le salon où Strigilline l'attendait, elle fit deux pas au-devant de lui d'un air obligeant, et lui dit : « Je compte, chevalier, que vous me pardonnerez une supercherie innocente. Quand on est, comme moi, forcée à vivre dans la retraite, on est excusable d'attirer chez soi la bonne compagnie. Hier, l'empressement de voyager vous avait fait oublier de satisfaire aux besoins les plus essentiels. Je m'aperçus de votre état, et vous fis abandon d'un souper qui n'attendait personne. Je jugeai même devoir me tenir à l'écart pour jouir de votre surprise, et vous laisser liberté tout entière. Le reste est un jeu de mécanique, dont je me donne quelquefois l'amusement ; mais je prétends que vous en tiriez une petite vengeance, et me mettiez dans le cas de vous prouver que je sais ce qu'on doit d'égards aux gens de votre sorte et de votre mérite. »

Enguerrand ne répondit que par des inclinations de tête et quelques paroles de civilité. Il considérait la fée, car c'en était une. Son plumage était d'un petit jaune, semblable à celui des serins de Canarie ; elle avait le tour du visage beau, le teint éclatant, la lèvre vermeille, les dents du plus bel émail, l'œil noir, vif et bien coupé, mais le regard sournois. Ses sourcils, arrondis en un très bel arc, n'étaient point séparés. On voyait quelque chose de malin dans son sourire, et l'assemblage de tous ses traits formait une physionomie spirituelle, piquante et scélérate.

On servit un dîner abondant et délicat. Enguerrand n'était pas encore à son aise. Strigilline le comblait d'attentions. « Vos yeux, lui disait-elle, ont peine à se faire aux objets singuliers qui les frappent. Votre inquiétude et votre curiosité sont naturelles. Sans doute il y a du mystère, et je serais charmée que vous me mettiez dans le cas de m'en expliquer franchement avec vous. Nous attendrons que nous soyons un peu plus connus l'un de l'autre. L'inclination naît d'un coup d'œil ; la confiance se gagne. »

Enguerrand répondit encore avec le même embarras. On desservit. Il y eut musique, promenade, bal. La cour emplumée fit preuve de talents dans tous les genres ; Strigilline étala de l'enjouement, des grâces. L'heure du souper vint. Ce repas fut plus splendide que le dîner, et un peu plus gai. Strigilline voulait qu'Enguerrand lui fît part des inquiétudes qu'il avait en se voyant encagé. « Il faut, lui disait-elle, que vous fassiez un petit ouvrage sur ce sujet... »

Enguerrand lit un conte de sa composition : « Le Diable à quatre », dont les quatre héros sont « d'origine gauloise ». Cette lecture plaît beaucoup à Strigilline et aux dames de sa cour. Enfin le maître et l'écuyer se couchent et s'endorment.

Tout reposait encore dans le palais de Strigilline, et déjà Enguerrand tirait son écuyer par le bras, sans pouvoir l'arracher du sommeil. Enfin il le jette hors du lit. « Barin, lui dit-il, n'avez-vous pas honte de dormir encore ?

— Encore ! reprit l'écuyer réveillé par la chute qu'il venait de faire et par la fraîcheur du parquet ; je ne faisais que commencer. Et où prétendez-vous aller ? Il est nuit noire.

— Où nous allons ? dit Enguerrand ; et que ferons-nous en demeurant ici plus longtemps ? Où est Ollivier ? Ses ennemis couvrent la campagne ; il n'a nul secours à espérer que ceux qu'il peut attendre de moi. J'ai perdu tout un jour, Barin, un jour que je devais à l'honneur et à l'amitié. Que penserait Agnès de ma froideur à servir son amant ? Qu'en penserait Fleur-de-Myrte * ?

— Vos raisons sont des meilleures, monsieur ; mais je ne présume pas qu'il soit facile de se tirer à tâtons de l'endroit où nous sommes.

— Je veux me presser de partir, disait Enguerrand, pour réparer le temps perdu, et me soustraire aux embarras des civilités auxquelles il ne m'est pas permis de répondre. » En parlant ainsi, le chevalier prend ses armes ; Barin s'habille ; ils sortent ; ils sont à cheval, et s'engagent dans la première route qui s'offre à eux dans l'obscurité.

« Tous ces environs-ci doivent être habités, disait le paladin ; et, supposé que nous nous égarions, nous trouverons au point du jour des gens qui nous remettront dans notre chemin. » Là-dessus il presse son cheval, et l'écuyer le suit sans proférer une parole.

Ils marchaient depuis près de deux heures au grand trot, lorsque le crépuscule commença à leur donner lieu de discerner, quoique confusément, les objets.

Ils côtoient les murs d'un jardin qui leur paraissait très vaste ; ils passent contre des bâtiments qui devaient être, selon l'apparence, les servitudes d'une grande maison ; ils font quelques pas de plus, se trouvent à la porte d'un château, et se reconnaissent alors. C'était celui de Strigilline.

« Il faut, dit Enguerrand, que nous nous soyons détournés de la première route que nous avons prise, et qui ne devait pas nous conduire ici, puisqu'elle en partait ; mais à ce coup nous ne nous égarerons plus ; grâce au ciel, voilà le jour qui paraît. »

Le chemin que nos voyageurs suivirent alors était pratiqué à travers une forêt très épaisse. Les rayons du soleil n'y pouvaient percer, et il était impossible à la vue de s'y étendre ; enfin, après une heure et demie de marche, la forêt commence à s'éclaircir ; nos voyageurs voient une campagne habitée, se trouvent dans une avenue qui les conduit en droiture à un château. C'était celui de Strigilline.

« Quoi, dit Barin, nous ne perdrons jamais de vue cette maudite cage ? — Observez, lui dit Enguerrand, que nous sommes dans la même route par laquelle nous abordâmes hier ; je ne sais comment je ne l'ai point reconnue plus tôt. Retournons sur nos pas, et nous trouverons le sentier qui doit aboutir à ce pavillon sous lequel nous avons passé la nuit qui a précédé celle-ci... Je crois entrevoir ce sentier. » En effet, il s'en présentait un. Le chevalier s'y engage avec confiance. « Pour le coup, dit-il à son écuyer, je pense que nous en serons bientôt dehors.

— Vous le pensez, monsieur; et moi, je le souhaite », répondit Barin.

Après deux heures d'une course fort pressée, le maître et l'écuyer se trouvent dans une route spacieuse; ils approchent d'un endroit qui paraît très habité. Déjà ils entendent le bruit des chiens, le chant des coqs, le hennissement des chevaux; enfin ils trouvent de vastes écuries; mais c'étaient celles du palais de Strigilline.

Le soleil avait déjà franchi la moitié de sa carrière; le maître et l'écuyer bouillaient d'impatience; les chevaux étaient harrassés. Un petit page couvert de plumes de sansonnet aborde Enguerrand. « Seigneur chevalier, lui dit-il, votre promenade a été longue; il est temps que vous preniez de la nourriture et du repos; ma maîtresse vous attend. »

Enguerrand et Barin se regardèrent. « Quel parti prendre? disait le maître. — Effectivement, répondit l'écuyer, nous avons à choisir. Rentrons doucement; mettons-nous bien dans la tête que nous ne sortirons d'ici que sous le bon plaisir de la dame du lieu. — Quoi! vous prétendriez, dit Enguerrand, qu'on voudrait me tenir ici malgré moi? — Je n'ai pas de prétentions, dit l'écuyer; mais il faut que vous ayiez été bien distrait pour que rien ne vous ait frappé. La dame du château a des regards brûlants; tant d'afféteries, d'ailleurs, dans les attentions qu'on a pour vous, tant de fadeurs dans les louanges que l'on vous donne! — Sachons donc ce qu'on nous veut », dit Enguerrand. Il rentre dans son appartement, se désarme, et va saluer Strigilline. Il avait l'air froid et contraint.

« Il faut, seigneur, lui dit la fée, que vous vous défiiez de mes cuisiniers. Vous vouliez sans doute gagner de l'appétit ; c'est ce qui vous aura engagé à prendre l'air de si bonne heure. Je pensais qu'ayant besoin de repos, vous n'auriez pas dû sortir ce matin ; sans cela, mes équipages se fussent tenus prêts, et l'on vous eût donné le plaisir de la chasse. »

Badine, confidente de la fée, apprend un peu plus tard à Enguerrand que sa maîtresse l'aime. Mais celui-ci a d'autres devoirs, envers Ollivier et Fleur-de-Myrte. Réussira-t-il à quitter le château de Strigilline ?

« Remontons à cheval, dit Enguerrand ; sortons d'ici tout à l'heure. — Et vous pensez, monsieur, que nous y verrons plus clair que ce matin ? Ne vous apercevez-vous pas que nous sommes dans un labyrinthe, dont peut-être le diable seul a le fil. — Je veux parler à cette femme, reprit Enguerrand, et essayer de lui faire entendre raison. — Vous en avez sans doute trouvé beaucoup qui l'ont entendue, reprit Barin ; mais je vous cautionne que celle-ci est tout au plus disposée à écouter ce que pourront lui inspirer ses dispositions naturelles, son goût ou sa fantaisie. Parlez ce langage, si vous voulez que l'on vous écoute. Donnez au moins des paroles flatteuses, quoi qu'il en puisse coûter à votre franchise, et surtout bannissez de votre extérieur ce trop de réserve qui pourrait tenir la dame en garde contre vous. Cependant je me promènerai dans les environs : on me laissera sans doute cette liberté, car je ne vaux pas trop la peine que l'on m'observe, et peut-être trouverai-je une issue par où nous pourrons nous évader. »

Enguerrand prend enfin son parti; il se rend à l'appartement de la dame. Badine le prend par la main, et le conduit jusqu'au chevet du lit.

Barin était déjà descendu dans les jardins, et se préparait à gagner la campagne; mais il ne fut pas peu surpris, en jetant les yeux vers le château, de rencontrer ceux de son maître, qui se promenait sur une petite terrasse régnant le long de son appartement.

L'écuyer revint brusquement sur ses pas. « J'augure mal de votre entrevue, dit-il au chevalier en l'abordant; elle a été trop courte, ou la dame n'a pas été visible, ou vous avez été mal reçu.

— Je l'ai vue, Barin; je lui ai parlé : elle est dans son lit. Soit que l'agitation de son âme prête de nouvelles couleurs à son teint, soit que le sentiment dont elle est occupée donne plus d'expression à ses yeux, soit que le demi-jour dans lequel elle s'est laissée voir à moi ait flatté ses traits et sa peau, ou que le drap, par qui la plume est cachée, ne m'ait permis de voir que ce qui est naturel et aimable, Strigilline m'a paru vraiment belle; mais... — Mais, dit l'écuyer...

— Elle m'a pris la main, me l'a serrée... — Eh bien, monsieur?

— Nous ne disions rien; elle a fait un mouvement comme pour m'attirer vers elle... — Vous vous serez laissé aller? — Non, Barin. Te l'avouerai-je? tout en la trouvant belle, j'ai senti tout à coup une répugnance insurmontable; j'ai... —

Qu'aurez-vous fait, monsieur?... — J'ai retiré ma main, et même avec un mouvement assez brusque... — Mais vous deviez parler; l'avez-vous fait? — Je pense que oui, Barin; mais je ne sais trop ce que je puis lui avoir dit; je crois que j'ai battu la campagne. Tout à coup elle a appelé ses femmes, et je me suis évadé.

— Ah! mon cher maître, dit Barin, vous êtes sûrement ensorcelé; depuis que vous êtes ici, vous n'avez rien fait ni dit qui fût à propos. Je suis dans des frayeurs que je ne puis vous décrire. »

Ils en étaient là de leur entretien, quand Badine entra d'un air aisé. « Seigneur chevalier, dit-elle à Enguerrand, ma maîtresse pense que vous êtes incommodé; elle vous envoie cette pommade : c'est un excellent spécifique. »

Enguerrand voulut se défendre sur l'indisposition qu'on lui supposait. « Non, seigneur, votre santé n'est pas bonne, lui disait toujours Badine avec un sourire méchant, et je ne pense pas que votre écuyer soit bien sain. Déshabillez-vous l'un et l'autre, je vous frotterai moi-même avec l'essence dont cette fiole est remplie; elle est merveilleuse. » On juge bien que le chevalier refusa la proposition. « Vous voulez donc, lui dit Badine, nous causer des chagrins de toutes les espèces. Nous avons des raisons de craindre pour votre santé, et nous allons douter de votre courtoisie. Faites ce qu'il faut pour vous rétablir, seigneur; secondez l'intérêt qu'on veut bien prendre à vous. Vous ne voudriez pas, continua-t-elle, contraindre des femmes à vous faire violence pour votre bien. Cependant j'ai les ordres les plus positifs de ne point vous quitter que vous ne m'ayez laissé remplir le petit ministère dont je suis chargée : vous pouvez d'ailleurs vous reposer sur mon adresse. »

Enguerrand perdait patience. « Barin, dit-il, qu'on selle les chevaux ; je ne saurais supporter plus longtemps d'aussi fades plaisanteries. »

Barin veut sortir ; Badine l'arrête. « Vous n'en ferez rien, gentil écuyer, lui dit-elle ; ne voyez-vous pas que votre maître a des caprices ? Déshabillez-le, et aidez-nous à lui faire entendre raison. »

Barin voulait sortir ; mais il se sentit serrer la main d'une telle force, que la douleur et la surprise lui firent jeter un grand cri. A ce cri l'appartement se trouve rempli par les femmes de Strigilline ; elles entourent le maître et l'écuyer. On ôte à Enguerrand son baudrier et son écharpe avant qu'il ait le temps de s'y opposer, et déjà l'écuyer a quitté son pourpoint sans qu'on l'en prie ; mais qui pourrait peindre la colère de l'amant de Fleur-de-Myrte, lorsqu'il s'aperçut qu'on lui faisait violence et qu'on le déshabillait malgré lui ? D'abord, croyant devoir des ménagements à des femmes, il ne fait que repousser, quoique assez rudement, celles qui l'environnaient ; mais bientôt, sentant la force des bras et le tranchant des ongles de ces fausses femelles, il oppose violence à violence, et cherche à se venger des atteintes par les coups. Ses habits volent de toutes parts en lambeaux ; l'air s'obscurcit des plumes qu'il arrache par touffes à ses adversaires, partout où son poignet nerveux peut s'accrocher ; l'appartement retentit de rires forcés, de cris de femmes, et d'imprécations militaires.

Enguerrand se défendait bien ; mais le combat

était trop inégal. Après une résistance digne de son courage, le paladin, mis à nu, renversé sur le parquet, est frotté, de la tête aux pieds, de la drogue fatale. Enfin on le laisse privé de sentiment, à côté de son fidèle écuyer, qui, après s'être fait donner quelques coups de griffes en essayant de se défendre, s'était laissé déshabiller et frotter avec toute la patience imaginable.

Au chant III, nous retrouvons Inare, dont l'âme est toujours remplie de haine pour Ollivier. Sans transition, le lecteur est lancé sur la trace des croisés, à Damas, en Syrie. Ceux-ci viennent de remporter une victoire, mais le comte de Tours a été fait prisonnier quand s'achève le chant III.

CHANT QUATRIÈME

Fleur-de-Myrte quitte la cour de Frédegilde, décidée à s'embarquer pour la Syrie : son bateau fait naufrage au large des côtes de Chypre. On la recueille...

En ouvrant les yeux, elle aperçoit quatre à cinq hommes vêtus à l'orientale, qui poussent l'un après l'autre, et quelquefois tous ensemble, des sons très aigus dans des instruments qu'on appelle flûtets, en donnant par intervalles des coups de baguette sur des tambourins.

Quand les flûteurs virent que la belle ouvrait les yeux, ils s'écartèrent un peu de son oreille, mais ne discontinuèrent point leur musique, qui n'en devint que plus perçante. Elle poussa un soupir et voulut parler; alors le bruit des flûtets et des tambourins redoubla au point de devenir insupportable.

Fleur-de-Myrte se tait. Un instant après, elle veut prendre de nouveau la parole; mais pour le coup la symphonie devint tellement bruyante, que notre voyageuse pensa devenir sourde, et fut forcée au silence.

Cependant la barque voguait vers le rivage. On prend terre; on forme à la hâte un brancard de quatre avirons; on porte la belle, qui ne faisait point de résistance, vers un petit hameau à quelque distance du bord de la mer.

A mesure qu'elle approchait des cabanes, elle était environnée de nouveaux symphonistes. Il accourait de toutes parts des bergers, des pâtres, des laboureurs jouant du hautbois, du chalumeau, de la cornemuse. De petits enfants, qui marchaient à peine, venaient en jouant de la guimbarde et de la flûte-à-l'oignon, entouraient le brancard et embarrassaient la marche des porteurs.

Un écuyer conduit Fleur-de-Myrte dans le palais, puis à un appartement. Enfin il lui donne quelques explications :

« Je vais, lui dit-il, madame, vous mettre au fait en deux mots. On a perdu absolument l'usage de la parole dans le pays où vous êtes, et on y supplée par celui des instruments. Ce qu'il y a de singulier, c'est que, comme on n'y saurait parler, on ne saurait souffrir que les autres y parlent.

» On rapporte l'origine de cette calamité à la colère d'une fée ; mais comme je ne donne pas dans ces contes, je serais tenté de croire que ces gens-ci ont été privés naturellement d'une faculté accordée à tous les autres hommes, si les monuments du pays ne faisaient foi qu'on parlait ici comme ailleurs il y a environ cent ans.

» Je suis né sujet du comte de Provence, et fus jeté il y a environ quatre ans sur cette île presque inconnue, qu'une chaîne de rochers répandus au large, à fleur d'eau, rend inaccessible aux navigateurs étrangers, et où l'on n'aborde que par des naufrages. Étant musicien par état, j'ai saisi avec facilité l'idiome que l'on s'est fait dans le pays, et suis devenu l'interprète de ceux qu'une aventure semblable à la vôtre conduit ici, quoique très rarement. Vous concevez maintenant la raison qui avait rassemblé autour de vous cette symphonie bizarre qui vous a servi d'escorte jusqu'au palais. Je vous ai conduit au cabinet du roi, qui, sur le récit qu'on lui a fait des charmes de votre personne, n'a pu modérer l'impatience qu'il avait de vous voir.

» Ce prince tenait dans ce moment son conseil d'état. Cet homme à lunettes, que vous avez vu vis-à-vis d'un clavecin, était un secrétaire chargé de faire un rapport au conseil, dont vous avez vu les membres prêts à donner leurs opinions, l'un sur son basson, l'autre sur le violoncelle, car je dois, madame, vous dire en passant qu'il y a des instruments affectés à tous les états et à tous les âges. Il ne conviendrait pas qu'un sénateur jouât du fifre ou de la musette organisée. Les personnes consacrées à la religion ont leurs instruments affectés ; et, quand vous serez instruite de la langue, je pense, si la curiosité vous conduit à la mosquée, que vous y entendrez avec plaisir l'office à la turque, récité sur des harpes, et serez satisfaite de la paraphrase d'un verset de l'Alcoran, rendue sur la trompette marine.

» Il est des instruments d'état ; il en est aussi de caractère. Un homme porté à l'amour s'adonne volontiers à ceux qui sont susceptibles de rendre le mieux les expressions tendres. Un grand parleur se jette sur un violon, va en arpegio et en démanchant jusque sur le chevalet.

» Un homme bien élevé, un homme destiné à parvenir, doit posséder à un certain point tous les styles. Vous verrez le monarque qui règne aujourd'hui, en donnant audience à ses sujets, répondre à chacun d'eux sur un instrument semblable à celui dont on se sera servi pour lui porter la parole. La première fois que je le vis sortant de son palais, suivi de ses pages, chargé d'instruments de toute espèce, je crus qu'il allait donner une sérénade.

» Il y a des gens qui sont faits pour parler de tout avant de s'être donné des soins pour s'instruire, et figurer dans le monde avant que l'on ait pu les y former ; les facteurs d'ici, dont l'habileté est grande, ont composé pour eux un instrument que l'on appelle la turlutaine de cour, contenant un grand nombre d'airs sur plusieurs registres.

» Des airs posés, par exemple, pour les occasions où l'on doit avoir du maintien ; des airs hauts pour celles où il faut donner grande opinion de soi et de son crédit ; des airs bas pour aborder les gens en place, mais on quitte la sourdine dès qu'on a le pied hors de l'antichambre; des airs naturels pour s'attirer la confiance; de flatteurs, de doucereux même pour endormir des créanciers aux audiences du matin; de tendres, de passionnés, de tristes, d'enjoués, etc., pour intéresser, attendrir, plaire et séduire; de bruyants pour les confidences; d'autres pleins de feu pour aborder une connaissance de nouvelle date; de très froids pour remercier d'un bienfait reçu; de bizarres pour rendre le commerce difficile et piquant, pour en éloigner la fadeur; de très légers pour parler des femmes, décider du mérite d'autrui, évaluer les ouvrages de littérature, et mettre le prix aux chefs-d'œuvre des artistes; enfin des airs de tous les tons, de toutes les mesures, pour parler aux gens à qui l'on doit du respect ou des égards, et à ceux desquels on peut en prétendre. »

L'écuyer, en ayant terminé avec les « idées générales », demande à Fleur-de-Myrte de bien vouloir accepter une première leçon : le roi désire qu'elle s'exprime, elle aussi, à l'aide d'un instrument.

« Vous trouverez d'abord votre alphabet dans les divers renversements de la gamme : quelquefois une seule note vous présentera une idée complète; par exemple, touchez un *si*, vous dites à présent *oui*, touchez un *sol*, et vous direz *non*. Convenez que voilà un consentement et un refus exprimés avec toute la rapidité désirable.

» Mais ce n'est pas tout. La finesse de l'expression peut se joindre à la rapidité. Avec le secours d'un *bémol* ou d'un *dièze*, d'un de ces intervalles qu'on appelle *soupirs*, et qui conservent ici leur valeur naturelle, en plaçant une cadence molle à propos, on parvient à dire un *oui* qui ne signifie rien, et un *non* qui ne veut pas dire non.

» Je vois que je pourrais abuser de votre patience, madame ; je sens d'ailleurs que je dois donner aux idées le temps de s'étendre et de mûrir. Mes ordres étant de vous ménager comme de vous instruire, mon devoir et mon inclination me faisant une nécessité de vous plaire, j'abandonnerai le travail que je me suis chargé de faire auprès de vous, pour ne le reprendre que lorsqu'il pourra vous être agréable. » En finissant son compliment, l'interprète-musicien et maître de langue tira sa révérence, et sortit.

Fleur-de-Myrte resta seule, rêvant à ce qu'elle venait d'entendre, ne sachant qu'augurer de sa position, et répétant d'un air distrait, sur le dessus de viole qui lui demeurait entre les mains, *si* et *sol*, *sol* et *si*.

L'âge n'avait point ralenti le feu des passions dans le cœur de Macore, souverain de l'île des Mélologues. C'était le nom des peuples parmi lesquels se trouvait l'amante d'Enguerrand. Ce prince avait encore toutes les fureurs et les faiblesses de l'amour ; mais, issu d'une de ces branches sarrazines qui avaient apporté en Europe la fleur de la galanterie, il ignorait l'usage du mouchoir, digne de la fierté de la seule race ottomane, et mêlait à ses intrigues le sentiment et la délicatesse.

Zerbin, son interprète, vint lui faire le récit des heureuses dispositions qu'il avait trouvées dans l'étrangère, de sa docilité à prendre des leçons, et des facilités naturelles et acquises qu'elle avait pour devenir dans peu une excellente écolière.

Macore, déjà prévenu d'un goût très vif en faveur de Fleur-de-Myrte, le sentit redoubler à ce récit. « Allez, dit-il à Zerbin; prévenez cette dame que je compte la voir aujourd'hui, et faites-lui valoir mon impatience. »

Zerbin annonce cette visite à son écolière. « Je pressens, lui dit-il, madame, l'embarras dans lequel vous allez vous trouver, et ne sais rien de si désagréable qu'une conversation entre gens qui, de part et d'autre, ne doivent s'expliquer et s'entendre que par truchement; mais si vous voulez vous prêter à une petite supercherie, vous allez rendre le roi bien content de lui-même, et lui donner une haute idée de votre sagacité. Feignez de comprendre ce qu'il vous dira; comme il parle volontiers et beaucoup, il lui suffira que vous ayez placé un oui et un non à propos, pour qu'il soit convaincu que vous êtes au fait, et qu'il n'a rien perdu de son étalage. Je me placerai derrière lui un peu à l'écart, et un signe de tête, que je ferai à chaque question, vous mettra en état de toucher sur votre dessus de viole la réponse qu'il sera convenable que vous fassiez. Ce ne sera, comme vous en êtes prévenue, qu'un *si* ou un *sol*, selon les circonstances.

» D'ailleurs, observez avec attention les mouvements de mon visage, et laissez voir du chagrin, de la joie ou de l'embarras, selon que je caractériserai moi-même ces différentes situations par l'expression que je donnerai à mes traits. » Fleur-de-Myrte crut devoir donner à son maître et au prince qui l'employait auprès d'elle cette marque de sa complaisance.

Macore arrive; il s'était muni d'une flûte traversière, instrument très analogue au sentiment qu'il avait dessein d'inspirer. Il débute par un air qui tenait de la sarabande, avec des roulements, des cadences sans fin, auxquels le mouvement de ses yeux servait d'accompagnement.

Le bon monarque manquait d'haleine, n'avait ni doigts ni embouchure; son jeu n'était point détaché, point net; de sorte que son compliment, qui n'était d'ailleurs qu'un tissu de lieux communs, pouvait passer, quant au fond et à la forme, pour un très insipide morceau de symphonie.

Zerbin prit un air riant, et fit un signe de la tête que son écolière rendit par un *sol,* qui voulait dire *non,* et qu'elle accompagna d'un sourire. Tout avait des grâces en elle, et le sourire fut gracieux.

Macore parut enchanté. Les cadences et les roulements redoublèrent. Le maître fit un signe de la tête qui voulait dire *oui,* et le *oui* fut fidèlement répété par Fleur-de-Myrte.

Alors Macore changea de modulation, et ne s'expliqua presque plus que par quelques sons entrecoupés, bas et tremblants.

Zerbin prit un air de dépit, et indiqua à son écolière que c'était le cas de lâcher un *non* très sec. Zerbin fut obéi.

Macore continua de jouer sur le même ton, tremblant et entrecoupé. Zerbin change de physionomie, et fait signe de répondre par un consentement faible et équivoque. L'écolière, tant par son attitude qu'avec le secours de la leçon qu'elle avait prise, essaya de rendre, sur le dessus de viole, la réponse qu'on lui dictait.

A cette réponse, Macore ne se possède plus ; il se précipite sur la main de l'étrangère, la saisit avec transport, la baise avec feu, tire un brillant très riche qu'il avait au doigt, le donne à Zerbin, fait des révérences sans nombre, et sort de l'appartement en jouant un air de fanfare.

Il était à peine sorti, que Zerbin se précipite aux genoux de Fleur-de-Myrte. « Ah ! madame, dit-il, vous possédez un talent unique. Vous avez joué comme un ange ; le roi est enchanté.

— Je n'y entends rien, repartit Fleur-de-Myrte. Que m'a dit ce prince, et qu'ai-je pu lui répondre ?

— Vous avez parlé, madame, comme il était à propos que vous le fissiez, eu égard à votre situation ; mais je ne puis trop applaudir aux talents merveilleux que j'ai découverts en vous ; vous avez, dans le geste et dans les mouvements du visage, une précision, une énergie admirables...

— Mais ne puis-je être un peu plus au fait, et apprendre, par le détail, les raisons que j'ai d'être aussi contente de moi ?

— Le roi vous a d'abord fait compliment sur le bonheur qu'il avait de vous posséder dans ses états ; il s'est étendu sur les éloges que vous méritez à tant d'égards, et sur le désordre que votre présence a jeté dans son cœur dès la première entrevue ; mais il a ajouté qu'il appréhendait que son âge ne lui nuisît auprès de vous, dans le dessein qu'il avait de mériter le don de votre cœur.

— Et qu'ai-je répondu ? dit Fleur-de-Myrte avec impatience...

— Madame, un *non*, que vous avez placé fort à propos, a rassuré le monarque sur ses craintes.

— Tant pis, monsieur, tant pis, répliqua vivement Fleur-de-Myrte.

— Mais, madame, fallait-il désobliger le monarque ?

— Je devais garder le plus profond silence, et, selon les dispositions de mon cœur, c'était ce que je pouvais faire de moins désobligeant ; mais, de grâce, poursuivit-elle, qu'a dit le roi à l'occasion d'un aveu de ma part aussi peu sincère que déplacé ?

— Des douceurs, madame ; il y a joint des protestations très fortes ; puis il vous a demandé si vous fixeriez sans peine votre séjour auprès de lui... — Vous deviez me faire répondre que non... — Tout au contraire, madame...

— Monsieur, vous m'avez fait jouer le rôle d'une extravagante. Mais achevons ; à ce que je prévois, en fort peu de mots, j'aurai dit beaucoup d'impertinences.

— Le roi, poursuivit Zerbin, a témoigné des craintes que votre cœur ne fût prévenu de quelque autre passion ; vous avez eu la bonté de le rassurer, et même l'air de votre physionomie a assez vivement témoigné que ce soupçon vous offensait...

— Passons, monsieur ; je n'ai rien à dire à cette réponse : une femme n'est point obligée à une franchise exacte sur ce point.

— Là-dessus, le roi, après vous avoir fait quelques excuses, vous a demandé, d'un ton embarrassé et tremblant, s'il pouvait aspirer au don de votre main...

— Ai-je donné mon consentement, monsieur ?

— Oui, madame, répondit timidement Zerbin; et c'est là le sujet de la joie excessive à laquelle vous avez vu ce prince s'abandonner... — Sortez de ma présence, monsieur, dit Fleur-de-Myrte en élevant la voix; allez prévenir Macore qu'on nous a trompés, et qu'à moins qu'une violence ne me contraigne à le voir, je vais devenir inaccessible pour lui. »

Zerbin, l'écuyer, donne à la belle étrangère le moyen de s'évader : le chant IV s'achève sur le départ de Fleur-de-Myrte déguisée en page et fuyant l'île des Mélologues.

CHANT CINQUIÈME

Enguerrand et Barin, environnés des lambeaux de leurs vêtements et des plumes arrachées à leurs ennemis, semblaient être plongés dans un assoupissement léthargique. Tout à coup ils se lèvent avec précipitation, par l'effet d'un mouvement qui n'a rien de naturel; les yeux sont ouverts, les bras se remuent comme à ressorts; mais le corps paraît insensible, et la faculté intelligente sans action. Il est minuit, une épaisse obscurité les environne, un vent furieux s'élève, le palais de Strigilline en paraît ébranlé.

Les fenêtres de l'appartement du chevalier s'ouvrent avec effort; Enguerrand et Barin sont enlevés; ils planent dans le vague des airs. Enfin, sans avoir le temps de juger de quelle espèce sont les voitures qui les portent et la route qu'on leur fait prendre, sans qu'ils puissent mesurer l'étendue de l'espace qu'ils parcourent, ils se trouvent au milieu de la plus étonnante assemblée qui puisse frapper des regards mortels, et reconnaissent qu'ils sont à cheval sur des manches à balais.

Le souverain des génies malfaisants présidait à l'assemblée. Les esprits de sa catégorie, les enchanteurs, les magiciens, les fées, les sorciers, la formaient en partie; on y voyait parmi des figures qui retenaient quelque chose d'humain, des fantômes, des chimères, des centaures, des griffons, des dragons, des ogres, des cyclopes, des hippogriffes, des loups-garous, des gobelins, des furies, des lamies, enfants monstrueux, à qui l'imagination, le délire poétique, la fantaisie, l'oisiveté, la superstition, la fourberie, la faiblesse, l'ignorance et la crainte ont donné naissance. Le désordre et la malice y réglaient les rangs. Une joie fausse, tumultueuse, éclatait au-dehors; mais on pouvait lire dans les regards consternés l'inquiétude, la douleur et les remords.

Enguerrand, ébloui par l'éclat de mille flambeaux qui brûlaient autour de lui, étonné de l'effrayante variété des objets monstrueux qui s'offrent à ses regards, aperçoit tout avec trop de confusion pour pouvoir rien distinguer. Cependant de grands éclats de rire s'élèvent autour de lui; on l'entoure; il se sent même tirer par le nez jusqu'à ressentir de la douleur. En même temps il part une huée générale, et tous lui crient à la fois aux oreilles : « Oh! oh! *che naso brutto!* »

Le président veut élever la voix pour en imposer;

mais les éclats de rire n'en deviennent que plus violents, et le même refrain les accompagne : « Oh! oh! oh! *che naso brutto!* »

Enguerrand s'aperçoit alors qu'il est couvert de plumes comme un hara des Indes; il en a même une au bout du nez d'une longueur déraisonnable. Un farfadet l'avait saisi par cette plume, et lui faisait faire le tour du salon, toujours accompagné des éclats de rire et du *che naso brutto!*

Le président mugit d'impatience, et désespère de se faire entendre; il frappe la terre de son redoutable sceptre.

A ce coup, qui fut terrible, on eût dit que la terre chancelait sur ses pivots, et que la lune se dérangeait de son orbite. Les lutins effrayés se prosternent en silence devant le marchepied du trône.

« Si je vous... leur dit-il d'une voix enrouée; mais je veux bien encore pardonner cette indécence. Que désormais on se tienne dans le respect. Voici donc, continua-t-il (en montrant du doigt le chevalier emplumé et son fidèle domestique), encore une des gentillesses de la dame Strigilline. C'est pour composer des mascarades aussi bizarres qu'elle s'éloigne de nos assemblées, en affectant le mépris de nos statuts et l'indépendance de nos ordres. Certes, si je veux souffrir plus longtemps qu'elle continue de pratiquer son art avec cet air de légèreté, bientôt elle aura pour vassaux ceux qu'un pouvoir que je déteste prétend soustraire à ma férule; mais il est temps que je purge la terre de cette race de harpies, et que je renvoie Strigilline et ses semblables à madame Céleno leur mère; une étourderie de sa confidente m'en offre l'occasion et le moyen.

» En exécutant les ordres de sa maîtresse, en composant la drogue qui devait produire le double effet de métamorphoser cet honnête gentilhomme en espèce de perroquet, et de lui ôter l'usage de la raison, Badine s'est trompée de fiole, et a mêlé à la drogue qui fait croître les plumes celle qui fait participer à nos mystères ; et, par méchanceté, elle lui a frotté le bout du nez pour y faire croître cette énorme plume... Je crois que j'entends rire encore! Ah! par la jernie! si j'entends parler du *naso brutto*... Chevalier, poursuivit le président après s'être de nouveau calmé, rendez grâce au quiproquo qui vous a fait paraître devant moi ; sans lui, vous grossiriez la cour de Strigilline ; mais je vous remets le soin de votre vengeance. Retournez sur vos pas ; allez sans crainte à l'appartement où la dame repose ; arrachez la touffe de plumes qui lui sert d'aigrette, et vous aurez lieu d'être satisfait ; mais, avant votre départ, recevez de moi un conseil d'ami. Vous voyez, quoi qu'on en dise, que je ne fais pas toujours du mal ; vous conviendrez que vous m'avez quelque petite obligation ; il ne faudrait pas en devenir ingrat. Le hasard et ma tolérance vous rendent ici témoin de bien des choses. Je connais votre faible : vous serez tenté d'écrire ce que vous aurez vu ; en tout cas, tâchez de nous épargner les épigrammes, ou, par la jernie!... voici la monnaie de vos chansons. »

En disant ces paroles, le président montra son sceptre. C'était une branche de coudrier plus grosse de deux pouces, plus longue d'un pied que la baguette divinatoire.

Ce geste était à peine fini, que le maître et l'écuyer, sans deviner par quel moyen, sont déjà de retour dans le palais de Strigilline. Le jour commençait à se lever.

« Est-ce un rêve que je fais? disait Enguerrand à son écuyer. — Cela ne saurait être, monsieur, répliquait Barin; il y a trop longtemps que cela dure; d'ailleurs pourrions-nous rêver tous deux la même chose?... Eh! regardez-vous dans le miroir; tenez, voilà le *naso brutto*. Allons, monsieur, ne perdons point de temps; si c'est un rêve, achevons-le, et voyons la fin de l'aventure. Marchons à l'appartement de la dame, et prévenons son réveil; de quelque part qu'ils nous soient venus, je pense qu'on nous a donné là-bas de très bons avis. »

Enguerrand arrive sans obstacle jusqu'au pied du lit de Strigilline. Alors, encouragé par le succès, aiguillonné par le désir de la vengeance, il lui porte la main au front, et en arrache avec violence le fatal bouquet de plumes.

La fée pousse un cri douloureux et aigu, que mille échos, répandus dans le palais, dans les jardins, dans la campagne, répètent, et sur lequel ils enchérissent. Le château disparaît; Strilligine et ses compagnes, dépouillées de plumes, transformées en dégoûtantes harpies, s'élèvent en l'air avec des ailes de chauves-souris.

Comme on voit ces songes légers que l'aube, avant-courrière du jour, apporte sur ses ailes dorées, s'envoler avec les ombres, dès que l'éclat du soleil a frappé nos paupières;

Comme on voit ces nuages diaprés, qui présentaient aux regards des formes agréables et variées, s'il survient un vent impétueux, se fondre, se dissiper et disparaître;

Tel que ce globe volage et diaphane qu'un enfant souffle au bout d'un chalumeau, cédant tout à coup aux efforts de l'air qui le presse, se résout en une goutte d'eau presque imperceptible;

Tel que l'or fulminant, ce prestige imposant de la chimie, aux approches du foyer s'enflamme, éclate et s'évapore : tel le palais magique de Strilligine disparut aux yeux d'Enguerrand et de Barin dès que le chevalier, en arrachant le bouquet de plumes mystérieuses, eut tranché le nœud fatal des enchantements de la fée.

La cage dorée, les bâtiments qui l'entouraient, les jardins, les campagnes cultivées, tout s'évanouit. A leur place, au milieu d'un désert affreux, d'un taillis presque impénétrable formé par des ronces et des halliers, s'élève une tour antique et délabrée dont les murs noircis, couverts de mousse, déjetés, entrouverts de toutes parts, menacent de leur dernière ruine.

Les bêtes fauves redoutent cet asile; les hiboux effrayés abandonnent à regret cette demeure dangereuse, quoique si propre d'ailleurs à entretenir leur humeur mélancolique.

Tout préparés qu'ils étaient à ce changement de scène, le maître et l'écuyer demeurent dans l'étonnement; mais bientôt un froid très vif qu'ils ressentent les arrache à leur surprise, et les force d'aviser aux précautions qu'ils doivent prendre pour se garantir des incommodités qu'ils éprouvent.

Ils étaient nus ; les plumes qui leur servaient de vêtement avaient disparu comme le reste des prestiges dont ils étaient environnés.

Les habits qu'ils avaient lorsqu'ils arrivèrent dans le château, même leurs montures toutes harnachées, se trouvent là sous leurs mains. Enguerrand s'habille, mais difficilement, car il faut rassembler les pièces d'un pourpoint mis en lambeaux.

Barin, déjà vêtu, se guinde sur le haut d'un arbre pour chercher des yeux par quelle issue l'on pouvait se tirer de cette effrayante solitude.

L'écuyer aperçoit enfin un jeune homme qu'il reconnaît : c'est Florizel, que Barin conduit à son maître. Florizel fait alors le récit de ses aventures au palais de Strigilline.*

« A la réserve de quelques jeunes gens sortant à peine de l'enfance, et occupés à des ouvrages bas et mécaniques, j'étais en effet, comme on me l'avait annoncé, le seul être de mon sexe avec qui l'on parût avoir des liaisons dans le château. Je prétendais bien ne pas m'en tenir à la simple familiarité. J'avais des desseins sur la dame, j'en avais encore sur les suivantes ; mais je n'étais pas bien décidé, lorsque, sur le soir du troisième jour, la confidente de la fée m'aborde, et me dit que sa maîtresse veut me parler en particulier. Je me rends aux ordres, et l'énigme se dénoue.

» Vous devez savoir de quelle espèce sont les

entretiens qui plaisent le plus à Strigilline. Elle parut satisfaite de mon caquet ; mais comme on ne peut pas tout dire en une nuit, il fallut remettre la suite de notre conversation au lendemain. Nous eûmes plusieurs entretiens sur ce ton, et sans nous ennuyer, à ce qu'il paraissait. Cependant Strigilline n'était pas la seule qui eût envie de jaser avec moi. Vous avez pu connaître une de ses suivantes qu'on nomme Gloriane ; elle a l'air de la fraîcheur et de la jeunesse, le minois fin, le regard effronté. Cette Gloriane me demande à son tour un moment d'entretien en particulier ; je le désirais autant qu'elle : nous fûmes bientôt d'accord.

» Mais, quelque grand parleur que l'on soit, à babiller jour et nuit, les poumons s'altèrent. Il m'arriva donc de me rencontrer avec la fée sans pouvoir desserrer les dents.

» Elle pensa que j'étais incommodé, se donna des soins très empressés pour mon rétablissement ; mais la parole ne me revint pas. Je gardais un silence obstiné, et on lisait dans mes yeux abattus que si je ne disais rien, j'en pensais moins encore.

» On lança bientôt sur moi des regards mécontents. Je n'en concevais pas d'alarmes. Je ne suis pas de ces gens qui s'inquiètent volontiers : quand Gloriane, d'un air fort triste, vint m'arracher à ma sécurité, et me prévenir du tour que l'on me préparait.

» On ne soupçonnait point mon intrigue avec elle, mais je n'étais plus dans le château qu'un objet embarrassant dont on songeait à se défaire.

» Ce soir, me dit Gloriane, on vous doit présenter un julep agréable au goût, dont l'effet ordinaire est de faire perdre la raison sans retour. Ne témoignez point de défiance ; vous risqueriez infiniment. Dès que vous aurez bu, mangez la pastille que je vous donne : elle empêchera le charme d'opérer.

» Lorsque l'on pensera que le breuvage doit avoir produit son effet, on vous conduira dans une vaste ménagerie, où vous trouverez bien des oiseaux de votre espèce dont la raison n'a pas été préservée de la malice du dangereux julep. Conduits dans ce palais par le hasard, ou attirés par des artifices, ils ont eu d'abord des aventures peu différentes des vôtres ; mais ils n'ont ensuite trouvé personne qui voulût faire pour eux ce que je vais risquer pour vous.

» Tant que vous serez sous les yeux de la fée ou de ses surveillants, copiez exactement le maintien des tristes compagnons de votre disgrâce. Du reste, si vous m'aimez, supportez patiemment votre esclavage ; j'aurai soin d'en adoucir les rigueurs, en attendant que je puisse vous en affranchir pour toujours.

» Tout m'arriva comme Gloriane me l'avait prédit. Je dissimulai parfaitement : on me crut tout aussi stupide qu'on avait voulu me le rendre, et je fus confondu dans une foule d'oiseaux humains de toutes les espèces, à qui l'on n'avait pas laissé la plus légère étincelle de raison.

» J'avais sujet de rêver bien tristement ; mais la nuit vint, la fidèle Gloriane vint avec elle, et les réflexions affligeantes se dissipèrent.

» Depuis ce temps, les visites nocturnes ont continué, et m'ont fait passer des nuits délicieuses. A l'aide de ma bienfaitrice, je franchissais les murs de ma prison ; nous allions, au clair de la lune, essayer nos ailes dans la campagne. Fallait-il nous délasser d'un exercice trop violent, Gloriane ne faisait que répandre quelques essences dans les canaux qui ornaient les jardins de la fée ; sur-le-champ les eaux attiédies et parfumées nous offraient des bains délicieux.

» Au sortir de ces bains nous nous enfoncions dans les bosquets les plus sombres : des phosphores en écartaient bientôt les ténèbres. Les oiseaux, trompés par un faux jour, croyant saluer l'aurore, reprenaient leur ramage que le repos de la nuit les avait forcés d'interrompre. Des mets exquis nous étaient offerts par des mains invisibles : et, l'appétit satisfait, les phosphores, disparaissant tout à coup, nous laissaient en liberté ma maîtresse et moi.

» J'avais soin de rentrer dans ma prison avant la naissance du jour. Je le passais tout entier à me remettre des amusements de la nuit ; content du présent, tranquille sur l'avenir, et m'inquiétant peu de ce qui se faisait autour de moi.

» Il ne se passait point de mois que notre troupe ailée ne fît quelque recrue, et peu de jours que Strigilline ou ses compagnes ne délivrassent quelques prisonniers, et pour les employer à je ne sais quel usage. Mais ils retombaient sur-le-champ dans leur première captivité.

» La langueur que j'affectais, le sommeil dont j'étais toujours accablé, le peu de nourriture que l'on me voyait prendre, rendaient ma santé suspecte, et m'ont sans doute épargné des bontés qui m'eussent été fort à charge. Je ne voulais que Gloriane : elle me suffisait ; jeune, vive, naturelle, elle m'aimait avec passion, et sans doute elle m'aime encore. Le tour de son esprit me charmait. Je voudrais qu'un loisir plus étendu me permît de vous rendre tous les bons contes qu'elle m'a faits de Strigilline et de ses compagnes, tous les petits traits scélérats ; ah, qu'elle m'a bien appris à connaître son sexe !

» Cette nuit encore nous sortions d'un entretien de cette espèce. Tout à coup, vers le point du jour, ma maîtresse jette un grand cri, m'échappe, et disparaît. Dans le moment un bruit affreux se fait entendre. L'enceinte du mur qui nous environnait s'écroule, se dissipe en fumée, et je me trouve nu à côté de mes habits, au milieu de tous les gens avec qui Barin m'a rencontré. Ce sont, en apparence, les hôtes de la ménagerie.

» Je me lève et regarde autour de moi : je vois qu'il ne reste aucun vestige des jardins ni du palais. Tout n'était-il qu'illusion ? Mais comment s'est-elle dissipée ? Qu'est devenue Gloriane ? Je crains la vengeance de la fée : s'il faut que ma maîtresse en soit la victime, si je dois la perdre, je le sens, je ne m'en consolerai jamais. »

Florizel se rend au château de son père. Enguerrand et Barin poursuivent leur chemin.

Au début du chant VI, nous retrouvons Sigismond prisonnier dans la ville de Damas. Ollivier, courageusement, le délivre. Le comte de Tours, malgré ce haut fait, continue de le maudire. Ollivier s'enfuit, la mort dans l'âme. Tombé sans connaissance, il est sauvé par un sage vivant dans une grotte. Au chant VII, c'est Fleur-de-Myrte que nous rejoignons : son vaisseau vient d'aborder dans une île inconnue tandis qu'au chant VIII, Enguerrand apprend qu'Agnès serait morte « d'une suite de couches ». Barin, envoyé à Tours, revient sans nouvelles ni d'Ollivier, ni d'Agnès, ni même de Fleur-de-Myrte qui aurait disparu. Enguerrand décide alors de se rendre « sous les drapeaux de Sigismond »

CHANT NEUVIÈME

Le début du chant IX nous remet en présence d'Ollivier qui, toujours accablé, conte au vieillard qui l'a secouru, les malheurs qu'il a soufferts.

Aidé par le solitaire qui le soutient autant que le lui permet la caducité de l'âge, le chevalier s'achemine vers la demeure rustique que son hôte s'était pratiquée dans les entrailles d'un rocher. Quelques fleurs champêtres en garnissent les approches; une vigne sauvage en tapisse l'entrée; une table, deux sièges grossièrement travaillés, une tablette formée de deux planches, une natte qui couvre un amas de feuilles sèches, en composent l'ameublement.

Épuisé par une longue diète, Ollivier avait besoin de prendre de la nourriture. Il trouve des racines cuites, des herbes aromatiques, des dattes desséchées, des fruits sauvages. Ces mets sont bien simples, mais ils suffisent aux besoins de la nature.

Pendant et après le repas, l'amant d'Agnès acheva de rendre compte de ce qu'il avait fait depuis qu'il s'était éloigné de Tours, pour sauver s'il était possible la vie à son fils, et se soustraire lui-même à la honte du châtiment.

Il n'avait pas voulu perdre de vue le souverain dont il avait si cruellement trahi la confiance. Il se trouvait toujours aux côtés de ce prince, mais sous une devise inconnue; il cherchait à rencontrer la mort à son service, voulant au moins mériter sa grâce, s'il ne lui était pas possible d'obtenir son pardon.

La vérité, la candeur, la modestie, caractérisaient le récit de notre jeune héros.

« Considérez, mon fils, lui disait le sage vieillard, le merveilleux des faits que vous venez de me tracer; reconnaissez-y les décrets du ciel, qui semble avoir conduit votre bras et combattu pour vous. Vos desseins, vos entreprises, ni même vos succès, n'ont point obtenu l'effet que s'en était promis votre prudence; mais votre prudence est bornée, et sans doute la possession des biens auxquels vous aspirez est attachée à de nouvelles épreuves de votre vertu. Ne vous découragez point. Ce que je sais de vous m'annonce les commencements d'une haute destinée. Portez-vous à tout entreprendre pour atteindre au but auquel vous êtes appelé. J'ose vous promettre que vous justifierez mes présages.

— Eh! quelles peuvent être mes espérances, mon père, répondit Ollivier, si j'ai perdu, comme je ne puis en douter, les seuls objets de mon attachement sur la terre, mon fils et celle...? Car ne croyez pas que ma fatale passion soit éteinte. J'aime, oui... — Modérez-vous, mon fils, reprit le solitaire; une passion, en elle-même, n'est pas un mal ; mais, dans un tel excès, la religion et la raison la réprouvent. Voyez le désordre affreux dans lequel la vôtre vous plonge ; elle vous aveugle tellement qu'elle réalise à vos yeux tous les objets de vos craintes, au point que, comblé des faveurs du ciel, vous le méconnaissez, et perdez toute la confiance que vous devriez avoir en lui. Venez, il est temps que je vous fasse rougir de votre injustice, et qu'en vous apprenant ce que vous devez faire, je vous force à rentrer en vous-même, à la vue des prodiges que le ciel a daigné faire en votre faveur. »

Alors le solitaire prend un vase qu'au temps du repas il employait à son usage ordinaire ; il le remplit d'une eau pure, dans laquelle il répand un mélange dont il connaissait l'efficacité. L'eau s'agite, bouillonne et se trouble ; il s'en élève une vapeur épaisse qui se répand dans la grotte, dont elle chasse la lumière. Peu à peu la vapeur se dissipe ; et le fond du vase, à travers l'eau devenue plus transparente encore, laisse voir aux yeux d'Ollivier les tableaux dont le solitaire lui donne l'explication.

Ollivier aperçoit le palais de Tours, la cour de Frédegilde. Les objets n'ont rien de confus ; un jour brillant les éclaire ; leurs couleurs, leurs formes les distinguent, les caractérisent ; une vaste étendue leur donne lieu de se mouvoir en liberté.

Telle une nappe d'eau transparente, resserrée dans les bornes d'un bassin étroit, présente à nos regards le vaste tableau du firmament, la marche active, mesurée, majestueuse, des sphères célestes, la course déréglée des nuages que des vents opposés poussent avec fureur en des sens contraires.

« Voyez, reconnaissez, mon fils, disait le respectable vieillard, les murs qui virent élever votre enfance, et naître en même temps votre passion et vos malheurs. Voyez cette femme hautaine, qui couvre d'un zèle hypocrite et d'une compassion affectée les mouvements de haine et d'ambition qui la dévorent. Le comte de Tours vient de prendre le chemin de la Palestine ; elle a reçu de lui l'ordre de plonger l'infortunée princesse dans les horreurs d'une prison, et semble balancer sur l'exécution des volontés de son époux, en attendant les avis des ministres et des courtisans dont elle est environnée. La dangereuse flatterie suggère à la marâtre de s'abandonner aux mouvements qui la maîtrisent, tandis que l'honneur, trop circonspect, que la vérité, toujours tremblante à la cour, détournent la vue, observent un morne silence, et se retirent.

» Mais l'ordre, déjà conçu au fond du cœur, est bientôt donné. Malheureuse Agnès ! la comtesse elle-même marche à la tête des satellites inhumains qui vont vous enlever de votre appartement. »

Que devint Ollivier à l'aspect de la scène tragique dont le solitaire le rendait témoin ? En proie aux passions les plus violentes, il oublie que ce qui se passe sous ses yeux n'est que l'effet d'une illusion qui lui retrace une action éloignée. Il s'agite, il frémit, il éclate ; il va se précipiter sur le vase ; sa main égarée cherche des armes pour fondre sur les ennemis de celle qu'il adore.

« Que faites-vous, mon fils ? lui dit le solitaire. Les objets qui viennent de vous frapper n'ont rien de réel que leur exacte ressemblance avec des faits qui sont passés, et dont ils ne sont que la naïve image. Calmez des transports qui deviennent inutiles autant qu'ils vous sont nuisibles, et cessez de troubler par vos larmes cette eau, ce miroir fidèle, qui peut-être vous retracera par la suite des événements moins atroces que ceux qu'il vient de représenter.

» Voyez disparaître les murs au-dedans desquels commande l'impitoyable Frédegilde; reconnaissez ces plaines fertiles, ces bois fleuris, cette onde dont le cours majestueux fait la richesse et l'ornement du pays qu'elle arrose; c'est la Loire. Voilà l'endroit où vous fûtes contraint de la traverser à la nage, poursuivi de trop près par vos implacables ennemis. Voyez cet enfant chéri, ce dépôt précieux que vous fûtes forcé d'abandonner sur la rive. Ô bonté divine! tandis que tu confonds les farouches persécuteurs de l'innocence, tu lui suscites des secours, tu lui fais trouver les ressources les plus étranges et les plus inopinées.

» Tu le veux! Aussitôt la brute renonce à sa férocité; son instinct prend de l'étendue; elle se revêt d'une sensibilité dont les hommes eux-mêmes semblent s'être dépouillés.

» Tu ouvres les cœurs! et l'humanité exerce les droits les plus puissants sur des âmes que des travaux pénibles et journaliers devraient avoir absolument endurcies.

» Une biche errait dans la campagne, cherchant partout le faon que des chasseurs lui avaient ravi. Ollivier, père trop heureux! vois comme elle fut attirée par les cris de l'enfant que tu venais d'exposer. On dirait qu'elle reconnaît le bien qu'elle a perdu; elle accourt; elle le caresse, elle l'allaite; elle oublie le soin de sa propre conservation.

» Un paysan, que le hasard, ou plutôt l'effet d'une direction éclairée, a conduit en cet endroit, observe ce spectacle singulier. La tendre nourrice le regarde d'un air inquiet; mais elle ne cherche point à se dérober par la fuite, et semble avoir perdu sa timidité naturelle.

» Le villageois approche; il prend l'enfant entre ses bras. La biche fait retentir l'air de ses plaintes, et tourne autour de l'innocent ravisseur; elle s'élance; elle n'abandonnera plus le trésor qu'elle pense avoir recouvré; elle se rend compagne de l'homme, qui, pénétré du prodige dont il vient d'être témoin, arrive à sa cabane au milieu de sa famille étonnée du cortège surprenant dont elle le voit accompagné.

» Rassurez-vous, chevalier; une villageoise simple, mais vertueuse, prendra soin désormais de cet enfant, dont le sort vous a causé tant d'inquiétudes. Et si, quelque jour, ayant fléchi la juste rigueur du ciel, vous parvenez à la jouissance d'un destin plus heureux, allez à l'endroit où la rivière du Cher, après avoir arrosé les plaines riantes du Liège, de Montrichard, de Bléré et de Chenonceaux, va se perdre au-dessous de Langeais, et mêler ses ondes à celles de la Loire; vous y trouverez celui dont vous avez pleuré la perte imaginaire. Ah! s'il pouvait un jour se voir arrosé des larmes, réchauffé dans les bras de sa tendre mère! Mais qu'il est à craindre qu'elle ne succombe elle-même dans les épreuves rigoureuses par lesquelles on la fera passer!

» Tournez vos regards vers cette tour antique; considérez ce cachot affreux. Un soupirail étroit permet à peine à l'air de s'y renouveler. La lumière, forcée de se replier dans des détours obliques, semble n'y pénétrer, n'en dissiper les ténèbres qu'autant qu'il est nécessaire pour affliger les yeux par la vue du triste spectacle que présente ce séjour effrayant.

» Un espace, qui laisse à peine au corps la liberté de ses mouvements, est fermé d'un mur impénétrable que baigne un limon infect et verdâtre. C'est dans cet endroit horrible, c'est parmi les insectes et les reptiles venimeux dont il est le repaire, qu'on retient indignement celle que je n'ose nommer, ce chef-d'œuvre de la nature, ce modèle de douceur et de patience. C'est là que gémissent avec elle (j'oserais l'ajouter encore) la vertu et même l'innocence.

» Une natte à demi usée est le seul meuble qui soit à son usage. Les mets les plus grossiers, les plus vils, les plus nuisibles à la santé, lui servent de nourriture, et n'ont d'assaisonnement que l'abondance des pleurs dont ils sont baignés.

» Encore si celle qui cause tant de malheurs pouvait les respecter, si la barbare marâtre ne violait pas les portes de la prison pour venir insulter à la victime dont la douceur et la constance l'irritent, au lieu de la désarmer!

» Cependant tout semble avoir oublié cette infortunée : au milieu d'une cour dont elle était autrefois l'idole, personne n'ose élever la voix en sa faveur. Bobée, la seule Bobée, hasarde enfin une démarche. Les entrailles de cette tendre nourrice se révoltent à la nouvelle du traitement que l'on fait à sa princesse; aucune considération, aucun danger ne l'arrêtent; elle accourt : elle traverse un fossé profond et fangeux, dont on croit le passage impraticable : elle arrive au pied de la tour; elle prête l'oreille : des plaintes faibles, mais touchantes, l'attirent vers le soupirail; elle reconnaît la voix... — « Ah! dit-elle, c'est vous, ma chère fille! qu'il me soit permis de vous donner ce nom! Eh! fasse le ciel qu'un autre que moi vous le prodigue un jour! vous vivez donc encore? Ah! que j'ai tremblé, lorsque, malgré le noir secret que l'on observe, j'ai appris avec quelle indignité, avec quelle cruauté l'on vous avait traitée! Mais vous vivez! essayez de me donner la main; que je m'assure qu'il vous reste assez de force pour lutter contre votre destinée. Ah! ma fille, je mourrais, je serais déjà morte d'ennui, si je n'avais pensé que ma vie pouvait vous être nécessaire. Ô mon souverain! quel démon cruel vous aveuglait, quand vos ordres rigoureux armèrent si puissamment contre nous un tigre dénaturé? Rassurez-vous cependant, ma fille, ranimez votre courage, et remplissez-vous de confiance : Dieu ne vous a point abandonnée. Votre amant, votre enfant sont sauvés. La colère céleste a aveuglé, frappé leurs persécuteurs. Je sais que, réduits au désespoir par le peu de succès de leurs tentatives passées, vos ennemis n'aspirent plus désormais qu'à votre trépas. Cependant je n'appréhende rien de leurs entreprises ouvertes; peut-être... mais la voie que je vais vous ouvrir peut vous mettre à l'abri de ce danger. Ne recevez rien de leurs mains trop suspectes. Je viendrai moi-même, et, tous les jours, à la faveur des ombres de la nuit, vous apporter les secours qui vous seront nécessaires pour prolonger votre vie. Ne négligez pas d'en prendre soin. Je vous en conjure pour moi qui ne pourrais vous survivre, pour un peuple que la crainte réduit maintenant au silence, mais qui vous adore, et n'a d'espérance qu'en vous ; pour un père qui vous châtie, mais qui ne se porte sans doute qu'à regret à cette extrémité. Que ses entrailles frémiraient, s'il pouvait savoir combien il est cruellement obéi ! Votre amant lui-même, si j'en crois l'espérance qui ne saurait mourir dans mon cœur, le désarmera à force de vertus. Vivez, vivez, ma fille, quand ce ne serait que pour vous-même. Songez que vous ne pouvez mourir maintenant que dans l'avilissement et dans l'opprobre, et que vous vous devez toute à votre gloire. »

C'était ainsi que le solitaire rendait les expressions de Bobée. Mais le feu de l'action de cette tendre nourrice, représenté naturellement au fond du vase, les peignait encore plus vivement.

Cependant un faible rayon de lumière perce pour un instant le cachot, et laisse voir Agnès pâle, défaite, tremblante ; elle se soulève avec peine sur la pointe des pieds, et passe, quoique difficilement, la main à travers les barreaux de sa prison : elle ranime ses forces pour répondre aux caresses de sa nourrice, que le saisissement et la douleur ont rendue muette et qui ne s'exprime plus que par des sanglots.

Ollivier dévore des yeux ce spectacle. Les passions dont son âme est affectée se caractérisent tour à tour sur sa physionomie : il frémit, il s'emporte, il soupire, il parle, il gesticule, il est hors de lui-même; mais ces objets si tragiques, si capables d'émouvoir son cœur, viennent tout à coup de disparaître.

Le vieil homme apprend ensuite à Ollivier que Tours est assiégée. Aussitôt, notre héros vole au secours de la ville.

Fleur-de-Myrte, quant à elle, est recueillie par un chevalier grec qui lui offre l'asile de son château. Elle échappe aux assiduités de celui-ci en tombant entre les griffes de l'épouse, qui, jalouse, pour l'éloigner la transporte au pied d'une fontaine. Un beau cavalier s'approche. C'est avec lui que nous laissons Fleur-de-Myrte pour retrouver, au chant XI, Ollivier qui tente de rejoindre les croisés. Il se trouve actuellement sur les bords de la Durance.

CHANT ONZIÈME

Le maître d'une hôtellerie, sur la porte de laquelle se trouve Ollivier, lui adresse la parole : « Seigneur chevalier, tout ce que vous pouvez faire de plus sage, en attendant que les eaux soient écoulées, c'est de prendre ici votre gîte; nous vous y donnerons vos aises, et vous y trouverez mieux votre compte que si vous alliez essayer de passer le pont du diable qu'on trouve à dix milles d'ici sur la gauche. »

Au nom singulier que l'on donne à ce pont, au ton que l'hôte prend pour en parler, la curiosité du chevalier se réveille ; il fait des questions à l'hôte, qui, grand conteur de son naturel, entama l'histoire qui suit :

« Ce pont est situé à l'entrée d'une gorge défendue par un château qui appartenait, il y a dix ans, à un seigneur de ce voisinage ; mais il est depuis ce temps au pouvoir du diable et de ses sergents, qui s'en sont emparés sans forme de procès, et le clergé ni le bras séculier n'ont pu les en faire déguerpir.

» Il s'est présenté à différentes fois bien des curieux, bien des incrédules pour en tenter l'aventure. Presque personne n'en est revenu, et tous s'en sont si mal trouvés, qu'il n'y a pas d'apparence désormais qu'on y retourne.

» Mais, pour finir par quelques traits qui vous fassent juger du reste, il y a quatre ans que le fils de l'ancien seigneur, jeune gentilhomme qui revenait de la guerre, se déplut dans la maison paternelle, et demanda pour apanage la maison du diable ; présumant qu'il lui serait plus facile d'en apprivoiser les hôtes qu'une belle-mère qu'on lui avait donnée dans son absence. Tout le monde avait pitié de lui ; mais personne ne voulut le suivre. Il était déterminé, vigoureux ; il pousse sa pointe : or, apprenez quel en fut le succès.

» Trois jours s'étaient passés sans qu'on en eût eu des nouvelles, lorsque des paysans trouvèrent son corps arrêté par des branches de saules qui sont sur les bords de la rivière, à une lieue au-dessous du château. Le courant ou le diable l'avaient emporté là. Il avait le cou tordu, la langue et les yeux hors de la tête, les sourcils et les cheveux grillés, tout le corps meurtri, et si noir qu'il en était bleu ; déchiré de coups de griffes qui lui entraient d'un pouce dans les chairs, en sentant le soufre de dix lieues à la ronde. J'allai comme les autres pour le voir ; et il m'en est resté une telle frayeur, qu'à l'heure où je vous parle, on ne me tirerait pas une goutte de sang.

— Vous présumez, dit Ollivier à l'hôte, en ne lui donnant pas le temps de s'engager dans une nouvelle histoire, que le pont dont vous me parlez n'ait pas subi le sort des autres ? Trouverai-je un guide pour m'y conduire ?

— Cela ne vous manquera pas, seigneur ; nos enfants vous y conduiraient les yeux fermés ; mais j'aurais regret qu'un chevalier de votre apparence allât se perdre de gaieté de cœur. »

Ollivier insiste et veut absolument partir. « Attendez à demain matin, lui disait l'hôte, le jour est avancé, la nuit vous surprendra. Les alentours de l'endroit où vous allez sont déserts, vous n'aurez de gîte que le maudit château. » Les conseils sont superflus ; l'obstination du chevalier l'emporte ; le guide se présente, on s'achemine.

Ce guide, non moins crédule et plus babillard que le maître de l'hôtellerie, son père, ne cessa, sur la route, d'entretenir le paladin des prodiges dont le château merveilleux passait pour être le théâtre ; mais lui, rempli de son objet, ne prêtait qu'une attention médiocre à des récits qu'il jugeait fabuleux autant qu'ils étaient bizarres.

« La fourberie, la sottise et la peur, disait-il en lui-même, jouent bien leur jeu dans cette occasion-ci. Que je ferais avec plaisir disparaître tous ces prodiges, si des soins plus importants ne m'appelaient ailleurs! Mais cherchons à traverser le fleuve sur quelque point que ce soit; c'est ce que nous avons à faire de mieux. »

Cependant, le soleil atteignait au terme de sa carrière, lorsque le guide interrompit brusquement le fil de sa narration, pour montrer à notre héros deux tours qu'on découvrait à peine dans l'éloignement et sur le penchant d'une colline.

« Seigneur chevalier, lui dit ce jeune homme, voilà votre auberge pour cette nuit, si vous la voulez passer bien mauvaise, et voilà la route qui doit vous y conduire. Quant à moi, je vous laisse et ne veux rien avoir à démêler avec les patrons de ce manoir maudit. » Il dit, pique sa monture des deux, la met au grand trot, et disparaît.

Ollivier continue sa route à travers les ombres de la nuit qui commencent à se répandre; et, à la faveur de la lumière faible et tremblante des étoiles, il arrive à la porte du château redoutable.

Le pont-levis abaissé lui en permet la libre entrée. Il se trouve dans une cour spacieuse : il prête attentivement l'oreille, et se persuade, au morne silence qui règne autour de lui, que l'endroit dans lequel il se trouve est entièrement abandonné. Cependant, pour se mettre à l'abri des surprises, il ne veut pas pénétrer plus avant. Il débride son cheval, le laisse errer sur le pâtis que l'enceinte du château renferme; tandis que lui-même, retiré sur l'abri de la porte, le bouclier au bras, le cimeterre au poing, l'œil et l'oreille au guet, se résout à attendre la naissance du jour.

Il avait passé près de la moitié de la nuit dans

cette difficile attitude, sans s'être aperçu de rien d'extraordinaire, lorsque l'éclat d'une vive lumière vient frapper ses regards jusque dans le réduit obscur qu'il avait choisi pour sa retraite.

Il entre dans la cour; la façade du château lui semble tout embrasée : un bruit sourd se fait entendre, semblable à celui que les feux souterrains occasionnent, lorsque, par des éruptions soudaines, ils viennent à s'échapper de leurs prisons; on distingue bientôt des cris aigus, des gémissements, des plaintes lugubres.

En même temps, la porte d'un pavillon situé dans le milieu de la cour, roulant avec fracas sur des gonds énormes et couverts de rouille, s'ouvre à deux battants. A travers des éclats de lumière qui changent la nuit en un jour affreux, on distingue une foule de démons, de spectres, de fantômes qui semblent se précipiter, s'acharner les uns sur les autres; les hurlements que pousse cette monstrueuse foule font retentir les voûtes de la forteresse, ébranlent les remparts et les tours jusque dans leurs fondements. Cependant, on marche du côté de la porte sur le pas de laquelle notre héros s'est avancé.

La première figure que l'on distingue semble être l'ombre d'une femme affligée : un voile de lin d'une blancheur éclatante, mais souillé de quelques gouttes de sang, l'enveloppe depuis les épaules jusqu'aux talons : ses cheveux épars tombent par flocons sur sa poitrine : ses yeux baignés de larmes sont tournés vers le ciel; sa voix, étouffée par les sanglots, laisse à peine échapper les plaintes que lui arrache l'état douloureux dont elle paraît être affectée.

Un fantôme d'une figure horrible, d'une taille énorme et gigantesque, la suit. Les chaînes, sous le poids desquelles ce hideux colosse semble succomber, retardent la vitesse de sa marche, que des monstres infernaux hâtent à coups de fouet, dont les bouts sont armés de pointes acérées, et en lui pressant le flanc avec des fourches aiguës. On voit ruisseler le sang partout où les pointes meurtrières ont fait sentir leurs atteintes. Le monstre s'agite, se tourmente, pousse d'affreux rugissements. Sa bouche vomit des tourbillons de flammes qui menacent d'embraser tout ce qui les approche.

L'amant d'Agnès prévient la troupe infernale qui marchait à lui ; il fait siffler dans l'air sa redoutable épée. Les démons abandonnent la victime au tourment de laquelle ils s'étaient dévoués, se précipitent sur le héros qui les attaque ; les fourches se tournent en un instant contre lui. Vingt flambeaux, répandant une clarté funèbre, une odeur empestée, assiègent la visière de son casque, et cherchent à le priver en même temps de la faculté de voir et de respirer, tandis que les hurlements, les rugissements retentissent d'une manière horrible à ses oreilles ; mais son courage en redouble. Il évite les atteintes qu'on lui porte ; il s'élance, il frappe ; mais, au plus fort de l'action, les lumières disparaissent, et la vision s'évanouit.

Le paladin, étonné, cherche en vain ses adversaires à travers les ténèbres qui les lui dérobent ; il prête l'oreille ; et, entendant un bruit rauque, intermittent et sourd, il tourne ses regards du côté d'où le bruit s'annonce ; il y marche : une lumière, échappée d'un feu qui paraît achever de s'éteindre, le guide et le conduit à huit ou dix pas vers une masse qui beugle, et d'où paraissent sortir le peu d'étincelles que l'on voit briller.

Ollivier s'approche de la masse, et lui fait sentir légèrement la pointe du cimeterre; elle pousse un rugissement douloureux; le guerrier s'arrête : mais, tandis qu'il cherche à démêler la forme et le genre de l'être plaintif qui fixe son attention, un autre objet vient le distraire.

C'est un bloc dont l'éclatante blancheur a vaincu l'obscurité qui l'environne : il est sous la main du héros, qui croit, en le touchant, distinguer du linge, de la chaleur et de la chair enveloppée d'une peau douce autant que fine. Le bloc semble soupirer et se plaindre.

Cela pouvait être une ruse de l'ennemi et même de ses meilleures; le guerrier, qui s'en doute, s'éloigne de quelques pas, se tient debout appuyé sur son épée, en garde contre ses adversaires, contre lui-même, et ne perdant pas de vue les deux objets qui, tour à tour, venaient de frapper ses sens.

La nuit fut longue; car la durée du temps varie au gré des situations. Enfin, l'aube précédée par l'étoile du matin a paru sur l'horizon. Aidé de la lumière qu'elle répand, le paladin a déjà pris parti sur la nature de la masse et du bloc qui, pendant la nuit, ont été le sujet de son inquiétude. « Ceci, disait-il, me paraît être un homme, et voilà, si je ne me trompe, une femme. »

Il avance vers la figure humaine, la touche avec précaution : elle pousse deux ou trois rugissements; il la considère; elle est étendue sur l'herbe. Il croit la reconnaître. C'est ce fantôme chargé de chaînes qui précédait la troupe dans la vision nocturne.

Ollivier prend le fantôme par les épaules, le met sur le séant, le soutient, l'envisage, voit cette face énorme, hideuse, effrayante, la touche, et découvre que c'est un masque de cuivre. Les courroies qui attachent la larve tombent de deux coups de cimeterre. Les premiers rayons du soleil ont dardé sur le visage du démasqué : les traits en sont reconnus ; c'est la tête d'Inare.

Mais est-ce bien elle-même ? Cette vision nouvelle ne serait-elle pas une suite des illusions de la nuit ? L'amant d'Agnès ne sait que penser, et l'embarras de sa situation redouble encore par les nouveaux objets qui viennent d'attirer ses regards. A quelques pas de lui, le terrain est sanglant et couvert de corps qui semblent être privés de la vie. Le bloc éclatant par sa blancheur, qu'il estimait devoir être une femme, se met en mouvement, se lève et marche directement à lui.

Le héros rappelle ses sens pour s'assurer de leur fidélité. « Est-ce vous, seigneur Inare, dit-il à la tête démasquée ?

— Je suis réprouvé, répond la tête en le regardant fixement. »

Ollivier frissonne à cette réponse laconique et terrible. « Qui êtes-vous, madame, dit-il à la dame vêtue de blanc, et où suis-je ?

— Dans un enfer, lui répond la femme.

— Cela ne se peut, madame, dit le héros ; qui êtes-vous encore une fois ?

— Fuyons, seigneur, vous saurez tout. Mille dangers nous environnent. Votre bras n'a pas délivré la terre de tous les scélérats que renferme ce séjour d'horreur : hâtons-nous. En disant cela, la dame le prend par la main et cherche à l'entraîner. — Ne nous pressons point tant, madame, dit Ollivier ; je crois qu'en effet ce lieu-ci n'est pas sans péril ; mais n'appréhendez rien : je ferai ma retraite en bon ordre, et vous serez la maîtresse de me suivre. »

Le chevalier a reconnu Inare à la voix, à cette physionomie trop marquée pour pouvoir être équivoque ; il conjecture avec vraisemblance que l'infortuné Tourangeau sert de jouet à des brigands. L'abandonnera-t-il ? Ce parti lui semble lâche et cruel tout à la fois. Entreprendra-t-il de le délivrer ? Mais le fils de Frédegilde, dans l'état où il se trouve, est absolument incapable de s'aider. Néanmoins, avec un peu de peine, toutes choses s'arrangent. Inare, presque insensible, est mis sur le cheval ; la dame, en croupe derrière lui, porte la lance de l'amant d'Agnès, qui, chargé du reste de ses armes et à pied, sort du château, conduisant son propre coursier par la bride.

L'aventure du Pont-au-Diable présentait d'abord bien du merveilleux. Voici tout ce qui en reste. Un homme trouve son plus grand ennemi dans le malheur, et expose ses jours pour le délivrer. Cela est un peu plus rare à rencontrer que des revenants.

Ollivier délivre Inare, qu'il laisse entre les mains d'un chirurgien. Voici maintenant la suite des aventures d'Enguerrand.

Tandis qu'Ollivier venait au secours de sa patrie, Enguerrand, son ami, peu instruit de ce qui s'y passait, traversait la mer pour se rendre dans la Palestine. Il débarqua à quelques milles de Tortose, sur une plage qui n'était habitée que par des pêcheurs. Ce séjour n'étant point propre à le délasser de ses fatigues, il aperçoit sur le haut d'une colline un château considérable en apparence; il apprend que ce château et les terres qui l'environnent sont au pouvoir d'un chevalier chrétien : il s'achemine vers cet endroit, et parvient bientôt au pont-levis, qui n'était pas abaissé. Un nain paraît au haut d'une tour, et lui adresse la parole.

« Seigneur chevalier, on n'entre ici qu'après avoir prêté serment de se laisser servir par les dames... — Quelle bizarrerie! dit Enguerrand. — Seigneur, répondit le nain, les dames qui habitent ce château se sont consacrées au service des chevaliers Francs qu'attire le dessein de conquérir la Palestine; on peut, par un excès de politesse, les gêner dans l'observance de leurs vœux, et elles veulent s'assurer de la complaisance de leurs hôtes.

— Voilà, dit Enguerrand, des précautions bien minutieuses; mais le motif qui les fait prendre est louable. Qu'en pensez-vous, Barin; nous pouvons subir la loi qu'on nous impose?

— Cela vous regarde, monsieur, répliqua Barin; vous savez si vous vous êtes bien trouvé d'avoir été servi par des femmes.

— Ces femmes-ci, repartit le maître, ne s'annoncent pas comme des harpies. » Et sur-le-champ il s'engage à faire tout ce que les dames pourront exiger de lui. Le serment fait, les portes s'ouvrent, et le chevalier est introduit dans le château.

A peine est-il dans la cour, que deux jeunes

personnes d'un extérieur modeste s'approchent de lui. L'une prend l'étrier, l'autre la bride. Le paladin descend de cheval, et est conduit dans un appartement commode.

Il y trouve plusieurs femmes qui le reçoivent sérieusement, mais avec les démonstrations de la plus grande politesse. On lui donne un siège, on l'assied : en un moment, le casque, la cuirasse, les brassards sont délacés. La plus apparente de la troupe se met à genoux, désarme les cuisses, ôte les bottines, prend les jambes nues, les examine avec soin ; et, se retournant d'un air grave du côté d'une servante : « Palafrine, dit-elle, allez dire à monseigneur qu'il n'y a ici ni jambes bien faites, ni genoux cagneux. Ce sont deux jambes ordinaires, sèches, nerveuses, assez proportionnées entre elles.

— Madame, dit Enguerrand fort étonné de ce qu'il entendait, puis-je vous demander quel intérêt, vous et ce monseigneur à qui vous envoyez un message, pouvez prendre à la tournure de mes jambes ?

— Seigneur, lui dit la dame en se relevant, la courtoisie avec laquelle vous vous êtes prêté à nos usages donne à notre curiosité des droits sur notre complaisance.

» Don Guéridonio de Paphlagonie, mon frère, est seigneur de ce château et des domaines qui l'environnent, les ayant conquis sur les Sarrazins par la force des armes.

» Il y a environ quatre ans que nous fûmes attirés l'un et l'autre par des enchantements dans le palais de la fée Bagasse. Cette dangereuse sorcière, attachée au culte de Mahomet, voyant avec chagrin le progrès des armes chrétiennes en Asie, voulut les arrêter en tendant des pièges aux chevaliers défenseurs de la foi. Elle construisit non loin d'ici un palais superbe. Nous mîmes malheureusement le pied sur les avenues ; alors entraînés par un charme, quand nous croyions ne l'être que par la beauté des lieux, nous parvînmes jusque dans un péristyle qui était à l'entrée du palais ; mais nous y étions à peine, que le marbre sur lequel nous marchions, solide en apparence, s'écarte et fond sous nos pas : une chute imprévue nous précipite sous le mouvement d'une roue armée de fer tranchant, qui sépare en un clin d'œil toutes les parties de notre corps les unes des autres : et ce qu'il y eut de plus étonnant, c'est que la mort ne suivit pas une aussi étrange dissolution.

» Entraînées par leur propre poids, les parties de notre corps tombèrent dans une fosse profonde, et s'y confondirent dans une multitude de membres entassés. Nos têtes roulèrent comme des boules.

» Ce mouvement extraordinaire ayant achevé d'étourdir le peu de raison qu'une aventure aussi surnaturelle m'avait laissée, je n'ouvris les yeux qu'au bout de quelque temps, et je vis que ma tête était rangée sur des gradins à côté et vis-à-vis de huit cents autres têtes des deux sexes, de tout âge et de tout coloris. Elles avaient conservé l'action des yeux et de la langue, et surtout un mouvement dans les mâchoires qui les faisait bâiller presque continuellement. Je n'entendais que ces mots, assez mal articulés : Ah ! quels ennuis ! cela est désespérant.

» Je ne pus résister à l'impression que faisait sur

moi la condition générale, et me mis à bâiller comme les autres.

» — Encore une bâilleuse de plus, dit une grosse tête de femme, placée vis-à-vis de la mienne ; on n'y saurait tenir, j'en mourrai ; et elle se remit à bâiller de plus belle.

» — Au moins cette bouche-ci a de la fraîcheur, dit une autre tête, et voilà des dents d'un bel émail. Puis, m'adressant la parole : Madame, peut-on savoir le nom de l'aimable compagne d'infortune que nous a donnée la fée Bagasse ?

» J'envisageai la tête qui m'adressait la parole. C'était celle d'un homme. Elle n'avait point de traits, mais un air de vivacité et d'assurance, et quelque chose d'affecté dans la prononciation.

» Je voulus répondre. Seigneur, j'ai un frère... Je n'eus pas le temps d'en dire davantage. — Ah ! ciel, s'écria la tête femelle qui m'avait apostrophée la première, voici encore une conteuse et une histoire ; nous n'avons pas été assez assommés de récits. Bâillez, madame, et laissez là votre frère. Qui est-ce qui n'a pas de frères ? Sans ceux que j'ai, je régnerais paisiblement, et ne serais pas où je me trouve.

» — Eh ! plût au ciel ! madame, dit la tête qui m'avait prise sous sa protection, que vous fussiez, depuis quarante ans, sur le trône de vos aïeux ; vous ne nous feriez pas bâiller à chaque instant à nous fendre les oreilles. La tête qui arrive inspire de l'intérêt ; laissez-nous prendre part à sa fortune.

» — Que parlez-vous de quarante ans, seigneur ?... — Eh ! oui, madame, répondit la tête qui se déclarait pour moi ; quand vous aviez des mains, vous aviez l'âge qu'il vous plaisait d'avoir; mais certainement, si le sort l'eût voulu, vous seriez dans la quarantième année de votre règne.

» — Seigneur Coqzinga, dit la grosse tête injuriée, vous vous faites connaître bientôt pour ce que vous êtes, pour la plus mauvaise tête...

» — Ah! madame, répliqua la mauvaise tête, il y a deux lustres, trois jours, deux heures un quart et quelques minutes que vous nous fatiguez de vos prétentions et de vos grands airs; et dès qu'il paraît sur la scène une tête qui...

» — Eh! seigneur, dis-je alors, que je ne sois point, je vous prie, la cause... — Eh! non, madame; je vous l'avoue, à votre aspect, je n'ai pu me défendre...

» Il allait poursuivre et me déclarer sans doute les sentiments qu'il prétendait que je lui eusse inspirés, mais il fut interrompu par une tête de son voisinage.

» — C'est une pitoyable chose qu'une tête de petit-maître! seigneur Coqzinga; est-il dit que le malheur ne conduira pas dans ce triste séjour une tête femelle, tant soi peu pourvue d'agréments, à qui vous ne débitiez des fadeurs, en nous mettant tous dans votre confidence? Puis s'adressant à moi : ne l'écoutez pas, madame, c'est le plus grand fat de la cour de Perse; vous pouvez d'ailleurs vous apercevoir que ce qu'il dit ne saurait passer le nœud de la gorge.

» — Ah! s'écria Coqzinga, si jamais je puis retrouver mes membres! — Ah! répondit son nouvel adversaire, si j'avais seulement mes mains!

» — Mais, seigneur, disais-je, ces disputes-ci

vous sont trop loin... — Eh! non, madame, reprit Coqzinga, laissez-nous faire; ne vaut-il pas mieux se quereller que de bâiller? A quoi peuvent s'occuper des gens qui n'ont que des oreilles et des yeux, qui vivent ensemble face à face depuis un siècle, avec espérance de doubler, sans se perdre un instant de vue; qui n'ont nulle relation, ni n'en peuvent former d'agréables, à qui la médisance même est interdite, faute de savoir de qui parler pour se faire entendre, qui...

» Coqzinga en eût dit davantage; mais la tête, dont j'ai parlé la première, se mit à bâiller si fort, que ce fut le signal d'un bâillement universel dans lequel je fus entraînée. Que vous dirais-je, seigneur? Je me mis bientôt au ton de la compagnie, à laquelle je me trouvais agrégée. Je pris de l'ennui, de l'humeur; je contredis, je querellai, et j'eus ma part des injures. Vous ne pouvez vous faire une juste idée de l'ennui qui nous dévorait. Désespérés d'être continuellement vis-à-vis tant de visages qui nous déplaisaient, nous jurions sans cesse de nous fuir tous de toute la vitesse de nos jambes, quand nous les aurions recouvrées, lorsqu'au moment où nous nous y attendions le moins, elles nous furent rendues.

» Tout à coup il nous prend une violente envie d'éternuer tous ensemble. Un instant après, une voix rauque, partant on ne sait d'où, nous ordonne de chercher nos membres épars; en même temps nos têtes roulent vers l'endroit où ils étaient entassés.

» Mais l'envie de se quitter réciproquement, la précipitation née de je ne sais quelle crainte, la confusion, le désordre, inséparables d'une recherche de cette nature, peut-être le désir de s'approprier le bien d'autrui, occasionnèrent de singulières équivoques. Des visages efféminés se placèrent sur des bustes de jeunes gens, des têtes très actives sur des corps paresseux, des cerveaux métaphysiques sur des épaules femelles, des nez au vent sur des masses courbées sous le poids de l'âge ou des infirmités, des mains très entreprenantes s'attachèrent à des bras énervés, un homme de loi s'en alla avec les doigts d'un joueur de luth, un grand seigneur avec ceux d'un escroc.

» Un avare croyant aller au solide, moins occupé de sa taille que de son pourpoint et du haut-de-chausses, dont la ceinture était rembourrée de doublons, étale étourdiment sa fraise sur l'estomac d'un riche prébendier coupable des goûts les plus dispendieux, quoique dévoré d'une faim canine.

» Une prude assortit un cœur qu'elle prétendait être insensible, à une bouche moitié friande, moitié dédaigneuse, à des yeux dont la dentelle la plus épaisse, la mieux rabattue n'aurait pu masquer la pétulance.

» Je plaignais beaucoup une jeune personne qui se vit contrainte à faire retraite avec une gorge surannée qu'elle rhabilla du mieux qu'elle put.

» A mon égard, je rejoignis assez facilement ce qui m'appartenait; cependant, si j'eusse été tant soit peu moins diligente, cette grosse tête, mon antagoniste, allait mettre la main sur une de mes meilleures nippes.

» L'aventure de Coqzinga fut curieuse, il s'aimait beaucoup : mais il fallait qu'il ne se fût pas scrupuleusement examiné. Ce n'est point là ma poitrine, disait-il; celle-ci est étroite et enfoncée; je n'eus jamais les épaules rondes... Voilà une taille ignoble; ainsi du reste. Il ne voulut rien reconnaître de ce qui était à lui. Quelqu'un, moins difficile, s'étant sans doute accommodé de tout ce qu'il dédaignait, et le magasin s'étant vidé, cette tête, si pleine d'elle-même, fut obligée, pour ne pas exister sur rien, de s'asseoir sur les épaules d'un bossu.

» J'étais demeurée sur les lieux pour attendre dom Guéridonio de Paphlagonie, mon frère. Il m'aborda d'un air triste, et je crus m'apercevoir qu'il était boiteux. Ma sœur, me dit-il, on m'a pris une de mes jambes, et voilà celle qu'on m'a laissée. Or, vous saurez, seigneur, que mon frère avait les jambes les mieux faites qu'on eût vues, et qu'il s'en piquait. Celle qu'on lui avait abandonnée à la place de la sienne, avait la tournure décidément cagneuse, et était de quelques lignes trop courte. Il était désespéré.

» Il a vainement parcouru la contrée pour trouver son voleur; il examinait les passants et s'est fait beaucoup d'affaires; vainqueur dans quelques occasions, mais sans succès pour ses recherches, il a été vaincu dans d'autres, et est demeuré borgne et manchot pour vouloir n'être plus cagneux.

» Dégoûté des moyens violents, il a eu recours à l'innocente supercherie de la loi imposée à tous ceux qui entrent dans ce château. S'il eût eu le bonheur de retrouver sa jambe, un magicien de ses amis s'était engagé à remettre les choses en place, sans que personne en souffrît douleur ni dommage; mais si la jambe que nous cherchons ne se trouve pas à l'armée des Francs, nous conservons bien peu d'espoir. Vous y allez, seigneur? que vous trouverez de têtes qui ne sont pas faites pour être sur les épaules où on les a placées! cela saute aux yeux. Plût au ciel que le défaut dont la découverte nous intéresse, fût aussi remarquable, et que vous puissiez nous en apprendre des nouvelles! nous en conserverions une éternelle reconnaissance. »

Le lendemain, dès l'aube, Enguerrand prend le chemin de Damas mais se trouve arrêté par une forte fièvre.

CHANT DOUZIÈME

Sigismond précipite son retour en France : les Bretons menacent la Touraine. Un exploit extraordinaire d'Ollivier donne la victoire aux Tourangeaux.

Non, je ne pourrai jamais peindre l'entrevue des deux amants, les transports, les caresses, les pleurs, les expressions enfin d'une passion si tendre, si vive, si forte, si longtemps combattue, presque désespérée; et, si j'avais la force de rendre le tableau dans toute son énergie, quel serait le cœur qui pourrait en soutenir l'effet? Quelqu'un aurait-il le regard assez ferme pour l'envisager? Non, il n'y aurait que des âmes de bronze ou des yeux privés pour toujours du précieux don des larmes.

« Venez, ma chère Agnès, venez, disait le trop généreux amant, vous n'avez plus rien à craindre, vous êtes à moi par un don du ciel : venez oublier, dans les bras de votre époux, l'infortune affreuse dans laquelle vous plongea sa malheureuse imprudence. »

Agnès, hors d'elle-même, le suit en tremblant; et, s'appuyant sur lui, s'élance sur la croupe du généreux coursier; ils marchent...

Ils prenaient la route d'une des principales portes de la ville; le peuple inconsidéré, en les comblant de bénédictions, se laissait emporter à son zèle. « C'est notre princesse, s'écriait-il, c'est notre libérateur; qu'ils vivent! qu'ils nous gouvernent! et périsse la fatale cause de tous nos malheurs! »

Ils étaient prêts à sortir de la ville, lorsque le comte de Tours, que l'on venait d'y introduire, vint à leur rencontre, suivi de peu des siens; Ollivier, qui le reconnaît, descend de son coursier, va au-devant de son souverain en mettant un genou en terre. « Je ne me flatterai pas, seigneur, lui dit-il, d'en avoir fait assez pour désarmer votre juste rigueur; mais vous respecterez, sans doute, dans un sujet d'ailleurs coupable à vos yeux, les décrets du ciel, qui l'ont choisi pour la délivrance de vos états. Vous ne lui refuserez pas le salaire qu'il emporte avec lui, et que les mêmes décrets l'autorisent à prétendre de vous; ce salaire pour lequel il a cru pouvoir tout entreprendre. Je ne vous en dirai pas davantage, seigneur; je sens qu'une union disproportionnée pourrait exposer une fille aux reproches de son père et de son souverain; que je ne puis moi-même, malgré quelques services, être à vos yeux qu'un objet désagréable. Je pars et vais dans la ville d'Édesse, dont le bonheur, qui voulut favoriser ma témérité, m'a rendu souverain; je...

— Seigneur, répondit Sigismond en interrompant Ollivier, je vois combien le ciel vous favorise, et j'ouvre les yeux sur le mérite qui vous rend digne de la protection qu'il vous accorde. Nous ne traiterons désormais que comme un père avec son fils, ou de souverain à souverain; et, si je ne cherche pas à vous arrêter en Europe et dans ma cour, ne pensez pas que ce soit par un sentiment indigne de vous et de moi. Je ne veux point priver les chrétiens de la Palestine de leur plus ferme boulevard; et, puisque mes disgrâces personnelles m'ont contraint à abandonner nos frères à la merci de tant de dangers qui les enveloppent de toutes parts, que puis-je désirer de mieux pour contribuer à leur défense, que de me voir remplacé par un héros que j'appellerai désormais mon fils? » En prononçant ces mots, Sigismond donne l'accolade à Ollivier; puis, s'approchant d'Agnès qui, tremblante et les yeux baissés, n'osait aller au-devant de son père, il la prend, la serre tendrement entre ses bras et l'embrasse; il veut ensuite les forcer à le suivre jusqu'au palais; mais la crainte de rencontrer les regards de Frédegilde empêche les amants de tourner leurs pas de ce côté. Un autre mouvement bien plus fort les appelle vers l'endroit où la petite rivière de Cher va porter le tribut de son onde à la Loire; c'est là que, selon l'avis du sage anachorète, ils doivent trouver le fruit de leur amour, la première source de leur infortune, maintenant l'objet de leur complaisance, le gage et le lien de leur tendresse mutuelle. Ils sortent de la ville et côtoient les bords. Mais que me servirait d'épuiser ma matière? Le ciel, qui veut que rien ne manque au bonheur du couple vertueux dont il vient de couronner la constance, leur est garant que leurs recherches ne seront point vaines, et qu'étant au comble de leurs vœux, ils prendront le chemin de la Palestine, suivis des regrets, des larmes, des bénédictions des peuples de la Touraine, qui croient, en les voyant s'éloigner d'eux, perdre leurs anges tutélaires.

Aimables époux, je ne vous suivrai pas de plus loin. J'ai raconté vos infortunes, et leur terme était celui de ma carrière; trop heureux si j'ai fait passer dans les cœurs la moindre partie de l'attendrissement qu'elles m'ont inspiré!

Et vous, qui paraissez m'écouter avec complaisance, ne me sachez pas mauvais gré si je ne vous décris point les noces d'un couple en faveur duquel je vous ai peut-être intéressé. J'ai dû penser à moi.

Devais-je m'exposer à ce que, dans deux mille ans, un critique de mauvaise humeur vînt me faire des reproches, et m'alléguer que Virgile, quoique incomparablement plus riche que moi, n'avait pas voulu marier Lavinie, et que je devais savoir que, dans l'Arioste, les connaisseurs ne s'étaient point divertis aux noces de Bradamante?

Il me sera peut-être plus difficile de me justifier auprès de vous sur d'autres points. Ollivier a dit à son beau-père qu'il partait pour le marquisat d'Édesse : où a-t-il pris ce marquisat?

La précipitation m'a fait sauter un feuillet en parcourant ma chronique, et il faut que je revienne sur mes pas, pour éclaircir ce point de notre histoire, et en déterminer l'époque.

Sigismond venait d'être fait prisonnier dans Damas, et l'on était encore incertain qu'il pût se rétablir de ses blessures.

Il y avait à Édesse un certain tyran fort cruel, dont le joug était si pesant, que ses peuples, pour obtenir des secours contre lui, envoyèrent sourdement une députation à l'armée chrétienne.

Personne ne se présentant pour accueillir l'ambassade, Ollivier, qui ne cherchait que des occasions périlleuses, saisit avidement celle qui s'offrait, et suivit les députés.

En quatre mots : Tyran occis, peuple délivré, ville pacifiée, marquisat érigé en faveur du champion, auteur de toutes ces merveilles. Cette affaire terminée, Ollivier établit une bonne régence et revole à Damas.

Voilà une affaire éclaircie; mais vous demanderez compte de Fleur-de-Myrte et d'Enguerrand. L'une est demeurée au pouvoir du comte d'Antioche; j'ai laissé l'autre dans le paroxysme d'une fièvre ardente. Il y a grande apparence que tous deux s'en sont bien tirés; qu'ils se rejoignirent à quelque temps de là, puisqu'on les a vus faire l'ornement de la cour d'Édesse. Fleur-de-Myrte y brillait par les agréments de la figure, la douceur et l'esprit. Enguerrand cultiva toujours les talents qu'il avait reçus du ciel. Il débuta par l'épithalame d'Agnès et d'Ollivier; son écuyer en leva les épaules; mais c'était chez l'un et l'autre une vieille habitude : on sait qu'on ne s'en corrige que difficilement.

Il peut encore vous rester des scrupules sur le

compte de Frédegilde et de son fils; peut-être le châtiment qu'ils ont éprouvé ne vous semble-t-il pas assez rigoureux.

Eh quoi! Frédegilde a vu le bonheur d'Ollivier et d'Agnès, et vous ne la croyez pas assez malheureuse? Ah! si vous pouviez lire dans le cœur de l'envieux, vous y verriez que les succès de ses rivaux sont mille fois plus désespérants pour lui que ne le furent les vautours acharnés sur Prométhée.

Je serais encore plus étonné qu'on se plaignît de la douceur du traitement fait à Inare.

Lorsque au cinquième acte d'une tragédie, un tyran bien odieux expire sous cent coups de poignards, un frémissement favorable se fait entendre, et la satisfaction générale éclate par le battement des pieds et des mains. Que ferait-on, si on le voyait plonger vivant dans le Ténare?

Mais il me reste des guerres à terminer. J'ai laissé le comte de Blois faisant le siège de Vannes... Est-il si difficile d'imaginer une négociation et un traité?

Et du siège de Damas, qu'en ferons-nous? Qui se chargera d'éteindre le feu dont j'ai embrasé la Syrie?

Pharphar, et vous, Abana, ruisseaux transparents et frais, qui baignez les murs d'une ville célèbre, devenue le théâtre de tant d'exploits, je n'ai que trop ensanglanté le cristal de vos ondes; et si je viens à le troubler désormais, ce sera pour le teindre du pourpre des fleurs qui servent d'ornements à vos rivages.

Chante qui voudra désormais les exploits guerriers; j'aspire à m'entretenir dans de plus douces rêveries, et ne veux m'occuper que d'objets dont la vue éloigne pour toujours de mon âme l'agitation, le trouble, le désordre et la crainte.

Je cherche des points de vue agréables, des paysages riants, où tout respire la simplicité, le calme, l'enjouement et la fraîcheur.

Il me faut des actions simples, des personnages naïfs, de l'intérêt sans complication, de la vérité, de la chaleur, de la gaieté sans grimace et sans effronterie. O beautés de la nature, qui seules avez le droit de toucher le cœur, heureux qui pourrait vous saisir et vous peindre ! Plus heureux encore celui qui saurait jouir !

Prophétie de Cazotte rapportée par La Harpe

Il me semble que c'était hier, et c'était cependant au commencement de 1788. Nous étions à table chez un de nos confrères à l'Académie, grand seigneur et homme d'esprit. La compagnie était nombreuse et de tout état ; gens de cour, gens de robe, gens de lettres, académiciens, etc. : on avait fait grand-chère comme de coutume. Au dessert, les vins de Malvoisie et de Constance ajoutaient à la gaieté de bonne compagnie cette sorte de liberté qui n'en gardait pas toujours le ton. On en était alors venu, dans le monde, au point où tout est permis pour faire rire. Chamfort nous avait lu de ses contes impies et libertins, et les grandes dames avaient écouté, sans avoir même recours à l'éventail. De là un déluge de plaisanteries sur la religion ; l'un citait une tirade de la Pucelle, l'autre rappelait ces vers *philosophiques* de Diderot :

Et des boyaux du dernier prêtre
Serrer le cou du dernier roi

et d'applaudir. Un troisième se lève; et, tenant son verre plein : *Oui, messieurs,* s'écrie-t-il, *je suis aussi sûr qu'il n'y a pas de dieu, que je suis sûr qu'Homère est un sot;* et en effet il était sûr de l'un comme de l'autre, et l'on avait parlé d'Homère et de Dieu, et il y avait là des convives qui avaient dit du bien de l'un et de l'autre. La conversation devient plus sérieuse; on se répand en admiration sur la révolution qu'avait faite Voltaire, et l'on convint que c'était là le premier titre de sa gloire. « Il a donné le ton à son siècle, et s'est fait lire dans l'antichambre comme dans le salon. » Un des convives nous raconta, en pouffant de rire, que son coiffeur lui avait dit, tout en le poudrant : « *Voyez-vous, monsieur, quoique je ne sois qu'un misérable carabin, je n'ai pas plus de religion qu'un autre.* » On conclut que la révolution ne tardera pas à se consommer, qu'il faut absolument *que la superstition et le fanatisme fassent place à la philosophie,* et l'on en est à calculer la probabilité de l'époque, et quels seront ceux de la société qui verront le règne de la raison. Les plus vieux se plaignaient de ne pouvoir s'en flatter; les jeunes se réjouissaient d'en avoir une espérance très vraisemblable, et l'on félicitait surtout l'Académie d'avoir *préparé le grand œuvre* et d'avoir été le chef-lieu, le centre, le mobile de la liberté de penser.

Un seul des convives n'avait point pris de part à toute la joie de cette conversation, et avait même laissé tomber tout doucement quelques plaisanteries sur notre bel enthousiasme. C'était Cazotte, homme aimable et original, mais malheureusement infatué des rêveries des illuminés. Il prend la parole ; et, du ton le plus sérieux : « Messieurs, dit-il, soyez satisfaits, vous verrez toute cette *grande et sublime révolution* que vous désirez tant. Vous savez que je suis un peu prophète ; je vous le répète, vous la verrez. » On lui répond par le refrain connu, *faut pas être grand sorcier pour ça.* « Soit, mais peut-être faut-il l'être un peu plus pour ce qui me reste à vous dire. Savez-vous ce qui arrivera de cette *révolution,* ce qui en arrivera pour vous, tous tant que vous êtes ici, et ce qui en sera la suite immédiate, l'effet bien prouvé, la conséquence bien reconnue ? — Ah ! voyons (dit Condorcet, avec son air et son rire sournois et niais), un philosophe n'est pas fâché de rencontrer un prophète. — Vous, M. de Condorcet, vous expirerez étendu sur le pavé d'un cachot ; vous mourrez du poison que vous aurez pris pour vous dérober au bourreau, du poison que *le bonheur* de ce temps-là vous forcera de porter toujours sur vous. »

Grand étonnement d'abord ; mais on se rappelle que le bon Cazotte est sujet à rêver tout éveillé, et l'on rit de plus belle. « M. Cazotte, le conte que vous nous faites ici n'est pas si plaisant que votre *Diable amoureux.* Mais, quel diable vous a mis dans la tête ce *cachot,* ce *poison* et ces *bourreaux?* Qu'est-ce que tout cela peut avoir de commun avec la *philosophie* et le *règne de la raison?* — C'est précisément ce que je vous dis ; c'est au nom de la philosophie, de l'humanité, de la liberté ; c'est sous le règne de la raison qu'il vous arrivera de finir ainsi ; et ce sera bien le *règne de la raison,* car alors elle aura des *temples,* et même il n'y aura plus, dans toute la France, en ce temps-là, que des *temples de la raison*. — Par ma foi (dit Chamfort, avec le sourire du sarcasme), vous ne serez pas un des prêtres de ces temps-là. — Je l'espère; mais vous, M. Chamfort, qui en serez un et très digne de l'être, vous vous couperez les veines de vingt-deux coups de rasoir, et pourtant vous n'en mourrez que quelques mois après. » On se regarde, et on rit encore. « Vous, M. Vicq-d'Azyr, vous ne vous ouvrirez pas les veines vous-même, mais après, vous les ferez ouvrir six fois dans un jour, au milieu d'un accès de goutte, pour être plus sûr de votre fait, et vous mourrez dans la nuit. Vous, M. de Nicolaï, sur l'échafaud; vous, M. Bailly, sur l'échafaud; vous, M. de Malesherbes, sur l'échafaud... — Ah! dieu soit béni, dit Roucher, il paraît que monsieur n'en veut qu'à l'Académie; il vient d'en faire une terrible exécution; et moi, grâce au ciel! — Vous! vous mourrez aussi sur l'échafaud. » Oh! c'est une gageure (s'écrie-t-on de toute part), il a juré de tout exterminer. « Non, ce n'est pas moi qui l'ai juré. — Mais nous serons donc subjugués par les Turcs et les Tartares?... — Encore... — Point du tout; je vous l'ai dit, vous serez alors gouvernés par la seule *philosophie*, par la seule *raison*. Ceux qui vous traiteront ainsi seront tous des *philosophes*, auront à tout moment dans la bouche les mêmes phrases que vous débitez depuis une heure, répéteront toutes vos maximes, citeront, comme vous, les vers de Diderot et de la Pucelle. » On se disait à l'oreille : Vous voyez bien qu'il est fou (car il gardait le plus grand sérieux). « Est-ce que vous ne voyez pas qu'il plaisante; et vous savez qu'il entre toujours du merveilleux dans ses plaisanteries. — Oui, répondit

Chamfort, mais son merveilleux n'est pas gai, il est trop patibulaire ; et quand tout cela arrivera-t-il ? — Six ans ne se passeront pas que tout ce que je vous dis ne soit accompli. »

Voilà bien des miracles ! (et cette fois c'était moi qui parlais), et vous ne m'y mettez pour rien. — Vous y serez pour un miracle tout au moins aussi extraordinaire ; vous serez alors chrétien.

Grandes exclamations. « Ah ! reprit Chamfort, je suis rassuré ; si nous ne devons périr que quand La Harpe sera chrétien, nous sommes immortels.

— Pour ça, dit alors la duchesse de Grammont, nous sommes bien heureuses, nous autres femmes, de n'être pour rien dans les *révolutions*. Quand je dis pour rien, ce n'est pas que nous ne nous en mêlions toujours un peu, mais il est reçu qu'on ne s'en prend pas à nous, et notre sexe... — Votre sexe, mesdames, ne vous en défendra pas cette fois, et vous aurez beau ne vous mêler de rien, vous serez traitées tout comme les hommes, sans aucune différence quelconque. — Mais qu'est-ce que vous nous dites donc là, M. Cazotte ? c'est la fin du monde que vous nous prêchez. — Je n'en sais rien ; mais ce que je sais, c'est que vous, madame la duchesse, vous serez conduite à l'échafaud, vous et beaucoup d'autres dames avec vous dans la charrette et les mains liées derrière le dos. — Ah ! j'espère que dans ce cas-là j'aurai du moins un carrosse drapé de noir. — Non, madame ; de plus grandes dames que vous iront comme vous en charrette et les mains liées comme vous. — De plus grandes dames ! quoi ! les princesses du sang ? — De plus grandes dames encore... » Ici, un mouvement très sensible dans toute la compagnie, et la figure du maître se rembrunit. On commençait à trouver que la plaisanterie était forte. Madame de Grammont, pour dissiper le nuage, n'insista pas sur cette dernière réponse et se contenta de dire du ton le plus léger : *Vous verrez qu'il ne me laissera seulement pas un confesseur.* — Non, madame, vous n'en aurez pas, ni vous, ni personne; le dernier supplicié qui en aura un par grâce, sera...

Il s'arrêta un moment. « Eh bien! quel est donc l'heureux mortel qui aura cette prérogative? — C'est la seule qui lui restera; et ce sera le roi de France. »

Le maître de la maison se leva brusquement, et tout le monde avec lui. Il alla vers M. Cazotte, et lui dit avec un ton pénétré : « Mon cher M. Cazotte, c'est assez faire durer cette facétie lugubre; vous la poussez trop loin, et jusqu'à compromettre la société où vous êtes et vous-même. » Cazotte ne répondit rien et se disposait à se retirer, quand madame de Grammont, qui voulait toujours éviter le sérieux et ramener la gaieté, s'avança vers lui. « Monsieur le prophète, qui nous dites à tous notre bonne aventure, vous ne nous dites rien de la vôtre. » Il fut quelque temps en silence et les yeux baissés. « Vous, madame, avez-vous lu le Siège de Jérusalem, dans Joseph? — Oh! sans doute, qu'est-ce qui n'a pas lu ça? mais faites comme si je ne l'avais pas lu. — Eh bien, madame, pendant ce siège, un homme fit sept jours de suite le tour des remparts, à la vue des assiégeants et des assiégés, criant incessamment d'une voix sinistre et tonnante : *Malheur à Jérusalem!* et le septième jour il cria :

Malheur à Jérusalem ! malheur à moi-même ! et dans le moment, une pierre énorme, lancée par les machines ennemies, l'atteignit et le mit en pièces. »

Et après cette réponse, M. Cazotte fit sa révérence et sortit.

SUITE
DES MILLE ET UNE NUITS

Histoire de Maugraby

ou

Le Magicien

Extraits

Maugraby[1] était la plus détestable créature qui fût sur la terre. Zatanai[2], auquel il s'était entièrement livré, lui avait ouvert le trésor de ses richesses comme ceux de sa malice, et l'avait rendu très puissant en mauvaises œuvres; aussi n'eut-il jamais de serviteur plus fidèle, et son nom, qui répandait la terreur pendant sa vie, est encore aujourd'hui en exécration[3].

Ce maudit homme parcourait la terre, cherchant à faire des conquêtes pour son maître, mettant tour à tour en œuvre toutes les ruses les plus scélérates, les finesses les plus étudiées.

Quand un ménage bien uni, surtout parmi les gens riches, se voyait sans postérité, Maugraby trouvait moyen de s'introduire, d'offrir et de faire accepter son secours pour faire cesser la stérilité.

Quand, par hasard, il s'agissait de faire naître un

1. *Maugraby*. Ce mot signifie barbare, barbaresque plus proprement.

2. *Zatanai*. Il est aisé de reconnaître ici Satan.

3. On jure encore par lui en Provence, en Languedoc et en Gascogne, *Maugraby*, ou ailleurs en France *Maugrebleu*.

héritier dans une maison souveraine, alors il redoublait de zèle et d'adresse.

Habed-il-Kalib régnait alors en Syrie, et tenait sa cour à Thedmor sa capitale : né idolâtre, il avait été appelé à la lumière de la religion musulmane par Bein-Habas-Mortazer-Billaz, huitième calife, qui, lui ayant fait quitter le nom de Sankir-Balleyn, lui avait fait prendre celui d'Habed-il-Kalib.

Ce monarque pouvait rassembler trois cent mille cavaliers sous ses étendards, et en avait toujours soixante et dix mille autour de lui pour sa garde; sa capitale était ornée de monuments d'architecture dans tous les genres; la magnificence la plus recherchée éclatait dans son palais, et tous les arbres, dont la riche contrée de Damas s'enorgueillit, embellissaient ses jardins.

Il avait soixante femmes, choisies parmi les plus belles qui fussent dans l'Orient; mais son pouvoir et les objets de jouissances rassemblés autour de lui, lui étaient devenus insipides; sa carrière s'avançait, et, malgré ses efforts et ses prières, il était sans postérité.

Maugraby saisit cette occasion favorable pour venir lui offrir ses services intéressés; il se présente à la porte du palais, travesti en homme de la campagne; borgne de l'œil droit, chassieux du gauche, formant un objet tout à fait risible.

Il a un petit panier sous le bras, et crie d'une voix forte : « Pommes, pommes pour rendre les femmes fécondes. » Les esclaves du palais se moquaient du marchand. « Pourquoi ne cries-tu pas des prunes, plutôt que des pommes? lui disaient-ils, cela vaudrait peut-être mieux. »

Sur cette entrefaite, le grand vizir arrive au palais; il venait pour s'entretenir avec le roi d'affaires concernant le gouvernement; il entend le cri de Maugraby et l'appelle : « Que vends-tu là? lui dit-il. — Seigneur, c'est un fruit qui rend les femmes fécondes.

— Tu serais bientôt, lui répond le vizir, plus riche que tous les monarques de la terre, si tu possédais de pareils fruits.

— Je ne serais pas si riche que vous le pensez, dit Maugraby; mon arbre ne donne qu'un fruit dans l'année, mais il le donne bien excellent et bien beau.

— Tu le portes sans doute dans le panier que tu as au bras? reprit le vizir : fais-le-moi voir. »

Maugraby obéit, et découvrit alors la pomme cachée sous des feuilles; et le vizir semblait la regarder avec plaisir, quand un eunuque, qui faisait le métier de bouffon au palais, prend la parole :

« Seigneur, dit-il au ministre, n'achetez rien de ce vilain borgne; il ne voit rien d'un œil, et regarde de travers de l'autre : ne voyez-vous pas qu'il est chassieux? sa prunelle gâte tout ce qu'elle fixe. » Puis s'adressant au borgne : « Parle, marchand de merveilles! n'as-tu pas un secret pour me rendre prolifique, moi?

— Non, répond Maugraby; mais tu as un beau nez. J'ai un moyen pour le rendre fécond; en veux-tu faire l'essai?

— Volontiers, dit l'eunuque, car je m'ennuie de mon état.

— Prends cette noisette, reprit le marchand de fruits; présente-la au bout de ton nez, comme tu veux qu'elle y tienne, en disant : *Pour le prix qu'il m'en coûte et de la part dont il me vient, j'accepte de tout mon cœur le présent de Maugraby.* (Apprends que c'est mon nom); puisque tu prétends être amusant, tu le seras plus que jamais. »

Le bouffon, imaginant qu'il va se procurer une occasion de plus de tourner le borgne en ridicule, prend la noisette et la campe sur le bout de son nez; elle y tient, et y fait la figure bizarre d'un petit nez qui aurait pris racine sur un gros nez.

Tous ceux qui sont présents éclatent de rire; la noisette est devenue charnue, et a pris racine dans l'endroit où elle a été placée.

L'eunuque ayant fait la sottise de prononcer les paroles dictées par Maugraby, elles ont eu leur effet sur-le-champ, et le plaisant demeure exposé aux railleries de tous ceux que le bruit a attirés.

Le vizir, témoin de l'aventure de la noisette, va annoncer au souverain les infaillibles propriétés d'une pomme, dont la prudence ne permet pas de négliger de faire l'acquisition à quelque prix que ce soit.

« Ce n'est pas, lui dit-il, sire, la première fois que les rois ont eu recours aux ressources de la magie pour se procurer ce qu'ils ne peuvent obtenir autrement; la sagesse de votre motif pourrait justifier une imprudence; vous avez inutilement mis en œuvre les astrologues attachés à votre cour : leurs travaux ont été inutiles; il se présente un homme plus habile qu'eux; il ne faut pas dédaigner ses services; l'intérêt de l'état vous y oblige, puisqu'il s'agit d'assurer votre succession. »

Habed-il-Kalib fut plus qu'ébranlé par ce que

venait de lui dire son grand vizir; il se voyait enfin flatté de l'accomplissement de ses plus ardents désirs : il ordonne qu'on fasse venir sur-le-champ devant lui le marchand de pommes et le bouffon.

Celui-ci arriva le premier : « Nous vous amenons, sire, dit-il au roi, un malin borgne; avec lui, aussitôt dit, aussitôt fait; s'il avait ici une pleine corbeille de pommes, toutes vos dames pourraient faire chercher des nourrices. »

La figure du bouffon, devenue du plus parfait ridicule depuis que son nez avait enfanté, joint aux propos du personnage, firent perdre le sérieux au roi. Enfin, ce prince se remit, et fit entrer Maugraby dans un cabinet particulier où le grand vizir seul fut admis en tiers.

« Marchand, dit le roi, montrez-moi cette pomme. — La voilà, sire. » Jamais pour la forme, la finesse, la transparence de la peau, la couleur et l'odorat, le roi n'avait vu un aussi beau fruit.

« Quand on vend, dit le roi, une marchandise aussi précieuse, il faut pouvoir s'annoncer d'une manière à se concilier des égards.

» Vizir, dit le roi à son ministre, faites ordonner au grand trésorier d'envoyer une robe et un turban convenables à celui qui va négocier avec moi. »

L'ordre porté par le vizir n'admet point de délai; et, sur-le-champ, dans un cabinet à part, Maugraby est revêtu comme doit l'être un homme d'importance, admis à l'audience particulière d'un grand souverain.

« Entrons en marché maintenant, dit Habed-il-Kalib; donnez-moi votre pomme; et, dès que vous m'assurez que, par ce moyen, je pourrai avoir des enfants, je vous en ferai compter quatre mille sequins.

— Je dépose, reprit Maugraby, un diamant valant dix mille sequins entre les mains de votre majesté. Si le fruit que je vais lui donner n'opère pas l'effet que j'en promets, le bijou sera perdu pour moi; mais je ne saurais céder ma pomme pour de l'or dont je n'ai pas besoin.

— Et quel autre prix pouvez-vous y mettre? repartit le roi. — Vous sentez vos besoins, sire, et moi les miens. J'ai une grande, une importante succession à laisser; je n'ai pas d'héritiers; les moyens par lesquels je puis vous en procurer sont insuffisants pour moi-même. Voici mes conditions, et je ne les crois pas onéreuses : si le premier enfant que vous aurez est une fille, elle est à vous; et si c'est un garçon, il est à moi. »

Le roi était près d'entrer en fureur à cette proposition; mais le premier vizir lui serre doucement le bras, et l'engage à se retirer avec lui sur un sofa qui était dans le fond de l'appartement; là, de manière à ne pouvoir être entendu de l'étranger, il lui tient ce discours :

« La proposition qu'on vous a faite est bien insolente, sire; et l'homme qui l'a aussi témérairement hasardée mériterait la mort, mais on vous offre un moyen unique de ne pas mourir sans postérité; et quand vous auriez consenti à donner votre fils à cet homme, s'il vous en vient un, quelle force pourrait-il employer pour contraindre à lui tenir parole celui qui peut couvrir la campagne d'une armée de trois cent mille cavaliers? Il veut un héritier! il viendra le chercher ici; et s'il s'affectionne à votre enfant, vous ne vous opposerez pas à ce qu'il le comble des trésors dont il se dit si embarrassé ; dissimulez donc, sire, et faites vos affaires ; les promesses des hommes puissants ne sont que des mots. »

Habed-il-Kalib, aveuglé par ses propres désirs, se laissa convaincre et induire à entrer en marché avec Maugraby.

Il convient de lui abandonner le premier fruit mâle qu'il pourra obtenir par les vertus de la pomme, et dans l'instant elle lui est remise ; mais il faut être instruit de la manière de s'en servir.

« Sire, lui dit Maugraby, pour que le fruit fasse son effet, votre majesté doit épouser une jeune vierge ; vous entrerez avec elle dans le bain ; et lorsque vous devrez passer au lit nuptial, vous couperez la pomme par la moitié ; vous en donnerez une à votre épouse, et, en mangeant l'autre, vous prononcerez tout haut : *Souveraine puissance, qui avez mis une vertu dans la pomme, faites qu'elle se déploie en notre faveur, et accordez-nous un enfant.* »

En disant cela, l'étranger fait un profond salut comme pour se retirer, et ajoute : « Sire, si vous n'avez qu'une fille, je vous promets une seconde pomme ; comptez sur ma parole, comme je dois faire fond sur celle que m'a donnée votre majesté. »

Le chef des eunuques trouva la jeune personne qui donnerait un héritier au roi : ce fut Elmennour, fille du grand vizir. Bientôt elle accoucha d'un « prince beau comme le jour » qui devint « l'idole de son père et de sa mère ». A mesure que les années passaient, la menace fut oubliée. Mais lorsque le prince Habed-il-Rouman eut atteint sa quatorzième année, Maugraby vint réclamer son dû; le roi s'efforça de le mettre à mort, mais sans succès, car chaque fois, le magicien se dérobait par une métamorphose; finalement, ayant emporté de force le jeune prince, il le conduisit dans une sorte de paradis terrestre qui constituait son royaume et chercha, par une alternance de brutalité et de douceur, à lui faire oublier sa famille, puis à l'instruire selon ses vues.

Cependant, un jour, Maugraby prévient « son cher fils » qu'il doit faire un voyage. Il lui adresse ses recommandations :

« Voyez cette rangée de livres; vous compterez quarante volumes. Je vous recommande l'étude des douze premiers, mais il faut que vous vous rendiez ces ouvrages aussi propres que si vous les eussiez composés vous-même; ils vous apprendront une multitude de secrets, à la connaissance desquels il faut que vous arriviez de vous-même; mais je vous défends absolument d'en faire usage sans moi, et j'exige votre parole que vous vous en abstiendrez. »

Habed-il-Rouman promit de faire tout ce qu'on exigeait de lui, et le magicien le quitta après l'avoir tendrement embrassé. Peu de temps après, un léger tremblement de terre se fit ressentir, et annonça à tout autre qu'au jeune élève, que son gouverneur venait de faire violence à cet élément pour sortir de sa retraite.

Voilà le jeune prince de Syrie encore une fois seul; mais, en lui ordonnant d'étudier, on lui a procuré le meilleur moyen d'éviter les ennuis de la solitude.

Il met la main sur le premier des douze livres ; le commencement l'arrête, mais il dévoile bientôt que l'intelligence en est soumise aux calculs ; il les y applique, et des progrès marqués couronnent ses premiers efforts ; plus il travaille, plus sa facilité augmente ; et ce qui serait l'ouvrage d'un an pour un homme d'une conception plus qu'ordinaire, est pour lui l'ouvrage de peu de jours. Quand il a achevé l'étude des douze livres, il veut passer au treizième, charmé d'augmenter le nombre des connaissances qu'il vient d'acquérir, mais il lui est impossible ici de déchiffrer une ligne ; toute l'habileté qu'il avait acquise dans le calcul se trouve en défaut.

Enfin, il se rappelle que, lorsqu'il faisait ses études auprès du cheikh son ancien maître, celui-ci lui disait : « Ne vous cassez pas la tête, mon cher enfant ; adressez-vous au grand prophète, priez-le de vous ouvrir l'esprit, et ensuite vous vous remettrez à l'ouvrage. » Il ne manquait pas de faire ce que son maître lui ordonnait, et cela lui avait toujours réussi.

Depuis qu'Habed-il-Rouman était avec le magicien, toutes ces idées de religion avaient été absolument écartées par l'effet des discours, des actions et des ruses de cet homme. Une heureuse nécessité engage le jeune prince à recourir à son ancienne méthode : il se rappelle la formule de la prière que lui prescrivait le cheikh, et la prononce de tout son cœur. Il était alors prêt à se mettre au lit ; il se couche et s'endort.

Entre la veille et le sommeil, un esprit lui apparaît sous une forme humaine : « Mon enfant, lui dit d'un ton doux le fantôme, l'étude que vous faites ne saurait vous conduire à l'intelligence de la lecture que vous entreprenez. Voici la clef du livre :

» La première ligne, lue de la gauche à la droite, vous présentera le sens que voici : *Ce premier chapitre fut composé dans la troisième lune du mois de Nisan;* elle paraît présenter un sens, mais ce n'est pas sa véritable utilité.

» Comptez d'abord les lettres qui la composent, soumettez chacune d'elles au calcul, et son nombre correspondra à la ligne que vous devez aller chercher ; rangez-les par ordre, et vous aurez le sens du chapitre entier qui n'a qu'autant de lignes que la première contient de lettres.

» Vous observerez la même méthode pour tous les autres chapitres jusqu'à la fin, et vous terminerez là vos lectures ; celles-ci vous sont utiles pour ce que vous avez à faire.

» Quand vous aurez fini votre travail, vous irez dans la chambre du magicien ; vous y trouverez une statue de marbre blanc; vous lui donnerez un soufflet sur la joue droite, en lui disant : *Fais ton devoir pour l'enfant de la maison;* elle se rangera ; le mur s'ouvrira derrière elle, et vous verrez des choses que vous devez connaître. »

Après avoir écouté avec attention ce long discours, Habed-il-Rouman se trouve parfaitement réveillé ; il lui serait impossible de se rendormir ; il y avait encore des bougies allumées dans le salon, il y court.

Il va à la bibliothèque chercher son livre, et se met sur-le-champ au travail avec tant de rapidité et de succès, que le jour venant à l'éclairer, le trouva au fait de ce qu'il voulait comprendre.

Un chapitre, dans ce qu'il avait lu, l'avait arrêté plus que les autres. On y traitait de la manière de connaître si un animal quelconque était un homme transformé; s'il fallait lui rendre la parole, la méthode était clairement indiquée.

Le prince de Syrie fait réflexion alors à tant d'animaux qu'il a vus dans la ménagerie des bêtes fauves et féroces. « Ah! dit-il, ces lions, ces tigres qui m'ont caressé, sont peut-être de la même espèce que moi! J'essaierai d'en faire parler un. Cette opération n'est point contenue dans les douze livres dont j'ai promis de ne point mettre en œuvre les secrets, mais je ne ferai rien sans avoir auparavant obéi à l'esprit bienfaisant qui m'a ordonné d'aller dans la chambre du magicien. »

A ces mots il se lève; par précaution, il prend avec lui un briquet, une bougie et des parfums avant d'approcher de l'appartement de son dangereux maître.

Il trouve la statue et se fait ouvrir la porte par elle. Elle lui donne l'entrée dans une volière toute remplie de perroquets, de geais, de pies, de sansonnets, de merles, qui se mettent tous à crier, chacun d'un ton différent : « Qui est là? qui est là? » Ensuite l'un disait une parole, l'autre une autre, dont on ne pouvait former aucun sens.

Certainement, dit Habed, il n'y a pas ici d'homme enchanté, car tous ces oiseaux parlent;

cependant il y avait sur un bâton un gros hara[4] des Indes, enchaîné par la patte avec une chaîne d'acier. Cet oiseau gardait le silence; le jeune prince s'approche de lui et lui adresse la parole :

« Pourquoi t'a-t-on enchaîné, toi? est-ce que tu serais méchant? » L'oiseau baissait tristement la tête. « Parle donc aussi comme les autres, lui disait le prince; serais-tu un homme changé en hara? »

L'oiseau baissait encore la tête et prenait une contenance qui paraissait implorer de la compassion.

« Ah! dit Habed-il-Rouman, on ne m'a pas envoyé ici pour rien; Mahomet à qui je me suis adressé ne voudrait pas me tromper.

— Mahomet! Mahomet! Mahomet! crient tous les oiseaux en battant des ailes, et le hara, sans parler, s'agitant plus fort que les autres.

— Voici qui est extraordinaire, dit le jeune prince; il faut que j'essaie de faire parler le hara pour savoir si c'est un homme : allons, oiseau, laisse-moi prendre trois plumes de ta tête. » Et sur-le-champ le hara la lui tend.

Quand Habed-il-Rouman a mis les trois plumes dans son sein, il fait du feu, allume sa bougie, enflamme les parfums qu'il a apportés, jette les trois plumes sur le feu, en disant : *Si tu es créature humaine, je te rends la parole.*

— Hélas! oui, j'en suis une, répond le hara d'un ton triste, et une bien coupable, puisque je me suis laissé aller à faire le mal avec Maugraby, l'enfant du

4. Hara des Indes; en arabe Darra; nom de tous les perroquets.

démon; mais je suis trop heureux, dès que Dieu a eu compassion de moi, et que Mahomet nous envoie à tous un messager. — Mahomet! Mahomet! Mahomet! répètent de nouveau tous les autres habitants de la volière.

— Dis-moi, homme, puisque tu l'es, reprend le prince, puis-je te rendre ta forme?

— Vous le pourrez, répond le hara, pourvu que Dieu vous donne l'avantage sur le scélérat qui me tient ici; mais j'ai été enchaîné par ma volonté, unie à celle de mon ennemi; il faut que vous deveniez maître de sa puissance, avant que je puisse jamais espérer de reprendre ma forme naturelle. Hélas! jeune envoyé du prophète, il me paraît que vous ne savez pas où vous êtes? Par quelle voie vous a-t-il député ici, pour opérer déjà un prodige en ma faveur? »

Le prince fait en peu de mots son histoire, et finit par conter sa vision.

« O Providence! dit l'oiseau, tu te sers d'une des victimes que se ménageait le plus scélérat de tous les êtres, pour amener le jour de la vengeance! Jeune prince, mon esclavage est déjà bien ancien, et l'espérance de le voir finir peut m'en faire pendant plus d'un jour supporter patiemment la disgrâce; il y a ici des hommes plus infortunés que moi. Dieu veuille qu'il en reste assez pour pouvoir vous aider à briser la chaîne qui me retient; car, chaque jour, quelques-uns d'entre eux voient abréger leurs souffrances par la mort. C'est ici le théâtre des longues cruautés de Maugraby; mais il en exerce ailleurs de plus terribles.

» Allez, mon cher prince, sur-le-champ préparer

un repas de viandes très légères : dans vos amusements, vous aurez peut-être appris à conduire un chariot; car je sais tout ce que sait suggérer notre cruel ennemi, pour tromper et tenir dans l'erreur ses prétendus élèves; attelez des chevaux, précautionnez-vous d'une fiole d'élixir, marchez vers l'orient, jusqu'au pied de la montagne; vous trouverez une statue de marbre noir, et vous lui donnerez un soufflet sur la joue gauche; en se rangeant, elle soulèvera une trappe; vous découvrirez une caverne, dans laquelle vous descendrez avec une lumière; et je me rapporte à votre compassion et à votre intelligence pour tout ce que vous devez faire : vous serez peut-être assez heureux pour sauver la vie à quelques malheureux, de qui vous auriez sans doute bientôt partagé le triste sort; et s'il y en a quatre encore vivants, vous pourrez me tirer d'ici et vaincre Maugraby. »

Ces dernières paroles firent passer un frisson jusque dans le cœur d'Habed-il-Rouman : il n'est pas maître d'arrêter l'effet intérieur du sentiment; mais il ne se donne pas le temps de s'abandonner à la réflexion, il sort de la triste ménagerie, dans laquelle il laisse à regret le hara enchaîné, et vole au cabinet où sont les drogues; de là à la cuisine, pour préparer un repas; il se munit de parfums, et va prendre un chariot dans les remises du palais, dans lequel, en cherchant, on trouvait de tout.

Il a bientôt attelé des chevaux dans un endroit où tout se fait *au nom du maître et pour l'enfant de la maison;* mais, tout en prononçant ces paroles, il ne pouvait s'empêcher de dire intérieurement : « O grand prophète! sous quel infâme maître suis-je! de quelle horrible maison suis-je l'enfant? »

Cependant ces réflexions ne font que lui donner plus de zèle pour aller jusqu'à l'endroit qui lui a été désigné; il faut prévenir le retour du magicien, ou s'attendre de sa part à une vengeance dont l'idée seule le fait frémir.

En peu de temps, malgré l'éloignement assez considérable, Habed-il-Rouman est parvenu à l'endroit que le hara lui a indiqué : il trouve la statue, lui donne le soufflet, la masse tourne comme sur un pivot, se range de côté, et laisse voir que sa base couvrait l'entrée d'un souterrain, dans lequel on descend par un escalier; il fait du feu et s'engage dans cette route, une bougie à la main.

Bientôt il entend des plaintes, des cris faibles, mais arrachés probablement par de vives douleurs; enfin, il parvient à l'ouverture d'une espèce de puits, sans balustrade; des cadavres morts et demi-vivants, accrochés par les pieds, y sont suspendus la tête en bas.

Il se hâte d'en retirer un; il est mort, desséché dans ses habits, ce n'est presque plus qu'un squelette entièrement décharné.

Il en décroche un autre, il respire; le jeune prince lui ouvre la bouche, y fait couler une goutte d'élixir, et s'aperçoit avec plaisir qu'il est vivant. Enfin, en achevant de faire le tour du puits, il en trouve cinq, susceptibles de recevoir du secours, et d'être rendus plus ou moins sensiblement à la vie; il les porte l'un après l'autre au grand air, les met sur le chariot, et revient promptement au palais.

L'élixir avait agi en route : les esprits étaient

ranimés à l'aide du grand air; et, quand il fut question de descendre de la voiture, les moins abattus s'aidèrent à en sortir, et les autres se laissèrent emporter sous le vestibule du palais.

Habed-il-Rouman court au cabinet des drogues et en apporte, à l'aide de ces mots, *servez l'enfant de la maison,* dans un endroit où tout est magique; les drogues opèrent sur-le-champ, et tous les moribonds rappelés à la vie ont recouvré avec elle leurs facultés; mais la faim les dévore, leur libérateur les fait entrer dans le salon, où ils trouvent de quoi la satisfaire.

L'avidité des estomacs, privés depuis si longtemps de nourriture, aurait dû les exposer aux dangers attachés aux excès; mais les drogues médicinales, en opérant, déployaient toutes leurs vertus : à la fin du repas, les convives d'Habed-il-Rouman, à la maigreur et la pâleur près, étaient devenus des êtres très vivants.

Ils ont enfin cessé de manger et de boire; ils passent de concert avec Habed-il-Rouman dans le salon des fontaines; là, le prince de Syrie, après les avoir engagés à quitter leurs vêtements souillés pour en prendre de neufs et commodes, les prie de vouloir bien satisfaire l'un après l'autre sa curiosité.

« Comment, leur dit-il, et pourquoi avez-vous été précipités dans l'abominable cachot d'où je viens de vous retirer?

— Hélas! répondit un d'entre eux, avant que nous puissions vous satisfaire, il faut que vous nous accordiez la grâce de nous dire qui vous êtes, ce que vous faites ici, ce que vous êtes à l'abominable homme qui y commande avec tant d'empire, afin que nous puissions prendre confiance et être bien convaincus que ce moment de relâche que nous éprouvons ne sera pas suivi de tourments aussi affreux que ceux dont nous sommes depuis longtemps accablés.

» Vous nous retirez, continua-t-il, d'un état affreux, dans lequel, plongés entre la veille et le sommeil, dans les plus effrayantes rêveries, nous souffrions mille morts différentes, sans parvenir à mourir : ce moment-ci n'est-il point celui d'un rêve agréable, par lequel le magicien se ménage un moyen de nous faire mieux sentir le malheur dont il veut de nouveau nous accabler ? Votre physionomie inspire de la confiance ; ce que vous avez fait à notre égard, de la reconnaissance, mais nous avons eu à faire à un scélérat qui se sert de toutes sortes de moyens pour tromper.

— Il est sans doute mon ennemi comme le vôtre », reprit Habed-il-Rouman ; et sur-le-champ il trace rapidement le tableau de ses aventures, jusqu'au moment où un rêve mystérieux lui avait indiqué ce qu'il fallait faire, et où une créature humaine changée en hara l'avait engagé à voler à leur secours.

« Que Dieu soit béni et Mahomet son grand prophète, reprit le jeune homme qui avait parlé ; je vois qu'un rayon du soleil de justice a percé à travers les ténèbres dont sont enveloppés les crimes qui se commettent ici. Je vois que, victime marquée comme nous, par Maugraby, vous nous préserverez avec vous. Ah ! s'il nous était donné de délivrer la terre de ce monstre ! Mais, pour vous convaincre de la vérité de ce que je viens de vous dire, je vais vous raconter mon histoire.

*Un premier prisonnier fait le récit de ses malheurs et c'est l'*Histoire d'Halaiaddin, prince de Perse. *Le père d'Halaiaddin venait à peine de monter sur le trône qu'il dut fuir une rébellion fomentée par son premier vizir. Il rencontra Maugraby qui lui promit la vengeance sur ses hypocrites ennemis, mais à une condition : il lui donnerait le premier-né de ses fils. Après cette promesse, tous deux reviennent dans la capitale.*

Le lendemain, Maugraby sort à cheval et disparaît pour toute la journée; le soir il se montre. « J'ai de bonnes nouvelles à vous donner, dit-il à mon père; le roi, ses vizirs, ses émirs, ont fait des rêves abominables la nuit passée; des fantômes leur ont reproché leur infidélité, leur félonie, en leur faisant les plus horribles menaces; c'était aujourd'hui jour de grand divan, et vous eussiez ri de leur consternation, lorsqu'ils se sont communiqués leurs rêves.

» L'usurpateur, comme le plus politique, a été le plus réservé en paroles, mais il était le plus consterné de tous; j'ignore les résolutions qu'ils auront prises; nous en entendrons parler demain, mais après-demain nous agirons.

» La seule nouvelle que j'aie apprise d'ailleurs, c'est qu'on a donné ordre d'interrompre les fêtes pour le mariage du fils de l'usurpateur avec la princesse des Curdes, et on sait qu'elles devaient durer huit jours de plus : c'est un petit acheminement à la révolution; il faudra prendre un parti ferme pour décider tous ces gens-là à rentrer dans leur devoir; nous en délibérerons demain ensemble. »

Le lendemain arrive; Maugraby rentra le soir de mauvaise humeur en apparence : « Nous avons, dit-il, affaire à des gens qui n'ont point de tenue, si ce n'est dans le mal; une nuit fâcheuse leur avait porté avis à tous de chercher à rentrer dans leur devoir; ils en ont passé une bonne, et leurs résolutions sont évanouies : je vois qu'il faut frapper ferme pour les décider; et si vous goûtez quelque satisfaction à voir vos ennemis dans la plus grande peine, vous pourrez en jouir ici; car, sans que ni vous ni moi soyons vus, je les ferai rêver en votre présence; et d'abord, pour que le spectacle affecte leurs yeux, je vais tendre de noir toute cette chambre; mes esclaves ont ordre de les aller chercher dès qu'ils entreront dans leur lit; nous, nous observerons ce qui se passera, assis sur ce sofa, cachés derrière ce voile. »

A peine Maugraby avait-il fini de dresser son appareil, qu'un grand Noir d'une figure atroce se présente : « Mon maître, dit-il à Maugraby, le roi entrait dans son lit pour passer la nuit avec une Circassienne d'une grande beauté qu'un marchand lui a vendue ce matin; vos esclaves ont endormi la femme et enlevé le roi qu'on vous amène tout assoupi.

— Ilage Cadahé! dit Maugraby, songe à bien remplir ton personnage; qu'on fasse entrer ce roi et qu'on le place sur ce siège de bois; allume le feu pour t'en servir au besoin. » Le nègre apporte un brasier rempli de charbons ardents dont son souffle rend la flamme encore plus vive.

Dès que l'usurpateur est assis, le nègre lui adresse la parole d'une voix tonnante : « Qui es-tu, malheureux ! »

Le coupable, interrogé par une voix aussi menaçante, cherche à se recueillir, à consulter ses sens pour savoir s'il est éveillé, puis répond d'un ton qui témoigne son effroi : « Ne suis-je pas le roi de Perse ? — Toi, le roi de Perse ! Esclaves, dit le nègre aux quatre qui avaient apporté l'usurpateur, qu'on donne cent coups de bâton sous les pieds à cet esclave du père de Birminvansha, qui trompa son maître par une détestable hypocrisie, et s'est servi des forces de l'État qui lui avaient été confiées pour les tourner contre le fils de son bienfaiteur. Tel est l'ordre de Nakaronkir [5]. »

Le malheureux, soumis à la bastonnade, poussait des hurlements affreux capables d'alarmer tout le caravansérail ; mais Maugraby avait bouché toutes les oreilles. On le délivre de ce supplice pour l'abandonner à un autre.

Le nègre commande qu'on le rasseye de nouveau. « Ce scélérat hypocrite veut régner, dit-il ; qu'on lui donne un sceptre ; qu'on lui mette sa couronne sur la tête. » L'un et l'autre étaient de fer rougi au feu.

« Il ne veut pas prendre le sceptre, criait le nègre ; qu'on lui mette la couronne » ; et on approchait la couronne de sa tête à lui enflammer

5. Nakaronkir, esprit que Mahomet envoie aux coupables en songe, pour les pousser au repentir.

les cheveux : il tendait la main vers le sceptre pour choisir le moindre mal, et s'y brûlait. « Ah ! grâce ! grâce ! grâce ! s'écriait-il, Nakaronkir ! je ne veux plus régner.

— Autant d'heures tu vas encore régner, autant de charbons ardents tu vas allumer sur ta tête, disait le nègre. — Je ne régnerai plus, Nakaronkir ! je ne régnerai plus : où est Birminvansha pour le faire régner à ma place ?

— C'est à toi à le faire chercher, lui répond le nègre ; fais prendre le deuil à toute ta cour, à la capitale, à ton royaume ; qu'on y cherche partout ce grand prince ; dès qu'on te l'aura annoncé, va tomber à ses genoux, vas-y tête et pieds nus.

— Ah ! qu'on éloigne ce fer ardent, disait l'usurpateur, plus tourmenté encore par la frayeur que par la souffrance, et je ferai tout ce que voudra Nakaronkir.

— Qu'on le renvoie pour aujourd'hui, dit le nègre Ilage Cadahé. » Les quatre esclaves le saisissent dans le moment, l'endorment et le mettent à côté de la beauté circassienne qui, se réveillant alors, ne pouvait concevoir pourquoi on l'avait laissée dormir si longtemps, et à quoi elle devait attribuer une odeur de brûlé bien désagréable.

Quand Maugraby fut seul avec mon père, il commença par faire remettre en ordre la chambre. « J'ai, dit-il, voulu vous faire voir comment je sais servir mes amis : si ce roi-là est bien maltraité, ses vizirs et les commandants des troupes ne sont pas plus à leur aise ; il n'y en a qu'un que j'aie épargné ; c'est le fils de l'usurpateur, parce que la belle Laila l'a bien châtié, et qu'il s'est conduit très respectueusement envers elle. »

Ici la curiosité de mon père devint très vive : « Qu'a donc fait Laila dont vous ayiez tant à l'applaudir ?

— La nouvelle en est déjà ancienne ; mais la discrétion l'a empêchée de percer hors du palais, et elle n'est encore venue que jusqu'à moi et d'aujourd'hui.

» Le soir des noces, le jeune marié se présenta pour recevoir les embrassements de son épouse ; mais elle le laisse s'approcher et lui crache au visage.

» Esclave téméraire ! lui dit-elle, qui as osé accepter la main de l'épouse de ton souverain ; je t'attendais pour te donner ta récompense.

» Le fils du tyran, qui ne tient point de son père, s'est retiré confus, mais est resté modeste ; et, sans entrer dans des excuses : « Permettez, a-t-il dit, madame, que je dorme à vos pieds. Je respecte votre ressentiment ; et la marque que j'en porte, en m'humiliant, ne me déshonore point dans mon esprit ; j'en puis supporter l'affront sans murmure ; mais je crains mon père, et j'aimerais mieux mourir que de vous faire un aussi dangereux ennemi. »

» Vous avez l'âme noble, a répondu Laila : je vous pardonne ; pardonnez-moi et dormez. » Toutes les nuits qui ont suivi se sont passées comme celle-là, et votre épouse est encore digne de vous : voilà, je pense, la meilleure nouvelle que je puisse vous donner en attendant les événements de demain.

» Ils doivent être curieux ; je n'ai pas fait distribuer la bastonnade à tous les coupables. Je veux qu'ils puissent se trouver au divan qui doit s'assembler ; ils m'auront pour témoin sous une forme quelconque ; je vous en rendrai bon compte ; mais la nuit s'avance, vous ferez bien d'en profiter. »

Mon père suivit le conseil d'autant plus aisément, que ce qu'il venait d'apprendre au sujet de la manière dont la princesse des Curdes s'était conduite avec le fils de l'usurpateur, lui donnait sujet de faire des rêves très agréables. Quant à Maugraby, je pense qu'il ne dort que d'un œil ; il était, quoique couché tard, levé avant le jour, et sorti du caravansérail avant l'ouverture de la porte.

Il rentra ce jour-là de meilleure heure qu'à l'ordinaire. « O Birminvansha ! dit-il, que vous vous seriez amusé si vous eussiez pu, comme moi, assister au divan, et écouter les conversations les unes après les autres !

» J'entendais les quatre vizirs que la frayeur rendait confiants et véridiques, se communiquer leurs quatre rêves avant de prendre leurs places. L'effroi se peignait sur leur visage, ainsi que l'étonnement de la conformité de leurs songes.

» Ils appellent les principaux d'entre les gens de loi qui sont là, et leur font prendre séance en secret.

» La surprise de ceux-ci n'est pas moins grande ; l'air défait et consterné de ceux qui leur font cet étonnant récit, en atteste la vérité ; elle se confirme bientôt encore plus par l'arrivée des émirs, commandant les troupes.

» Alors vous eussiez vu cette assemblée, composée de cent personnes, y compris les huissiers et les bas officiers, se disperser par pelotons, et partout on s'entretenait de rêves et du Nakaronkir ; si cet esprit se plaît à être redouté, jamais il ne fut mieux servi que par moi.

» Enfin, continua Maugraby, les premiers de l'assemblée, joints aux plus anciens, après avoir délibéré en confusion, ont décidé qu'on tiendrait les portes du divan fermées, pour pouvoir prendre des résolutions conformes aux volontés du Nakaronkir, qui savait si bien les expliquer.

» On a appris que le roi était indisposé; on ne doute pas qu'il n'ait été abandonné par le ciel aux caprices du Nakaronkir; et, toute autre frayeur cédant à celle qu'a su inspirer ce redoutable esprit, trois députés sont chargés d'annoncer à ce prince qu'il faut qu'il fasse chercher partout Birminvansha, pour le remettre sur le trône.

» Je les ai suivis, ajouta Maugraby : si l'esprit du monarque n'avait pas été préparé par la secousse violente de la nuit, ils eussent été bien mal reçus; mais admirez la dissimulation et l'hypocrisie; il a les cheveux, le front et le bout des doigts brûlés, il en ressent de vives douleurs; la volonté du Nakaronkir n'a été exprimée à personne aussi fermement qu'à lui : eh bien! il s'est fait rapporter les aventures des autres avec une patience incroyable; et, dissimulant son trouble et sa frayeur, il leur tint ce discours.

» J'avais, dit-il, pris les rênes de l'État, appréhendant que la trop grande jeunesse de Birminvansha ne le mît hors d'état de les soutenir : je comptais les lui remettre quand l'âge et mes exemples l'auraient formé; en prenant la fuite, il s'est dérobé à mes bonnes intentions : mais puisque le ciel, qui le connaît mieux que moi, le juge capable de régner, je suis prêt à me démettre du fardeau dont je m'étais chargé pour lui; et il va connaître que s'il me fallut employer une sorte de violence pour arracher les affaires publiques à des mains trop jeunes pour les conduire, j'en emploierai une plus grande pour le rappeler sur le trône, dont il s'était éloigné.

» Je fais prendre, a-t-il continué, le deuil dans tout mon palais, et j'y ordonne un jeûne qui n'aura d'autre terme que celui où on aura retrouvé le roi, dont je ne voulais être ici que l'organe; que cet ordre s'étende dans la ville et dans tout le royaume, et qu'on décerne une récompense à celui qui pourra dire en quelle partie de la terre s'est retiré Birminvansha; c'était mon projet, avant les rapports fâcheux que vous venez de me faire; ils ajoutent à l'accablement dans lequel je me trouve. Prévenez le divan que je ne me lèverai que pour prendre le deuil comme tous mes sujets; mais il sera plus austère, car je ne me présenterai que les cheveux et la barbe rasés, jusqu'à ce que j'aie obtenu la satisfaction de replacer votre légitime souverain sur le trône : dans cet état je m'abstiendrai de toute affaire, et vous en recommanderez de ma part la conduite aux vizirs.

» Voilà, mon cher souverain, dit Maugraby à mon père, le dernier trait d'hypocrisie de l'usurpateur qu'il vous reste à châtier! Voyez avec quel art, surtout, il cherche à cacher au public l'impression du feu sur sa chevelure, et même sur sa barbe; oh! c'est un scélérat bien profond! Maintenant, tranquillisez-vous : laissez le peuple se mouvoir de lui-même, vous souhaiter, vous désirer, vous attendre par toutes les portes ; et quand la révolution sera si bien préparée, qu'il n'y ait qu'un cri en votre faveur, je vous prêterai le cheval que vous m'avez donné en gage. Vous reparaîtrez monté dessus et habillé convenablement ; Ilage Cadahé, mon Noir, sera votre premier eunuque, et moi votre esclave ; c'est l'affaire de quatre jours de patience, d'autant que je ne néglige rien pour vous servir ; rien ne périclite d'ailleurs, et votre épouse est constamment respectée. »

Mon père laissa faire Maugraby. Le cinquième jour, le magicien le fait sortir de la ville par une porte, monté sur le cheval blanc à crins noirs, vêtu en pèlerin, et le fait rentrer par une autre sur un cheval noir, tel qu'il était lorsqu'il s'en servit pour prendre la fuite.

Une robe et un turban étoffés, sans être magnifiques, avaient remplacé l'habillement de pèlerin ; Ilage Cadahé et le magicien marchaient à droite et à gauche, la main appuyée sur la croupe de la monture.

Les premières personnes du peuple qui aperçoivent mon père, viennent pour se prosterner à ses pieds ; la garde des portes s'émeut ; une foule s'amasse dans le moment, et mon père est obligé d'entrer dans la maison d'un émir ; un cri général retentissait : *Vive notre roi Birminvansha !*

Ce cri s'est bientôt répandu jusqu'aux portes du palais, où le divan était rassemblé : le roi, dont les brûlures étaient un peu moins marquées, s'y transporte ; et, la tête nue et rasée, ayant quitté ses babouches, il vient à la tête des vizirs et des émirs supplier mon père de reprendre sa place sur le trône.

J'abrège le récit des cérémonies qu'il serait inutile de décrire, du mariage de mon père avec la fidèle Laila, de la vengeance qu'il prit de l'usurpateur et de ses adhérents, le fils de ce méchant homme ayant été le seul épargné, parce qu'il avait respecté la princesse des Curdes, quoique vivement offensé par elle : je passe au départ de Maugraby.

Lorsque ce monstre, déclamant toujours contre l'hypocrisie, eut vu verser tout le sang des coupables, feignant d'être absolument tranquille sur la situation de mon père : « Vous voilà, dit-il, affermi sur votre trône; vous n'avez plus besoin de mes secours : je pars; souvenez-vous de moi quand vous aurez un fils; songez qu'il est le mien; ce prix-là m'est bien dû : j'ai beaucoup travaillé; je me casse; il me faut un bâton de vieillesse. Élevez-le bien, afin qu'il puisse devenir après moi le soutien de la vôtre. » En disant cela, il se fait rendre son cheval et disparaît. Mon père, entraîné par le courant des affaires, étourdi par les travaux comme par les jouissances attachées à son rang, ne réfléchit point assez alors aux conditions auxquelles il l'avait recouvré, et les regrets ne s'annoncèrent qu'à ma naissance.

De son aveu même elle lui arracha des larmes, quand il vit que le premier fruit de ses amours avec sa chère Laila était par lui-même abandonné à Maugraby, être qu'il ne pouvait s'empêcher de suspecter et de regarder comme très méchant, malgré ses déclamations contre l'hypocrisie.

En effet, le prince atteignait presque sa quinzième année lorsque Maugraby se présenta et parvint à l'emmener. Pour échapper à ce cruel tyran, Halaiaddin se détermina « à [se] changer en aigle ». Mais le magicien surprit son envol et, pour le punir, le suspendit « par les pieds parmi les mourants et les cadavres ». C'est là qu'Habed venait de le trouver. Les autres princes prisonniers du cachot étaient eux aussi devenus le bien de Maugraby avant leur naissance, leurs parents ayant été victimes de ruses semblables. Toutefois, à la différence d'Habed, les captifs n'avaient pu s'engager dans la voie de la délivrance et avaient été condamnés au supplice.

Le hara, qui n'a pas encore recouvré sa forme humaine, prend ensuite la parole : il s'agit de la fille du roi d'Égypte, Sœur-des-Planètes, ainsi métamorphosée pour avoir tenté d'échapper à Maugraby après l'avoir épousé de son plein gré en reniant l'Alcoran; elle conte en détail ses aventures, puis elle explique la généalogie de Maugraby et la manière dont il peut être vaincu.

Bravons, me dis-je alors, toutes les rigueurs que mon barbare ennemi doit exercer sur moi; réservons-nous pour être un jour, s'il le faut, l'instrument de sa perte; rappelons-nous avec soin tout ce qui nous a été dit; gravons-le dans notre mémoire de manière à ce que rien ne puisse l'en effacer.

Sur-le-champ, me répétant sans cesse l'instruction du génie, j'y donne l'application si soutenue que les mots de conjurations que j'avais appris, s'enchaînaient les uns à la suite des autres. Le jour finissait, et j'étais encore occupée de ce travail, quand l'ébranlement de la terre m'annonça le retour de Maugraby.

Je pensais qu'il allait arriver vers moi avec la promptitude de l'éclair. Je me trompais; il était sans doute arrêté par les rapports que lui faisaient ses espions.

Enfin il se présente. Jamais on ne vit de contraste plus effrayant et plus singulier que celui du brillant et de l'éclat qu'il voulait donner à sa figure, avec le désordre dans lequel le mettait l'horrible passion dont il était dominé.

« Femme infidèle, me dit-il, tu te lies avec mes ennemis! tu fais des cercles pour faire entrer chez moi les esprits impurs de Mahomet! reçois le châtiment de ton crime. »

En même temps il me passe au cou la couronne de fleurs que je lui avais donnée le jour de nos fatales noces, et à la jambe cette guirlande de fleurs dont il m'avait entourée. Je ne pouvais m'opposer à rien. Il ne fait alors que souffler sur moi, et je suis changée en oiseau, comme vous voyez. Ce collier de plumes vertes, rouges et jaunes qu'on aperçoit autour de mon cou, est ma couronne de fleurs; la guirlande est devenue cette chaîne qui m'attache ici par le pied.

Mon tyran me tire alors par ma chaîne jusque dans son appartement que vous connaissez, frappe la statue qui y est au visage, se fait ouvrir la porte de la volière, et m'attache sur le bâton où je suis.

Par les connaissances que j'ai, je sais qu'il m'est impossible de recouvrer la figure humaine et la liberté que par sa mort. Telle est la suite de la faute que j'ai faite, quand je l'ai, de mon propre mouvement, rendu souverain de ma personne.

Amoureux de moi, comme je vais vous apprendre qu'il l'est encore, il n'a pas jugé à propos de me priver de la raison, comme tous les êtres au milieu desquels j'étais. Il a voulu que l'ennui affreux de ma situation me portât à lui demander grâce, et à vivre avec lui comme son épouse, sinon pendant le jour, du moins pendant la nuit. Il est donc devenu possible au prince de Syrie de me rendre la parole.

Quand Maugraby m'eut laissée seule dans la volière, au milieu des autres oiseaux, je voulus louer Dieu et Mahomet de m'avoir délivrée de la présence de mon tyran; mais je ne rendis que le cri naturel de l'oiseau sous la forme duquel j'étais, et je prononçai distinctement le mot *hara;* aussitôt tous les oiseaux de la volière le répétèrent.

Je les crus doués de l'intelligence comme je l'étais, malgré ce que m'avait dit Kardash, de l'état de stupidité où tous les êtres humains avaient été réduits ici depuis leur métamorphose; mais j'ai éprouvé depuis qu'il ne leur restait que l'inutile faculté de répéter le mot qu'ils venaient d'entendre, ou celui qu'ils avaient le plus souvent ouï prononcer.

Campée sur mon bâton, je me mis à réfléchir sur mon état; à ma chaîne près, je le crus semblable à celui des pauvres animaux qui étaient autour de moi, et le trouvai plus supportable que celui dans lequel la crainte m'avait plongée. Combien me semblait-il préférable à l'horreur de me voir exposée aux caresses de mon cruel et impie ravisseur! Mais hélas! je me trompais beaucoup; je n'en étais pas délivrée.

Deux jours se passèrent sans qu'il affligeât ma vue par son odieuse présence ; à la fin du troisième, il entre dans la volière, composant le plus qu'il lui est possible cette figure qui m'avait séduite, et son maintien.

« *Sœur-des-Planètes,* me dit-il, vous êtes bien coupable à mon égard ; vous êtes bien infidèle à Baal, mais mon cœur est brisé par la sévérité des châtiments que je suis obligé d'exercer sur vous. Je vous rends votre forme humaine ; venez partager mon lit ; conduisez-vous avec moi comme une femme soumise ; et quand vous aurez senti assez vivement vos torts, quand vous m'aurez promis de renoncer à tout ce que la scélérate que l'on vous a donnée pour gouvernante vous a appris, j'essaierai de fléchir le dieu que vous avez offensé. » En disant ces mots, il jetait quelques grains d'encens sur un réchaud, et détachait le bout de la chaîne qui me retenait sur le bâton où j'étais perchée. Je me trouve nue et sur pied devant lui. « Cruel Maugraby ! lui dis-je, ne me parle ni de toi, ni de ta passion, ni de ton Baal qui m'a livrée à toi ; rends-moi à mon père, et fais que je puisse t'oublier. » Le flegme et la sécheresse de ma réponse mettent mon tyran en fureur. « Marche, suis-moi, me dit-il, femme plus cruelle que moi. » Et il me traînait par la chaîne qui m'était restée aux pieds.

Je veux faire de la résistance, il m'étrangle avec une autre chaîne que j'avais au cou, me cause des douleurs incroyables, et je suis portée sur son lit.

Il s'approche pour me caresser ; je veux lui cracher au visage, mais mes forces sont suspendues ; de toutes mes facultés, il ne me reste de libre que la vue, l'odorat et l'ouïe; toutes les trois sont au supplice.

Je vois le plus affreux monstre que l'imagination en délire puisse créer. Je suis infectée, et mon oreille est affligée par un torrent d'injures et de blasphèmes : dans cet état, je suis obligée de souffrir les horribles caresses du barbare à qui je suis entièrement livrée par mon anéantissement.

L'horrible scène que je viens de vous décrire se renouvelle, depuis cinq ans, tous les jours, avec des circonstances encore plus cruelles; je n'ai de repos que les moments où il est forcé de s'absenter pour s'occuper de la suite de ses odieux projets, ou aller s'enfoncer sous la mer, pour s'y plonger dans les ordures de son abominable Asmodius.

Sœur-des-Planètes transmet alors aux princes, qui auront Habed à leur tête, les directives qui leur permettront de se libérer en détruisant « tous les enchantements » de Maugraby. Lorsque celui-ci, « averti de son désastre par l'infidélité de sa baguette » qui ne lui obéit plus, revient dans sa retraite, le prince de Syrie le réduit à l'impuissance « au nom de Mahomet ».

Quand le magicien a disparu, Habed-il-Rouman adresse la parole à la princesse d'Égypte. « Madame, lui dit-il, ne conviendrait-il pas que nous travaillassions sur-le-champ à tirer d'oppression les créatures humaines qui sont ici, et les fissions jouir du spectacle de la mort de leur tyran?

— Prince, répondit *Sœur-des-Planètes,* pour désenchanter ce qui est ici, il faut le mélange des cendres de Maugraby avec celles qui sont renfermées dans l'urne. Ordonnez qu'il soit brûlé de manière que ses cendres ne puissent être confondues avec celles du bois amassé autour de lui.

» Vous seriez d'ailleurs très embarrassé de tout le monde que vous auriez sur les bras. Quelque abondantes que soient les provisions dont nous pouvons disposer, il ne faut pas se mettre dans le cas de nourrir cette armée un jour de plus qu'il est nécessaire, avant que chacun puisse se disperser pour retourner dans son pays, et les endroits habités sont à vingt lieues de cette montagne.

» Les hommes comme les femmes qui sont ici, n'ont pas la moindre idée de la violence qui les y a conduits, et le supplice du coupable les effraierait sans les instruire : il faut même détruire les enchantements, au milieu desquels nous sommes, avant de leur ouvrir les yeux. Beaucoup d'entre eux, mon prince, manquent depuis longtemps à leurs familles. Il faut qu'ils puissent y porter de l'aisance : vous avez ici des trésors inépuisables qui vous mettront dans le cas d'en user généreusement avec eux. »

A peine la princesse d'Égypte eut-elle achevé ce discours, que l'esprit esclave de la bague vint avertir que le bûcher était rassemblé. « Qu'on y mette le feu, dit Habed-il-Rouman, mais qu'on n'ôte pas le bâillon au coupable. Je veux que ses blasphèmes demeurent concentrés.

— Vous serez forcé, dit la princesse, d'augmenter son supplice par votre présence. Vous devez jeter le talisman auquel sa vie est attachée au milieu du brasier ardent. Je vous conseille d'y joindre la bague. Il faut se dépouiller d'un pouvoir aussi dangereux que celui qu'elle vous donne : si elle pouvait, mon prince, détruire le Dom-Daniel, je vous engagerais à la conserver, mais cela est réservé aux puissances de Mahomet. Allez avec les princes, vos compagnons d'armes, chercher tous les livres du magicien : qu'il voie périr avec lui les fruits de ses veilles, et puisse son art coupable être détruit avec eux! »

Le prince de Syrie suivit des conseils dictés par la sagesse. Les talismans, les livres, les élixirs, les instruments, tout ce qui avait servi à Maugraby dans ses travaux, fut bientôt jeté par les princes sur le brasier ardent qui environnait le magicien de toutes parts. Mais la vie ne lui fut ravie que lorsque le talisman, retiré de la cuisse de la brebis galeuse, eût été mis en fusion par la force du feu.

Quand la bague eut été dissoute, on vit le palais et tous les établissements qui étaient autour se dissiper en fumée; les quadrupèdes, les oiseaux qui y étaient renfermés sortent de tous côtés, et se mêlent avec les fauves et autres animaux sauvages; mais un instinct supérieur rassemble en peu de temps autour des princes, leurs libérateurs, les créatures humaines qui ont été transformées. Ceux-ci se voient environnés de chevaux, de chameaux, d'éléphants, parmi lesquels on voit même des lions et des tigres dépouillés de leur férocité.

Le corps du magicien est réduit en cendres : mais la chaleur excessive des brasiers ne permet pas d'en approcher pour les recueillir; cependant la princesse d'Égypte, usant des privilèges qui lui donnent la petitesse de son volume et l'agilité de son corps, s'élève au-dessus de cette foule nouvellement animée, l'examine et vient parler à Habed-il-Rouman.

« Prince, lui dit-elle, voilà les êtres jusqu'ici infortunés que vous allez rendre à leur patrie, à leurs familles, et, pour ainsi dire, à la vie. Ils seront moins aisés à gouverner quand vous leur aurez rendu leur forme naturelle qu'ils ne paraissent l'être à présent ; mais vous êtes appelé au droit de leur commander à tous par Mahomet et votre étoile ; vous les voyez attendre ici que le mélange des cendres du magicien avec celles de son père et de sa mère ait pu se faire, et vous servir à détruire l'enchantement qui les a dégradés de leur espèce. En attendant que vous puissiez vous occuper de cette consolante opération, venez, suivi de vos compagnons, distinguer les effets dont la violence du magicien l'avait rendu possesseur : chacun y va reconnaître ce qui est à soi ; mais la propriété de ce qui ne trouvera point de maître appartient à vous seul. »

Les princes marchent à l'instant, conduits par l'oiseau, vers les magasins du magicien. Les marchandises les plus rares et les plus riches y étaient entassées. On y voyait des amas de vaisselle d'or et d'argent, des tas d'or en monnaie contenus dans des bourses, des vases de pierres précieuses remplis de diamants de la plus grande beauté, des provisions de vivres suffisantes pour mettre une armée en campagne.

« Voilà, dit la princesse, bien des objets de cupidité pour des princes moins nobles que ceux à qui je parle.

» Chacun de vous trouvera ici des sujets : c'est au

prince Habed-il-Rouman qu'il appartient de leur ordonner de se ranger sous le commandement de leurs chefs naturels. Alors les droits de chacun seront respectés.

» Avant que nous retournions vers le bûcher du magicien, je vais prendre ma part du butin. » En disant ces mots, la princesse d'Égypte fond sur une pièce de gaze, l'enlève avec son bec, la place dans une de ses pattes, et reprend son vol. Tous retournent vers l'endroit où repose la poignée de cendres dans laquelle est réduite le corps entier de Maugraby. Habed-il-Rouman s'en empare et brise l'urne d'or qui est dans son sein pour arranger le mélange.

« Tout n'est pas fait, dit l'oiseau posé sur la gaze qu'il a enlevée. Faites un parfum, prince; jetez-y toutes les plumes que vous et vos compagnons avez conservées de l'oiseau fessefzé, et vous leur commanderez, au nom de Salomon, de répandre aux quatre vents les cendres que vous allez jeter en l'air. » Le prince de Syrie obéit; et, à peine les cendres furent-elles répandues, qu'on entend un bruit extraordinaire : c'était un cri d'étonnement de dix mille personnes qui viennent inopinément d'être rendues à la forme humaine.

Habed-il-Rouman ne perd pas un moment : « Syriens! s'écrie-t-il, rangez-vous derrière moi; Tartares! voilà votre prince; Chinois! c'est ici le vôtre; gens de Damas! gens de Cinigaé! rangez-vous sous vos chefs. »

A ce commandement net et ferme, on vit toute cette foule se frottant les yeux comme en sortant d'un profond sommeil, se démêler et obéir avec une promptitude extraordinaire. Quand chacun fut à sa place, les princes avertissent leurs sujets que le départ est fixé au lendemain, et qu'ils aient à se tenir prêts.

C'est alors qu'on eût vu un beau mouvement; chacun courait dans la campagne après ses chameaux, ses chevaux, ses éléphants, et des femmes prenaient par la main des enfants qu'elles ne connaissaient pas, et examinaient leur petit équipage. Deux heures après, chacun avait reconnu ce qui était à lui, et la subordination était générale et parfaite.

Ces hommes s'entre-demandaient : où sommes-nous? et aucun d'eux ne pouvait répondre; mais tous se croyaient arrivés de la veille dans l'endroit où ils se trouvaient alors.

Habed-il-Rouman devient maître de trente éléphants, de soixante chameaux et d'un nombre considérable de chevaux et de mules. Ses propres sujets enlèveront les trésors de Maugraby, et les répartiront sur les bêtes de somme. Les femmes seront placées dans les tours qui sont sur le dos des éléphants avec la jeunesse trop faible pour supporter la fatigue; les six princes ont des chevaux superbes.

Au milieu du trouble général, du soin que chacun se donne, on a perdu de vue le hara. Habed-il-Rouman aperçoit tout à coup une femme voilée de la tête aux pieds, assise à terre et appuyée contre un arbre à quelques pas de lui. Il s'en approche, et lui adresse la parole : « Qui êtes-vous, madame?

— Une pauvre Égyptienne », répond la femme.

A ce peu de mots, le prince, qui reconnaît la voix, veut appeler ses compagnons pour lui faire rendre les hommages qui lui sont dus. « Grande princesse! lui disait-il... — Je ne suis rien, répond-elle. Ma désobéissance m'a fait perdre mes droits à la couronne, et, ce qui est plus affligeant encore, à la tendresse paternelle. J'ai été, par mon choix, la femme de Maugraby. Mes yeux n'osent se lever vers le ciel, ni s'ouvrir sans confusion vers la terre. La honte est mon partage, et le repentir mon recours.

» Vous, généreux prince, quand j'ai manqué à tout, quand tout me manque, ayez le courage de devenir mon soutien, placez-moi sur un de ces éléphants avec des femmes que ne puisse humilier ma compagnie; protégez les Égyptiens qui peuvent être ici. Je suis toute à mon bienfaiteur; je ne suis plus rien à l'Égypte.

» Je voudrais que mon père ignorât toujours le sort affreux que je me suis fait; mais je l'ai laissé dans l'aveuglement de l'idolâtrie : il faut que j'aille mener une vie pénitente à la Mecque, jusqu'à ce que j'aie obtenu du grand prophète la grâce de pouvoir arracher le malheureux et respectable auteur de mes jours aux abominables erreurs dans lesquelles il est plongé. »

Le prince Habed-il-Rouman était touché jusqu'aux larmes du discours qu'il venait d'entendre. Ce jeune prince n'avait jamais connu d'autre femme que la reine sa mère; l'amour était une passion absolument inconnue à lui.

Le récit que lui avait fait la princesse d'Égypte

de ses aventures lui avait inspiré avec beaucoup d'estime pour elle le plus tendre intérêt. La sagesse, la science, la conduite dont elle venait de donner les preuves si suivies avaient encore ajouté aux sentiments qu'il avait conçus pour elle ; en un mot, sans l'avoir vue et sans le savoir, il était déjà passionné pour elle.

« Grande princesse, lui dit-il, doutez-vous que vous ne soyez souveraine absolue de tout ce qui est ici ? Quand ce peuple sera revenu de son étourdissement, pensez-vous que nous lui laissions ignorer ce qu'il vous doit de reconnaissance ; et qu'il soit un de nous qui puisse s'écarter un moment des devoirs que ce sentiment lui prescrit ?

» La tour dans laquelle vous serez deviendra l'objet de nos sincères hommages, comme de nos plus scrupuleuses attentions. Vos moindres désirs seront pour nous des ordres, et notre obéissance sera sans égale.

— Ah ! prince, répondit *Sœur-des-Planètes*, songez que vous parlez à une personne qu'une passion extravagante, à laquelle elle-même s'était livrée, a fait tomber dans l'oubli du plus sacré de tous les devoirs. » Plus la belle princesse d'Égypte s'humiliait, plus elle paraissait s'élever aux yeux d'Habed-il-Rouman. Cependant, ce jeune prince ne se laisse pas détourner de ses devoirs par une passion naissante.

Enfin Habed-il-Rouman retrouva Habed-il-Kalib, son père, et Elmennour, sa mère, à qui il confia la très belle princesse d'Égypte. Celle-ci écrivit à son père qui vint en personne la chercher. Ils firent ensemble un pèlerinage à La Mecque, après quoi la « charmante fille » « se détermina à écouter les vœux du prince Habed son compagnon de dévotion ».

Mon songe
de la nuit du samedi au dimanche
de devant la Saint-Jean 1791

J'étais dans un capharnaüm depuis longtemps et sans m'en douter, quoiqu'un petit chien que j'ai vu courir sur un toit et sauter d'une distance d'une poutre couverte en ardoises sur une autre, eût dû me donner du soupçon.

J'entre dans un appartement; j'y trouve une jeune demoiselle seule; on me la donne intérieurement pour une parente du comte de Dampierre; elle paraît me reconnaître et me salue. Je m'aperçois bientôt qu'elle a des vertiges; elle semble dire des douceurs à un objet qui est vis-à-vis elle; je vois qu'elle est en vision avec un esprit, et soudain j'ordonne, en faisant le signe de la croix sur le front de la demoiselle, à l'esprit de paraître. Je vois une figure de quatorze à quinze ans, point laide, mais dans la parure, la mine et l'attitude d'un polisson : je le lie, et il se récrie sur ce que je fais. Paraît une autre femme pareillement obsédée; je fais pour elle la même chose. Les deux esprits quittent leurs effets, me font face, et faisaient les insolents, quand, d'une porte qui s'ouvre, sort un homme gros et court, de l'habillement et de la figure d'un guichetier : il tire de sa poche deux paires de petites menottes qui s'attachent comme d'elles-mêmes aux mains des deux captifs que j'ai faits. Je les mets sous la puissance de Jésus-Christ. Je ne sais quelle raison me fait passer pour un moment de cette pièce dans une autre, mais j'y rentre bien vite pour demander mes prisonniers; ils sont assis sur un banc dans une espèce d'alcôve; ils se lèvent à mon approche, et six personnages vêtus en archers des pauvres s'en emparent. Je sors après eux; une espèce d'aumônier marchait à côté de moi. Je vais, disait-il, chez M. le marquis, tel; c'est un bon homme; j'emploie mes moments libres à le visiter; je crois que je prenais la détermination de le suivre, quand je me suis aperçu que mes deux souliers étaient en pantoufle : je voulais m'arrêter et poser les pieds quelque part pour relever les quartiers de ma chaussure, quand un gros homme est venu m'attaquer au milieu d'une grande cour remplie de monde : je lui mis la main sur le front, et l'ai lié au nom de la Sainte-Trinité et par celui de Jésus sous l'appui duquel je l'ai mis.

De Jésus-Christ! s'est écrié la foule qui m'entourait. Oui, ai-je dit, et je vous y mets tous après vous avoir liés. On faisait de grands murmures sur ce propos.

Arrive une voiture comme un coche; un homme m'appelle par mon nom de la portière; mais, sire Cazotte, vous parlez de Jésus-Christ, pouvons-nous tomber sous la puissance de Jésus-Christ? Alors j'ai repris la parole, et ai parlé avec assez d'étendue de

Jésus-Christ et de sa miséricorde sur les pécheurs. Que vous êtes heureux! ai-je ajouté : vous allez changer de fers; de fers! s'est écrié un homme enfermé dans la voiture, sur la bosse de laquelle j'étais monté, est-ce qu'on ne pouvait nous donner un moment de relâche?

Allez, a dit quelqu'un, vous êtes heureux, vous allez changer de maître, et quel maître?

Le premier homme qui m'avait parlé disait : j'avais quelque idée comme cela.

Je tournais le dos au coche et avançais dans cette cour de prodigieuse étendue : on n'y était éclairé que par des étoiles. J'ai observé le ciel; il était d'un bel azur pâle et très étoilé; pendant que je le comparais dans ma mémoire à d'autres cieux que j'avais vus dans le capharnaüm, il a été troublé par une horrible tempête; un affreux coup de tonnerre l'a mis tout en feu; le carreau, tombé à cent pas de moi, est venu se roulant vers moi; il en est sorti un esprit sous la forme d'un oiseau de la grosseur d'un coq blanc, et la forme du corps plus allongée, plus bas sur pattes, le bec plus émoussé. J'ai couru sur l'oiseau en faisant des signes de croix; et, me sentant rempli d'une force bien plus qu'ordinaire, il est venu tomber à mes pieds. Je voulais lui mettre sur la tête... Un homme de la taille du baron de Loi, aussi joli qu'il était et jeune, vêtu en gris et argent, m'a fait face, et dit de ne pas le fouler aux pieds. Il a tiré de sa poche une paire de ciseaux enfermée dans un étui garni de diamants, en me faisant entendre que je devais m'en servir pour couper le cou de la bête. Je prenais les ciseaux, quand j'ai été éveillé par le chant en chœur de la foule qui était dans le capharnaüm : c'était un chant plein, sans accord, dont les paroles non rimées étaient : *Chantons notre heureuse délivrance.*

Réveillé, je me suis mis en prières; mais me tenant en défiance contre ce songe-ci, comme contre tant d'autres par lesquels je puis soupçonner Satan de vouloir me remplir d'orgueil, je continuai mes prières à Dieu par l'intercession de la Sainte Vierge, et sans relâche, pour obtenir de lui à connaître sa volonté sur moi, et cependant je lierai sur la terre ce qui me paraîtra à propos de lier pour la plus grande gloire de Dieu et le besoin de ses créatures.

Révélations

Épouvanté de la marche rapide de ce colosse* qui, foulant sous l'un de ses pieds le sanctuaire de la religion, et sous l'autre le trône du plus infortuné des rois, couvre la France entière de ruines, je cherchais, dans l'histoire des nations et des différents âges du monde, quelque exemple d'un pareil enfantement de la nature. Nul siècle, nulle nation n'avait à rougir d'un semblable monstre : je ne pouvais donc, en comparant les causes ou les effets, déterminer jusqu'où l'excès de son audace, et plus encore l'accroissement de ses forces, porteraient ses crimes, ses succès et nos malheurs. Je désirais plus encore : je voulais, en offrant un tableau fidèle de cette hydre à tant de têtes, qui nous dévore tous, donner une grande leçon à ces milliers d'individus, dont la pusillanimité doute toujours, parce qu'il leur faudrait un effort pour croire. Ils ne marquent dans le cercle de la vie quelques instants plus ou moins rapides, que comme le cadran, qui ne sait pas quel ressort lui fait indiquer l'espace des heures ou le système planétaire.

Quel homme, au milieu d'une anxiété douloureuse, fatigué d'interroger tous les êtres qui vivent ou végètent autour de lui, sans pouvoir en trouver un seul qui lui réponde de manière à lui rendre, sinon le bonheur, au moins le repos, n'a pas levé ses yeux mouillés de larmes vers la voûte des cieux?

Il semble qu'alors la douce espérance vient remplir pour lui l'espace immense qui sépare ce globe sublunaire du séjour où repose sur sa base inébranlable le trône de l'Éternel. Ce n'est plus seulement à ses yeux que luisent les feux parsemés sur ce voile d'azur, qui embrasse l'horizon d'un pôle à l'autre : ces feux célestes passent dans son âme; le don de la pensée devient celui du génie. Il entre en conversation avec l'Éternel lui-même : la nature semble se taire pour ne point troubler cet entretien sublime.

Dieu, révélant à l'homme les secrets de sa sagesse suprême, et les mystères auxquels il soumet la créature, trop souvent ingrate, pour la forcer à se rejeter dans son sein paternel, quelle idée majestueuse, consolante surtout! — Car, pour l'homme vraiment sensible, une affection tendre vaut mieux que l'élan même du génie; pour lui les jouissances de la gloire, celles même de l'orgueil finissent toujours où commencent les douleurs de ce qu'il aime.

Des douleurs! — Ah! depuis trois années, qui peut en avoir décrit, vu, éprouvé un plus cruel assemblage, que tout Français pénétré des maux dont est accablé l'héritier de *Louis IX* et de *Henri IV?* Naguère, dans le silence de la nuit, les sens encore émus des hurlements que poussaient à leur entrée dans Paris ces *fédérés*, que les agitateurs du peuple n'y rassemblent que pour renverser le trône, destituer le roi, et finir par nous massacrer tous, je me suis écrié : « Dieu, qui versas sur la tête de *Clovis* les eaux du baptême, qui mis dans la main de *Charlemagne* le sceptre de l'empire d'Occident; toi, qui brisas les fers de *Louis IX* enchaîné par les Sarrazins, et qui marchais devant le héros de la Navarre dans les plaines de *Coutras* ou d'*Ivry;* toi, qui, dans les jours désastreux dont la France fut plus d'une fois accablée, armas un *Maillard* pour punir le factieux *Marcel,* remplis de ta sagesse un *Charles V* pour réparer les fautes de son père, couvris de ton bouclier *Dunois* combattant pour *Charles VII,* fis naître *Sully* pour récompenser le bon *Henri,* en lui donnant un ami *selon son cœur;* toi, qui, pendant quarante ans, multiplias les prodiges autour du trône de *Louis XIV,* et qui voulus, pour que les enfants du *grand siècle* fussent dignes de leurs pères, que le triomphe du père des Bourbon, sur les bords de la Charente, se renouvelât, sous un de ses petits-fils, dans les champs de *Fontenoy;* grand Dieu! s'il est vrai que l'homme trouve quelquefois grâce devant ta clémence, révèle-moi comment tu permets que celui des mortels et des rois, dont le cœur est plus pur, soit accablé de plus d'outrages et d'infortunes. Entends-tu ces hommes, à l'œil farouche, étincelant, à l'organe sombre et terrible, maudire mon roi, faire retentir les airs de leurs imprécations? Tu n'avais pas cru devoir laisser naître plus d'un *Cromwell* pour la honte de l'Angleterre; encore lui avais-tu donné le courage des guerriers, l'éloquence des orateurs, et surtout ce reste de pudeur, qui le faisait paraître croire et rendre hommage à la vertu, même en commettant le plus atroce des crimes. Au lieu d'un seul *Cromwell,* Dieu terrible, pourquoi donc en as-tu fait naître une famille entière, qui couvre la surface de la France ? Daigne me répondre, Dieu de bonté : je dus aimer mon roi, puisque je t'aime : ton culte et le sien ne peuvent se séparer. Réponds à l'être malheureux qui t'interroge ; ou, si sa douleur t'offense, substitue donc à ce cœur, que toi-même as formé pour sentir si vivement, la dureté du roc... Non, ne m'exauce pas : mes douleurs me sont trop chères : elles m'associent à celles de mon roi ; mais parle à la faible créature, qui, dans sa lente et cruelle agonie, peut, si tu dis un mot, retrouver une vie nouvelle... »

Il me semblait qu'à cette prière élancée du plus profond de mon cœur, l'Éternel n'avait rien à refuser : je demandais qu'il me révélât le secret de ses vues sur nous, sur mon roi... Après un long silence, après une sorte d'anéantissement, pendant lequel, les yeux fermés, je semblais attendre une réponse telle qu'un dieu peut la faire, j'ouvre les yeux... un livre est placé devant moi ; son titre signifie RÉVÉLATION ; mon cœur palpite de joie : je lis et j'écris tour à tour. Qu'ils sont frappants, les tableaux que je vais copier fidèlement ! qu'ils sont malheureux, les hommes criminels dont ils offrent la ressemblance ! Qu'ils sont fortunés, les hommes vertueux dont ils annoncent la gloire et la consolation prochaines !

PREMIÈRE RÉVÉLATION

Je vis s'élever de la mer une bête qui avait sept têtes et dix cornes, et sur ses cornes dix diadèmes, et sur ses têtes des noms de blasphèmes.

La *bête* qui s'élève de l'élément, théâtre des tempêtes, annonce un gouvernement républicain. — Les *sept têtes* marquent qu'il sera formé par une *assemblée.* Les *cornes* sont le signe de ses forces, consistantes en *autorités administratives;* les *noms de blasphèmes* désignent la conduite que tiendront ces autorités, comme toutes les *eaux,* au sein desquelles *la bête* s'est élevée, représentent la multitude confuse de familles vivant dans le même élément et s'y dévorant l'une l'autre.

Cette bête, que je vis, était semblable à un léopard : ses pieds étaient comme des pieds d'ours, sa gueule, comme la gueule d'un lion; et le dragon lui donna sa force et sa grande puissance.

Comme c'est bien là le caractère de cette hyène dévorante, née au séjour des tempêtes! Comme elle a bien la férocité du léopard! Comme elle est bien semblable à l'ours, qui, dans ses combats contre le plus fier taureau, le saisit à la tête, s'y attache, et finit par le terrasser, en le fatiguant par la lourde masse qui pèse alors sur lui. Quant au *dragon,* il est l'emblème du chef des génies infernaux : ah! oui, cet esprit de mensonge et de révolte a bien donné toute sa force, toute sa puissance à la *bête* terrible, qui veut ceindre son front de *dix diadèmes* à la fois; *dix,* comptez-les par les empires qu'elle a voulu frapper *des cornes* dont elle est armée; la France, l'empire germanique, la Prusse, la Russie, la Suède, l'Espagne, la Sicile, la Sardaigne, l'Italie, l'Angleterre.

Et je vis une de ces têtes, comme blessée à mort; mais cette blessure mortelle fut guérie, et toute la terre, en étant dans l'admiration, suivit la bête.

La protestation publiée par le roi le jour de son départ pour Montmédy, avait *blessé à mort* l'assemblée; mais l'arrestation du bon roi guérit bientôt la blessure de la *bête :* de ce moment elle soumit à sa puissance ces milliers d'humains, qui, tels que de vils troupeaux, marchent et fuient sous la verge qui les frappe.

Alors ils adorèrent le dragon qui avait donné sa puissance à la bête, et ils adorèrent la bête, en disant : Qui est semblable à la bête, et qui pourra combattre contre elle?

Clubistes, républicains, fédérés, orateurs de toutes les classes et de toutes les sectes, répètent, en parlant de la puissance de l'assemblée : *Qui peut lui être comparée? qui pourra combattre contre elle?*

Et il lui fut donné une bouche, qui se glorifiait insolemment, et qui blasphémait; et elle reçut le pouvoir de faire la guerre pendant quarante-deux mois.

La bouche de *la bête* qui nous déchire tient à vingt gosiers, d'où sortent vingt voix, qui toutes blasphèment contre Dieu, contre la religion, contre le souverain. *La bête* n'a réservé que pour elle seule ces hommages, ces adorations, qui ressemblent en tout au tribut que le vice paye aux prostituées. Il lui a été donné de faire la guerre pendant QUARANTE-

DEUX MOIS. — Comptez, et vous serez étonnés de l'exactitude de ce calcul. Ce fut au mois de mai 1789, que l'assemblée ouvrit, pour la première fois, cette *bouche* qui *se glorifie isolément et qui blasphème*. Jusqu'en *mai* 1792, ce sont TRENTE-SIX MOIS. Au mois d'*août prochain*, il y en aura TRENTE-NEUF ; — il faut bien TROIS MOIS pour effacer jusqu'aux moindres traces que *la bête* aura laissées dans les différentes contrées, et surtout dans la France. — Il lui a donc été donné *de faire la guerre* PENDANT QUARANTE-DEUX MOIS.

Elle ouvrit donc la bouche pour blasphémer contre Dieu, pour blasphémer son nom et son tabernacle, et ceux qui habitent dans le ciel.

Il lui fut aussi donné de pouvoir faire la guerre aux saints, et de les vaincre ; et la puissance lui fut donnée sur les hommes de toute tribu, de tout peuple, de toute langue, et de toute nation.

Dans toutes les provinces de l'empire français, divisées aujourd'hui en départements, les blasphémateurs se sont assis sur les débris des autels pour parler au peuple, séduit par leurs impostures : ils ont célébré leurs orgies dans l'enceinte des temples, et même des sanctuaires. Des magistrats, des ministres des autels ont été chargés de fers, torturés, égorgés par eux. Au moment où j'écris, on vient de massacrer de sang-froid, dans la ville d'Alais*, un jeune guerrier, des pères de famille, une épouse, victimes incarcérées par les monstres à qui le *dragon a donné sa puissance*. Comment ne feraient-ils pas la guerre *aux saints !* ils la font *aux rois*, ils la font *à Dieu*.

Et elle fut adorée par tous ceux qui habitent sur la

terre, dont les noms ne sont pas écrits dans le livre de vie *de l'Agneau* qui a été immolé, DÈS LE COMMENCEMENT DU MONDE.

Les sectaires, les novateurs, les régicides, les athées peuvent-ils être inscrits *dans le livre de vie?* C'est au livre des vengeances éternelles que la mort dut inscrire ces noms, l'opprobre de la nature et l'effroi de la terre.

Si quelqu'un a des oreilles, qu'il entende.

Celui qui aura réduit les autres en captivité, sera réduit lui-même en captivité. *Celui qui aura tué avec l'épée, il faut* qu'il périsse lui-même par l'épée. *C'est ici* la patience et la foi *des saints.*

Là commence l'arrêt prononcé par l'Éternel. Les meurtriers de tant d'hommes chers à l'honneur, à l'hymen, à l'amitié, à la nature, périront par le glaive. Ceux qui ont armé les bourreaux, ou qui se sont faits bourreaux, périront par la main des bourreaux. Que celui qui peut entendre encore, *entende.* Et vous, entendez-moi aussi dans le fond de vos tombeaux : *Belsunce, Beausset, Voisins, Rully, Pascalis, Dampierre, Mauduit, Montessor, Varicourt**, *Bellud,* et toi, héroïque *Favras***, et vous, trio sublime des martyrs égorgés tout récemment près de Bordeaux, *Langoiran, Pannetier, Dupuy,* et vous, femme trop sensible, qui depuis l'arrestation du roi à Varennes, égarée par les douleurs, et n'ayant plus qu'un cœur que trompe l'aliénation de vos organes, allez chaque matin attendre sur le chemin ce roi dont le malheur vous a coûté la raison, et qui redites chaque soir, *c'est demain qu'il arrivera;* entendez-moi, s'il est possible, ô vous tous, que tient sous le glaive celle qui reçut le pouvoir *de faire la guerre* PENDANT QUARANTE-DEUX MOIS ; que la douce espérance pénètre à ma voix, dans les cachots d'Orléans, comme dans la tombe de tant de victimes, dans la retraite de tant de veuves et d'orphelins, comme sous la cabane de tant de chevaliers, qui, dépouillés par des tigres, n'ont plus qu'un toit de chaume pour se couvrir.

SECONDE RÉVÉLATION

La contrée assez malheureuse pour avoir été surchargée du poids de ce colosse effrayant, qui l'opprima depuis le mois de mai 1789 jusqu'au mois d'octobre 1791, semblait devoir espérer qu'un autre monstre ne lui succéderait pas : mais le terme de QUARANTE-DEUX MOIS avait été fixé par un ordre suprême; il fallait qu'il fût accompli... Ici commence la seconde révélation, par qui tant de nouveaux crimes sont expliqués.

Et je vis encore s'élever de la terre *une autre bête, qui avait deux cornes semblables à celles de l'agneau, mais elle parlait comme le dragon.*

Cette *autre bête,* c'est la seconde assemblée : la première était née *du sein des eaux ;* la seconde est sortie *de la terre,* élément bien moins pur, bien plus grossier que l'eau. Le langage du *dragon,* c'est-à-dire de l'esprit de mensonge et de révolte, est bien le sien.

Elle exerça toute la puissance de la première bête en sa présence; et elle fit que la terre et ceux qui l'habitent adorèrent la première bête, dont la plaie mortelle avait été guérie.

Elle fit de grands prodiges, jusqu'à faire descendre le feu du ciel sur la terre, devant les hommes.

La seconde assemblée exerce toute la puissance de la première, *en sa présence,* et même elle prétend pouvoir plus encore : mais, pour être adorée elle-même, elle veut que la première bête le soit. Ces foudres d'airain, qui dans la main des hommes semblent être le feu descendu des cieux, elle ordonne, en déclarant la guerre, qu'ils soient lancés sur les malheureux humains : elle a fait de *grands prodiges,* mais le plus grand de tous est de persuader à ceux qu'elle immole à son orgueil, ainsi qu'à l'esprit de révolte, qu'ils sont heureux par elle, même en périssant pour elle.

Et elle séduisit ceux qui habitent sur la terre, à cause des prodiges qu'elle eut le pouvoir de faire devant la bête, en disant à ceux qui habitent sur la terre, qu'ils dressassent une image à la bête qui, ayant reçu un coup d'épée, était encore en vie.

Et il lui fut donné le pouvoir d'animer l'image de la bête et de faire parler cette image, et de faire tuer tous ceux qui n'adoreraient pas l'image de la bête.

Cette image devant qui tout doit fléchir le genou, *sous peine de mort,* c'est LA PROPAGANDE : partout son effrayante effigie se trouve sous mille emblèmes divers. Quand elle menace de la mort, cet emblème est *une pique;* quand elle célèbre les fêtes de la *licence,* il est *le bonnet* réservé jusqu'alors aux forçats condamnés pour crimes; son *effigie* est encore sur les monnaies frappées en son nom. — Tout criminel atteint de *mort civile* par la loi, et qui dès lors est une *image de la bête,* a été animé de nouveau, a reçu la faculté de parler. De là, ces milliers d'images d'elle-même, à qui l'on a donné le nom de *citoyens actifs;* titre devenu le même que celui de bourreau de tout individu fidèle à sa religion, fidèle à son roi.

Elle fera en sorte que les hommes petits et grands, riches et pauvres, libres et esclaves, reçoivent le caractère de la bête à la main droite et au front.

Que de milliers d'hommes en effet portent aujourd'hui sur le front ce *bonnet* des forçats, jadis attribut d'un opprobre ineffaçable, ou la cocarde aux couleurs de la livrée d'un régicide, et dans la main droite, l'une de ces piques fabriquées par milliers, et payées par ceux mêmes dont elles devaient ouvrir le flanc.

Et que personne ne puisse ni acheter, ni vendre, que celui qui aura le caractère ou le nom de la bête, ou le nombre de son nom.

Le négociant, l'artiste, le naturaliste lui-même, ne peuvent suivre les élans du génie, sans avoir *la patente* qui porte et *le caractère et le nom, et l'image de la bête et le nombre de son nom...* Indigné de tant d'horreurs, mais plus encore de cette grande puissance accordée à *la bête,* je m'écriai, dans un transport plus impétueux encore que celui qui déjà m'avait élevé vers le trône de l'Éternel : « Voilà bien les causes des malheurs de ma patrie et des tortures de mon roi; tu les dévoiles à mes yeux, Dieu que j'implore; mais n'as-tu rien à me révéler, qui soutienne mon courage, et que je puisse annoncer en ton nom à ces milliers de martyrs de la religion ou de l'honneur, que tu sembles avoir livrés aux hommes pervers, qui te disent à toi-même, que *tu n'es pas?...* »

A peine avais-je cessé de parler, qu'un rayon de lumière la plus pure vint se reposer sur mon front : je ne pus soutenir ni l'éclat de ce jour nouveau, ni l'impression profonde de la joie subite dont tout mon cœur fut inondé. — Une nouvelle RÉVÉLATION vint élever mon âme jusqu'à la béatitude suprême : ce n'était plus un seul livre ouvert; c'étaient des caractères épars, mais formant un ensemble sublime; jamais rien de plus grand ne fut écrit de la main de l'homme.

TROISIÈME RÉVÉLATION

Je vis quatre anges aux quatre coins de la terre, qui retenaient les quatre vents du monde, afin que le vent ne soufflât point sur la terre, ni sur la mer, ni sur aucun arbre.

Ainsi les quatre généraux des quatre puissances alliées, l'Empire, la Prusse, la Sardaigne, la Sicile retiennent les quatre armées, qui, telles qu'un vent impétueux, renverseraient tout ce qui se trouverait sur leur passage.

Je vis encore un autre ange, qui montait du côté de l'Orient, ayant le sceau du Dieu vivant; et il cria d'une voix forte aux quatre anges qui avaient reçu le pouvoir de frapper de plaies la terre et la mer.

En disant, ne frappez point la terre, ni la mer, ni les arbres, jusqu'à ce que nous ayons marqué au front les serviteurs de notre Dieu.

Cet ange de lumière, c'est ce généralissime, dont les *Hohenloe,* les *Beaulieu,* les *Clairfayt,* les *Schoenfeld** attendent l'ordre de *frapper de plaies* les rebelles et les factieux. — Aucun foudre de la vengeance ne sera lancé, avant que les *véritables serviteurs* de celui qui est l'image de *notre Dieu* ne *soient marqués* du double sceau du royalisme et de la religion.

Et j'entendis que le nombre de ceux qui avaient été marqués était de cent quarante-quatre mille *de toutes les tribus des enfants d'Israël.*

Ce nombre de CENT MILLE se retrouve dans chacune des tribus des royalistes fidèles ; — et le nombre *quarante-quatre mille* est celui de la NOBLE ARMÉE FRANÇAISE, alliée des puissances coalisées pour combattre l'esprit d'imposture et de révolte. Mais, par une de ces volontés secrètes de l'Éternel, auxquelles trop peu d'hommes font attention, ces génies infernaux, satellites de *la bête* née de la terre, se sont *marqués eux-mêmes.* Après avoir aboli toutes les distinctions d'ordres et tous les attributs dont étaient décorés les divers individus qui les composaient, ils ont imaginé une espèce d'ordre pour eux-mêmes. Un ruban tricolore est devenu leur signe distinctif ; un simulacre de livre, dit, par eux, *de la Loi,* est suspendu à ce ruban diapré à la livrée du crime. — Les vrais serviteurs seront *marqués,* au jour des vengeances, à la couleur du *panache blanc,* vu par eux et suivi *au chemin de l'honneur et de la victoire.* Les satellites de *la bête* seront reconnus dans ce même jour au signe qu'un de leurs décrets leur a rendu propre. Lors même que l'ange, ayant le sceau des vengeances, aura crié, *c'est assez,* il faudra qu'un arrêt solennel force chacun des membres de l'assemblée immonde à porter le ruban choisi par elle, sous peine, contre celui qui le quitterait, d'être traité comme le galérien qui rompt son ban. C'est pour braver le monarque dépouillé par eux de ses attributs, que ces hommes, enfants de *la bête* dont *la bouche se glorifie insolemment,* se sont crus décorés par un signe tricolore : il faudra que ce signe pèse un jour sur leur poitrine coupable; que toujours, en les voyant *marqués* ainsi, on puisse ou les fuir avec mépris, ou les désigner à l'indignation publique; il faudra qu'ils choisissent entre ce châtiment ou celui d'être *marqués au front* d'un fer chaud. Il faut qu'en quelque lieu qu'ils portent leur fétide existence, l'œil se détourne et le cœur se soulève.

Je vis dans le ciel un autre prodige grand et admirable : c'étaient sept anges qui avaient les sept dernières plaies par lesquelles la colère de Dieu est consommée.

Sept généraux vont recevoir les derniers ordres pour frapper les adorateurs de la *bête.* Sur la terre, sur les mers, au haut des montagnes, dans les abîmes même de la terre, les poursuivra la vengeance épanchée des *sept coupes de la colère de Dieu.*

Des esprits assembleront les rois au lieu qui est appelé en hébreu Armagedon.

A ce mot terrible, les faux serviteurs, les satellites *de la bête* seront saisis d'épouvante. *Armagedon* signifie en hébreu *défaite d'armée :* sur le front des *La Fayette,* des *Luckner,* des *Biron*,* ce mot de honte et de terreur est déjà écrit par une main invisible. Les plaines de la Flandre, les champs de la Lorraine, les campagnes qu'arrose la Seine seront également pour eux un champ de douleur; sur tous leurs étendards, soit qu'ils fuient, soit qu'ils combattent, soit qu'ils se retirent dans l'enceinte des villes, ce mot terrible *Armagedon* les poursuit et les désigne aux sept anges de la colère divine. Les coupables s'éveillent au milieu des nuits, et c'est encore le mot *Armagedon, défaite d'armée,* qui retentit au fond de leur cœur glacé d'effroi.

Après cela, j'entendis comme une voix... qui disait, salut, gloire et puissance à notre Dieu.

Parce que ses jugements sont véritables et justes; qu'il a condamné la grande PROSTITUÉE *qui a corrompu la terre* par sa prostitution, *et qu'il a vengé le sang de ses serviteurs, qu'elle a répandu.*

Paris, Paris, et toi, hyène, nommée par tes complices *la nation,* le surnom caractéristique que je t'avais donné, se retrouve ici. Dieu t'a condamnée. *Varicourt, Dampierre, Langoiran, Beausset,* et vous les cent mille *serviteurs fidèles* de chaque tribu, dont LA PROSTITUÉE a versé le sang, vous êtes enfin vengés!

... *Les noces de l'époux sont venues, et son épouse s'y est préparée.*

C'était bien l'*agneau* immolé, que ce roi si clément, toujours prêt à se sacrifier, toujours sublime par son renoncement à lui-même. *Ses noces sont venues;* expression si touchante, expliquée par le mot du bon *Henri IV,* le soir même de la bataille d'*Ivry :* — Il disait au brave d'*Aumont** *: Vous souperez avec moi, mon ami; il est juste que vous soyez du* festin; *vous m'avez si bien servi le jour de mes noces!* — Oui, l'épouse de l'*agneau* a dû *se* *préparer* à ce jour solennel : elle n'a pu que repousser loin d'elle ces faux serviteurs qui, bien qu'ils ne fussent pas marqués du *caractère* et du *nombre* de la *bête,* n'en étaient pas moins remplis de l'esprit d'imposture et de mensonge.

Et je vis la bête et les rois de la terre et leurs armées assemblées pour faire la guerre à celui qui était sur le cheval blanc *et à son armée.*

Mais la bête fut prise, et avec elle le faux prophète, qui avait fait des prodiges, par lesquels il avait séduit ceux qui avaient le caractère de la bête et qui avaient adoré son image...

Tout fuira, tout sera chargé de fers, et *la bête,* née de l'élément le plus grossier, et les *rois du jour,* les souverains populaciers, et leurs assemblées pour combattre le roi, qui seul avait jadis pour attribut *le cheval blanc,* dans son camp comme en un jour de combat, ou pendant la paix au milieu de son peuple, dans l'enceinte des villes : ce ramas impur d'êtres criminels est fait prisonnier ; tout, jusqu'à celui qui avait usurpé *le cheval blanc,* et qui jouait le roi dans les jours où, tel qu'un *faux prophète,* il donnait au peuple *pour des prodiges* les artifices de sa perfide félonie. Alors

Le septième ange répandit sa coupe dans l'air, et une forte voix se fit entendre du temple, comme venant du trône, *qui dit,* C'EN EST FAIT.

Que ces trois mots soient répétés d'un pôle à l'autre. Dans l'une des fêtes célébrées pour le couronnement du nouvel empereur*, le *Godefroy* des princes alliés** a promis *sur l'honneur* d'être en France LE 10 D'AOÛT. Pénétrés de reconnaissance et de joie, la religion et la monarchie répondent à la promesse du héros par ce cri, C'EN EST FAIT.

L'intrépide et vertueux *d'Épréménil**, assassiné par des lâches, qui souillent le nom de *fédérés*, a dit au maire de Paris : *Vous voyez l'homme, idole du peuple en* 1788 ; paroles sublimes, qui ont porté le trouble dans les sens du nouveau *Marcel*** ; il est tombé évanoui au pied du magistrat ; *l'idole du peuple en* 1792 semblait alors plus blessée par ces mots terribles, que l'homme éloquent et juste ne l'avait été par le poignard des assassins. Le nom de *Brunswick* est venu se mêler à cette image ; et, par son évanouissement, le maire de Paris disait : C'EN EST FAIT.

Et toi, l'objet de ma juste et sainte idolâtrie, ô mon roi, garde-toi d'écouter d'autres conseils que ceux que te donneront et ton cœur et ton auguste sœur***. Apprends enfin à ne te pas défier de toi-même, et *c'en est fait*. La *prostituée* sera trop heureuse de trouver dans ta clémence un asile contre les dépositaires *des sept coupes* de la colère céleste : l'*agneau* avait été *immolé ;* il renaîtra, plus puissant que jamais, avec tous ceux qui, étant *morts dans le seigneur*, revivront en lui. Le manifeste des rois est signé, il va paraître ; — nos héros vont marcher... Autels et trône vont se relever ; C'EN EST FAIT.

SIX LETTRES
DE LA CORRESPONDANCE
DE CAZOTTE

A MONSIEUR POUTEAU

Pierry, 8 juillet 1789 *.

Mon ami, il est tems qu'il y aye et Roi et Loy. Mais a Dieu ne plaise qu'on ne remplace pas solidement sur son trône et notre bon Roi et les sages loix faites par ses ayeux depuis Saint Louis, Charles V, jusqu'à Louis XV exclusivement. Voilà notre véritable constitution a trouver, avec de très petits changemens. Il faut surtout rétablir les ordonnances de Louis XIV pour le régime et la comptabilité dans les départemens et M... pour les Licurgues et les Solon qui imaginent quelque chose de mieux que notre monarchie.

A MONSIEUR POUTEAU

Je vous remercie, mon cher ami, du petit ouvrage que vous m'avés envoïé double, il est très bien fait, je le crois de M. Moreau **.

Votre impatience peut à peine égaler la mienne qui est aiguillonnée par l'arrivée de quelques sots richards de Paris, qui ont fait emplette, sans doute, de beaucoup de biens nationaux* : car ils trouvent que tout va bien, les maîtres de poste aïant pris pour comptant leurs assignats de 100 francs. L'argent est le roi de ces gens-là. Si on menoit notre digne monarque en grève, ils iroient lui voir trancher la tête. Les goussets garnis de ce vil or et autant d'âme que les sans-culottes, frivolité, stupidité, férocité : voilà leur caractère. Il faut être chrétien éclairé pour pouvoir les souffrir, pour ne pas désirer de les voir tous pendre ; mais la religion n'empêche pas qu'on ne désire de les voir châtier. Cela arrivera ; mais il faut avant que notre bon roi sorte de leurs odieuses pattes. Nous avons prévu tous ces groupes du palais roïal ; c'est le dernier effort du bâtard** uni aux clubbs. Dieu préservera le roi.

Si vous aviés les yeux ouverts comme le disciple d'Élizée***, vous verriés une magnifique garde autour de notre monarque ; mais, malgré les secours célestes, il faut toujours être en garde contre la perversité humaine, très puissante sous la loi à laquelle le péché nous a assujettis.

Je vous parlois d'un Luc Gaurik**** dans mes lettres. Je ne savois pas que ce malheureux magicien fut la principale cause des maux dont la famille de Bourbon est affligée. Catherine de Médicis le fit venir et lui fit maudire cette famille qui depuis, à l'instant près du règne de Louis XIV, n'a cessé de souffrir de cette malédiction, et l'époque présente devoit être le terme où tout devoit s'accomplir. J'ai eu comme des preuves de ce que je vous dis là, et il a fallu que neuf personnes qui ne se connaissent pas, ne se sont jamais parlé, et ne savent réciproquement quel lieu elles habitent, aïent mis opposition, par leurs prières, au travail du magicien sans quoi le dessein que M. Satan avoit conçu dans ses profondeurs contre la race de saint Louis, auroit eu son effet. La machine de Gaurik est renversée.

Les neuf personnes dont je vous ai parlé travaillent depuis plus de deux ans, comme aux Gobelins, à l'envers, sans scavoir ce qu'elles font, qu'après coup *.

Balaam ** étoit un faux prophète. Voïés la tournure que Dieu prend pour l'empêcher de maudire son peuple. Ce Balaam, grand scélérat, valoit Gaurik; heureusement les hommes de cette force naturelle sont bien rares; car le diable s'en est emparé autant qu'il le peut pour être parfaitement maître ici.

Quelque jour, si nous pouvons nous rejoindre, je vous donnerai de belles lumières tirées de nos saintes écritures et vous apprendrés à connoître le sceptre de Juda, arraché à Ésaü, et que ne posséda jamais Hérode l'Ascatonite, chose qui fait tant déraisonner nos théologiens et leurs antagonistes les esprits forts.

Je vous écris le 26, et il n'y a rien de fait, du moins que je sache, j'en ai les dents serrées de chagrin; il n'en faut pas moins retourner faire ma tapisserie ***, puisqu'étant né propre à ce travail, j'ai été pris pour faire ce travail.

C'est dans ce genre qu'il y a d'abord beaucoup à redire sur l'égalité des hommes, mais les auteurs du fameux chapitre, ignorant les vérités primaires, ne pouvoient poser que de faux principes ****.

J'apprends avec satisfaction que le roi s'est approché des sacrements pour s'éclairer sur ce qu'il doit faire de la Constitution; en prenant cette voie, il ne risque pas de recevoir l'avis de signer, avec la ruine et le déshonneur de sa maison, la perte de la France*. Qu'il tienne bon; il ne risque rien; qu'il se montre aussi ferme contre les insinuations qu'il a été contre ce qu'il a essuié à Épernay**; il faut qu'il mette sa confiance en Dieu seul et les hommes seront forcés de venir à son secours.

Mes lettres ont une furieuse odeur d'illuminisme, il faut que chaque chose aïe sa propre odeur; c'étoit l'avis du bon Henri IV.

Du reste, dans le métier qu'on me fait faire, je me borne au travail qu'on me donne, je ne m'avise pas d'en mettre de ma tête, un autre sur le métier... je suis sûr que ça n'iroit pas. Ainsi, dès que j'ai quitté mon pseautier***, je cours à mes pinceaux**** pour me procurer une distraction qui me donne le temps de reposer mon cœur et ma tête. Je n'ai pas la vertu des saints solitaires qui pouvoient être en activité toute la journée; ils avoient d'ailleurs quitté le monde où je reste.

Je vous embrasse, mon ami, de tout mon cœur.

26 août 1791.

A MONSIEUR POUTEAU

Votre dernière lettre, mon cher ami, m'a donné un moment de courage; j'ai renoncé à lire les tristes épopées de Durosoy*****; mais, tombé sur le Mercure* raisonnablement dirigé par Mallet-Dupan, ma fièvre est devenue chaud-mal. En effet, s'il n'est pas vrai que les intrigues dont on croit appercevoir des traces, ayent dérangé les conventions du petit traité de Pilnitz**, il paroit qu'il est impossible que rien se mette en mouvement pour nous avant le mois d'avril prochain, et jugez du mal qui peut s'effectuer dans cet intervalle, par celui qui se fait journellement. Je le répète, si Dieu ne suscite pas un homme qui fasse finir tout ceci merveilleusement, nous sommes exposés aux plus grands malheurs. Vous connoissez mon système*** : *Le bien et le mal sur la terre a toujours été l'ouvrage des hommes à qui ce globe a été abandonné par les loix éternelles.* Ainsi, nous n'aurons jamais à nous prendre qu'à nous-mêmes de tout le mal qui aura été fait. Le soleil darde continuellement ses rayons plus ou moins obliques sur la terre : voilà l'image de la Providence à notre égard; de temps en temps nous accusons cet astre de manquer de chaleur, quand notre position, les amas de vapeurs, ou l'effet des vents nous mettent dans le cas de ne pas éprouver la continuelle influence de ses rayons. Or donc, si un Thaumaturge ne vient à notre secours****, voici tout ce qu'il nous est permis d'espérer.

L'assemblée nationale***** est si follement, si bassement, si ridiculement composée, qu'elle fera venir la nausée au peuple même de Paris. Il redemandera son roi comme un remède à la disette de pain et d'argent, et à tous les maux qu'il souffre. S'il pouvoit l'établir despote, il le feroit pour être sûr qu'on pourroit remédier promptement à ses besoins; mais cela ne dépend pas des Parisiens.

D'ailleurs, ils voudroient toujours garder le maître parmi eux, pour être le despote des despotes. Je suppose qu'ils lui rendent sa liberté : si le roi, devenu libre, veut gouverner selon sa volonté, toutes les républiques de France* sont contre lui. S'il veut gouverner selon l'esprit de la constitution**, il n'a d'autres ressorts que ses commissaires près des tribunaux, qui ne peuvent prononcer son nom qu'en justice. Toutes les administrations et les municipalités sont indépendantes. S'il est possible que les corps militaires rentrent dans le devoir vis-à-vis de lui, avec quoi les paiera-t-il, si je ne lui vois rien entre les mains, pas même pour l'entretien des maréchaussées***? Je ne conçois rien de pareil à l'embarras de notre maître, quand on lui remettra sa souveraineté toute désorganisée, toute peuplée de gens à plaindre, de torts à réparer, de banqueroutiers forcés, et de gens à qui on aura fait banqueroute. Joignez à cela les restes de la rebellion qui tremblera toujours de voir arriver le moment de la vengeance. Voilà, mon ami, les tableaux les moins désagréables que j'aye devant les yeux.

Voici comme je composois le roman.

Beaucoup de députés émigrés du parti de la droiture****, présentant une protestation à Worms*****, à un parlement composé de magistrats des divers parlemens ; ce corps de magistrature entérinant la protestation, prononçant la nullité de ce qui avoit été fait, ordonnant à tous les François de rentrer dans le devoir, sous peine, etc. ; une armée de 100,000 hommes à l'appui : la terreur auroit saisi tout le monde, et les bons sujets du roi se seroient saignés pour l'aider à se rasseoir. Au lieu de cela, on perd le temps en intrigues et en sottises.

Cependant tout coup vaille : je desire de voir Brissot, Fauchet, Condorcet*, et toute la tourbe du manége renvoyés comme des insolens et des gueux. Après cela viendra ce qui pourra. Si je pouvois faire un couplet qui valût un coup de massue, je le détacherois. S'il est un personnage qu'il soit important de tourner en ridicule, il faut m'envoyer les anecdotes, car je ne connois personne, car il faut être instruit des travers particuliers des gens, et connoître leurs gestes. Relevez-moi encore le courage : j'en ai besoin. Je vous embrasse de tout mon cœur. — 2 novembre 1791.

Je puis répandre jusqu'à trois petits numéros à deux liards** sans me rendre suspect. La semaine passée le petit district d'Épernay, présidé par un ex laquais, puis fermier de M. de Meulan, a décidé que nous n'aurions point de curé à Pierry, mais un desservant, et point de maître d'école. La paroisse d'Épernay s'empare des biens de notre fabrique. Voilà le travail des huissiers, laquais et autres despotes; ils veulent tenir le paysan dans l'ignorance.

Je reçois votre lettre de 15 lignes, qui me fait grand plaisir, avec les numéros et le fiacre empoisonné par M. Thourette***.

Tout ira ensemble, si au moment où on chasse les législateurs, les troupes de Metz, Verdun, prennent la cocarde blanche, et appellent le prince de Condé**** avec ce qu'il aura de prêt. Voilà la révolution faite.

A MONSIEUR POUTEAU

En même temps qu'on faisoit piller les magasins à Paris, on en usoit de même à Dunkerque * & au Hâvre, mais avec un bien plus grand dommage, parce que chez des armateurs on travailloit en grand, & que la force armée des municipalités est impuissante contre les désordres, quand elle ne les favorise pas. Allons, ferme, mon ami! Si ces deux excès, sur lesquels il n'y a encore ici que deux lettres particulières, se vérifient, il faut tonner contre les monones **, auteurs de ces conjurations combinées, & attirer sur eux la foudre d'en haut & d'en bas.

Lafayette passa hier par Épernay, cajolé, escorté par les républicains de cette sotte et coupable villenie. Il a prévenu les troupes nationales qui y sont en garnison, qu'il devoit repasser mardi, & qu'il les conduiroit à la gloire. Les voilà dispensées de marcher vers Paris : supposé qu'on eût formé le plan dont je vous ai fait part, supposé que ce plan soit changé, & que le héros dormeur *** n'ait pas rêvé ce qu'il leur a dit.

Les lettres que nous recevons d'Allemagne **** nous font part des transports de joie des troupes de l'Empire, croyant entrer à gogo dans le pays de Cocagne. Vous pouvez voir combien leur joie doit être révoltante pour nous. La France peut être perdue, si on ne va pas au devant de cet essaim de brigands étrangers. Les Prussiens nous en ont donné un échantillon en Hollande, où on a jusqu'à violer... Jamais force ne sçut se retenir.

Il n'y a pas un quart-d'heure à perdre pour aller au-devant de ces désastres. Comme le roi seul peut arrêter le torrent, il faut briser ses fers; il faut qu'il vienne, lui-même, au-devant du dommage.

Voici son accompagnement, sa garde, son régiment suisse, un bataillon choisi de Paris, le régiment de dragons qui a dû servir à dissiper la révolte de Noyon*.

Avec ce cortège, il peut se mettre hardiment en route, pourvu qu'il ne couche pas dans une ville; elles n'ont pas besoin de lui demander des raisons de son aversion. Comme le beau temps va venir, sa petite troupe pourra camper autour de lui.

Il s'avancera jusqu'à la plaine d'Ay. Là, il sera à vingt-huit lieues de Givet, à quarante lieues de Metz : il peut se loger lui-même à Ay**, où il y a trente maisons pour sa garde & ses équipages. Je voudrois qu'il préférât Pierri***, *où il trouverait également vingt-cinq à trente maisons, dans l'une desquelles il y a vingt lits de maître & de l'espace,* chez moi seul, pour coucher une garde de deux cents hommes, écuries pour trente à quarante chevaux, un vuide pour établir un petit camp dans des murs. Mais il faut qu'un plus habile & plus désintéressé que moi calcule l'avantage des deux positions.

Le roi aura un imprimeur dans son bagage, & donnera de-là des ordres. Si l'assemblée est encore au manège, après avoir composé avec les princes, il la renverra chez elle, *& c. coeterorum.*

Je ne puis tracer de plan sur le mode de la réduction des places de guerre à son obéissance;

mais je crois que cela s'opérera promptement. L'important est qu'il ait de quoi vivre & faire vivre autour de lui. Je lui suis caution qu'il ne reconnoîtra pas le peuple que les Jacobins avoient rendu furieux à son passage; mais il faut exterminer les Jacobins. Voilà l'essentiel, & s'être assuré du duc d'Orléans, avant de quitter Paris : sinon ce banqueroutier frauduleux, qui a voulu cautionner en Angleterre le duc de Biron* pour 6,000,000 liv. occasionneroit de nouveaux désordres.

J'ai reçu le troisième mois**, qui me fait un grand plaisir.

Scévole nous écrit à peine un mot, en courant, tous les huit jours : serait-il aussi privé du plaisir de vous voir?

24 février 1792.

A MONSIEUR POUTEAU

Juin 1792.

Je ne me rappelle point, mon ami, ce que contenoit ma dernière lettre, mais je souhaite faire passer dans votre cœur les abondantes consolations que nous avons reçues depuis l'héroïque journée du mercredi***. Ah! que nous avons pleuré dans ma maison en apprenant les circonstances de la passion de *notre seigneur!* mais c'étoit avec foi dans sa résurrection, et la confiance qu'il seroit le *sauveur* de notre pays comme celui dont il étoit ici en tous sens l'image, l'a été de tous les hommes. En voyant ce que nos juifs lui ont fait souffrir, vous voyez ce que nous avons lieu d'en esperer, car il ne se sera pas rendu inutilement anathême pour le salut de son peuple. Il faut, mon cher, voir cette affaire-ci toute en Dieu, comme voyoit *Malebranche*. Depuis plus de deux cents ans, Satan avoit résolu, par la ruine entiere de la maison de Bourbon, celle de la religion de la France et de toute l'Europe; il n'y a point de machine qu'il n'ait mise en œuvre pour cela. Il avoit trouvé le moyen de s'emparer de la volonté des trois quarts des hommes de cette malheureuse monarchie, et la possession qu'il avoit prise d'eux est encore visible dans les regards de tous ces malheureux. Entre autres il avoit attiré en Angleterre le duc d'Orl... * pour lui faire trouver là les moyens d'en venir au but auquel il lui avoit suggéré de prétendre. Ces moyens furent montrés à de bonnes ames pour qu'ils en arrêtassent l'effet par leurs prières; et quand le porteur, se croyant assuré du succès, se présenta, muni d'eux, au milieu de la chambre de la noblesse, pour la décider à le suivre, il tomba les quatre fers en l'air **. Les pauvres ouvriers de Dieu reconnurent, à cette seule marque, que leur travail avoit eu du succès, et persévérèrent. Depuis ce temps, ils n'ont donné aucune relâche à l'ennemi démasqué. Je ne parle pas ici du triste duc, qui n'étoit qu'un instrument, mais bien dangereux, puisqu'aveuglément, et sans le savoir, en croyant faire l'avantage de sa propre race, il livroit toute sa maison: je parle du promoteur en chef de toutes les disgraces de l'homme, ici et ailleurs ***. Depuis ce temps, notre impitoyable adversaire a vu chaque jour décroître sa puissance par le désarmement successif des créatures humaines vivantes, employées par lui à l'exécution de ses coupables desseins, et l'impuissance à laquelle ont été réduites celles qui étoient ou fraîchement ou anciennement entre les morts. Il en a redoublé de rage, et de-là les crimes partiels qu'il fait commettre par ceux dont il s'est rendu maître ici bas. Mais les attentats décisifs lui sont interdits, et entre autres ceux qu'il inspireroit sur les personnes royales. La garde céleste qui les entoure est la même qui environnoit les rois d'Israël qui marchoient dans la voie du Seigneur. Voltaire s'est bien moqué de cette garde : l'armée de *Xercès* ne lui étoit pas comparable. Une foi vive, qui a ses points d'appui, me dit que mon roi en est entouré : tous les impies qui approcheront de lui seront forcés de courber la tête, au-lieu de pouvoir lever sur lui leurs bras sacrilèges. Il n'y a rien de si beau et de si vrai que ce que je vous dis; et, dans un cas d'émeute, Louis XVI peut en faire l'essai. Qu'il se porte rapidement, avec vingt-cinq gardes, à cheval comme lui, au lieu de la fermentation : tout sera forcé de plier et de se prosterner devant lui. Le plus fort du travail est fait, mon ami; le roi s'est résigné et mis entre les mains de son créateur : jugez à quel degré de puissance cela le porte, puisqu'Achab*, pourri de vices, pour s'être humilié devant Dieu, par un seul acte d'un moment, obtint la victoire sur ses ennemis. Achab avoit le cœur faux, l'âme dépravée; et mon roi a l'âme la plus franche qui soit sortie des mains de Dieu; et l'auguste, la céleste Elizabeth** a sur le front l'égide qui pend au bras de la véritable sagesse. Ne craignez rien de la Fayette*** : il est lié**** comme ses complices, nous l'avons vu coîffé comme il doit l'être un jour. Il est, comme sa cabale, livré aux esprits de terreur et de confusion; il ne sauroit prendre un parti qui lui réussisse, et le mieux pour lui est d'être mis aux mains de ses ennemis par ceux en qui il croit pouvoir placer sa confiance. Ne discontinuons pas cependant d'élever les bras vers le ciel; songeons à l'attitude de Moïse tandis qu'Israël combattoit. Il faut que l'homme agisse ici, puisque c'est le lieu de son action; le bien et le mal ne peuvent y être faits que par lui. Puisque presque toutes les églises sont fermées, ou par l'interdiction ou par la profanation, que toutes nos maisons deviennent des oratoires. Le moment est bien décisif pour nous : ou Satan continuera de régner sur la terre comme il fait, jusqu'à ce qu'il se présente des hommes pour lui faire tête, comme David à Goliath; ou le règne de Jésus-Christ, si avantageux pour nous, et tant prédit par les prophètes, s'y établira. Voilà la crise dans laquelle nous sommes, mon ami, et dont je dois vous avoir parlé confusément. Nous pouvons, faute de foi, d'amour et de zèle, laisser échapper l'occasion, mais nous la tenons. Au reste, Dieu ne fait rien sans nous, qui sommes les rois de la terre; c'est à nous à amener le moment prescrit par ses décrets. Ne souffrons pas que notre ennemi, qui ne peut rien sans nous, continue de tout faire, et par nous. La belle étoile que celle de Louis XVI! S'il persévère, si nous n'avons pas le malheur de l'abandonner, il effacera la gloire de Salomon*, flétrie par ses prévarications; il sera le modèle et le flambeau de l'Europe. Je verrai le commencement de cela et chanterai en m'en allant le *Nunc dimitis*. Vous et mes enfans vous jouirez ici, tandis que je bénirai ailleurs. Pour vous fortifier, lisez les saintes écritures, seul contre-poison de toutes les rêveries philosophiques par lesquelles nous avons été égarés. Adieu, mon cher ami. Je consigne ma lettre aux gardiens incorruptibles* des correspondances des chrétiens entr'eux pour que le secret n'en soit pas violé**.

Je vous embrasse de tout mon cœur.

A MONSIEUR POUTEAU

28 juillet [1792].

Je suis charmé, mon cher ami, que la lecture de mes lettres puisse être de quelque soulagement à vos inquiétudes et à celles de vos meilleurs amis. Je serois véritablement heureux si elles réveillent dans quelqu'un d'entr'eux l'envie de puiser dans les sources*** d'où j'ai tiré ce que je parois avoir d'instruction. Il est bien aisé de parvenir à un degré de science supérieur au mien ; il n'y a qu'à devenir meilleur. Voilà la véritable clef du savoir dont la serrure à triple ressort ne craint point le rossignol de Carat****, et est inaccessible à celui de la philosophie ; et la grande commodité de la science que je professe est d'être à la portée de tout le monde, sans qu'on soit nécessité de procéder dans ses raisonnements par finesse ou par analogie. Si nos docteurs nous ont égarés à ne pas nous reconnoître, c'est pour s'être laissé prendre eux-mêmes dans les pièges de la métaphysique*, leur doctrine les a perdus et nous aussi. Il faut espérer que les faits actuels vont nous remettre sur la voie. L'aversion pour les dogmes religieux nous avoit porté à donner toute notre confiance à ce que nous appellions la philosophie; et notre attachement aux principes que cet être chimérique a mis en avant ont en un instant bouleversé la terre et l'ont rendue la vive image de l'enfer où le despotisme et l'anarchie disputent à l'envi à qui fera le plus de mal. On me dira que les peuples de la terre ont long-temps subsisté avec une sagesse et des prospérités apparentes, sans qu'on connût les dogmes dont je veux parler, mais ils étoient alors abandonnés à leur propre loi : *le glaive* n'avoit pas encore été apporté sur la terre; depuis ce moment la guerre a commencé, et il faut nécessairement être de l'un ou de l'autre parti**. Il faut donc savoir à quoi s'en tenir sur chacun d'eux pour ne pas se laisser égorger comme parisien; je voulois dire un oison, l'autre mot m'est venu.

Hélas! les pauvres oisons sont tout naturellement bêtes, mais les Parisiens vont continuellement au spectacle pour se faire donner des douches d'imbécillité. Là, leur peu de sensibilité acheve de s'émousser en s'évaporant sur des objets phantastiques, et ils contractent l'heureuse habitude de se dérober au martyre de la réflexion. O Paris! Paris! valez-vous bien la peine qu'on pleure sur vous? vous en préparez le sujet. On voit quelquefois, dans le marais le plus infect, des portions de gas fixé que le soleil dore des plus brillantes couleurs du prisme. Voilà votre image. Revenons, mon ami, aux objets de notre plus tendre intérêt; ils souffrent horriblement; ils en seront dédommagés, il faut encore trois semaines de patience : Dieu achèvera son ouvrage, il ne fait rien à demi, et certainement son doigt est marqué dans la préservation de nos maîtres.

Voyez les suites de ce que nous avons examiné ensemble; on enivre au Palais-royal avec des breuvages enchantés le malheureux qu'on pousse au crime. J'ai eu la preuve qu'un malheureux que l'on emploie dans ce canton-ci avoit pris le poison *du genre* dans un pâté.

A Bordeaux les clubs se sont combinés sur le modèle de ceux qui travailloient depuis 25 ans l'Allemagne pour la conduire où nous en sommes; on a envie d'établir ce monde franc-maçonnique dans toute la France; mais d'un essor commun, l'Allemagne et nous, allons nous délivrer de cette peste *spirituelle*. Après cela le monarque qui souffrira des francs-maçons * dans ses états en répondra devant Dieu; heureusement la philosophie aura l'oreille trop basse pour oser pour eux; les lumieres de ce siècle, qui nous ont éblouis, vont s'éteindre.

Vous me faites un grand plaisir en me mandant que Scévole ne quitte pas son poste; il faut qu'il gagne son argent : ce jeune homme me donne beaucoup d'espérance; il faut qu'il se préserve du *ne quid nimis* **, et tout ira bien pour lui.

On a la gueule morte dans ces environs-ci, la terreur y suivra de près la consternation; il y en a qui voudroient appeler à leur secours la fureur et la rage, mais il ne leur vient que le désespoir : en général le mal est contenu. Nous sommes comme à la veille de voir arriver le bien, mais la rose ne sera pas sans épines. Consolons-nous en récitant le psaume : *Misericordias domini quia non sumus consumpti**; et celui-ci : *Nisi dominus erat nobis***; puis un autre : *In convertendo dominus captivitatem Sion****. Baisons nos chers drapeaux quand nous les reverrons, Dieu nous aura affranchis tous, mais tous de la plus effroyable captivité.

Je vous aime et vous embrasse de tout mon cœur****.

DOSSIER

VIE DE JACQUES CAZOTTE
1719-1792

1719. *7 octobre.* Naissance de Jacques Cazotte à Dijon où il est baptisé, le 8, à l'église Saint-Étienne. Il est le fils de Bernard Cazotte et de Marie Taupin. Benjamin d'une famille de quatorze enfants, il avait six frères et sept sœurs. L'un de ses frères, Chrétien-Nicolas, né en 1704, fit une brillante carrière ecclésiastique et devint le chef de la famille en 1745, après la mort de ses parents.

Aucun document ne renseigne sur l'enfance de Jacques Cazotte. Nous pouvons supposer que, comme la plupart des enfants de cette époque, il vécut dans sa famille jusqu'à l'âge de onze ans environ et reçut sa première éducation de ses parents ou peut-être d'un précepteur.

Son père, Bernard-Denis Cazotte, né en 1678, fut en particulier, selon les registres paroissiaux de Dijon, « notaire, commis greffier des États de Bourgogne » (1718). Il mourut en 1741 : Jacques n'avait pas encore vingt-deux ans. Marie Taupin, sa mère, mourut en 1745, quatre ans plus tard.

Il est à noter que les ancêtres de Jacques Cazotte étaient tous d'origine bourguignonne et appartenaient à la bourgeoisie.

1739. *1er août.* Jacques Cazotte obtient son diplôme de bachelier en droit à l'université de Dijon. Il avait fait auparavant ses études secondaires au collège de jésuites des Godrans (appelé encore collège Godran), où l'un de ses oncles était religieux. Cet établissement avait été créé à Dijon en 1581 grâce à un legs d'Odinet Godran.

1740 ou début 1741 (aucun document ne permet de le vérifier). Arrivée à Paris.

1741. Le jeune Cazotte est présenté au ministre de la Marine, le comte de Maurepas, par l'évêque de Châlons, Mgr de Choiseul (le frère du conteur était son grand vicaire). A la suite de cette entrevue, il est accepté pour le service de la Plume (ce terme désignait le corps des civils de la Marine). La même année, Jacques Cazotte publie un premier conte de fées : *La Patte du chat.* Cette œuvre rappelle les contes orientaux qui rencontrèrent un si grand succès en France à partir de 1704.

1742. Publication d'un deuxième conte : *Les Mille et Une Fadaises,* titre qui parodie non pas tant les célèbres *Mille et Une Nuits,* que tous les ouvrages qui s'approprièrent par la suite un titre analogue dans l'espoir de s'assurer un facile succès.

Ce conte reçoit un meilleur accueil que le premier : il est réédité en 1753 sous le titre de *Canapé troisième ou les Mille et Une Fadaises.*

1743. *1er mars.* Cazotte obtient le brevet d'écrivain ordinaire de la Marine, après un stage de deux ans chez un procureur à Paris, où il poursuit ses études de droit.
La même année, il reçoit sa première affectation au port du Havre où il s'occupera du « détail des bois de construction ».

1744. Cazotte est nommé à Brest « pour y suivre les constructions et passer successivement dans tous les détails ».
Du 25 juin au 20 novembre, il participe à sa première campagne maritime, remplissant ses fonctions d'écrivain sur *Le Dauphin.* (Cette expédition suit de peu la déclaration de guerre entre la France et l'Angleterre.)

1745. *6 mars.* L'écrivain passe sur *L'Alcide,* vaisseau qui se rend à Saint-Domingue.

1747. *1er janvier.* Cazotte est chargé des fonctions de contrôleur aux Iles-sous-le-Vent.
Septembre : il reçoit l'ordre de s'embarquer pour la Martinique où, semble-t-il d'après sa correspondance, il prendra ses fonctions à la fin de l'année. Au cours de cette traversée, Cazotte perdit tous les bagages qu'il avait disposés sur plusieurs vaisseaux et qui contenaient, outre ses effets personnels, des objets de valeur : premier contretemps qui devait être suivi de bien d'autres.

1748. *23 septembre.* Date de la seule lettre officielle adressée par Cazotte au ministre de la Marine, Maurepas, durant cette année-là. Cazotte n'y parle pas de ses fonctions, mais seulement de ses soucis matériels et de la « difficulté des temps en ce pays ». Il sollicite de la bienveillance du ministre le poste de garde des Sceaux dont le titulaire venait de mourir. Ses émoluments, à titre d'écrivain principal, ne furent que de 900 livres la première année. Il y aurait volontiers ajouté « pour vivre plus convenablement », les 1 000 livres des nouvelles fonctions qu'il pensait pouvoir assumer en même temps. Il n'obtint pas ce poste.

1749. *2 février*. Maurepas, qui n'avait pas été insensible à la lettre de Cazotte, lui écrit qu'il a obtenu la commission en titre de contrôleur de la Marine aux îles « avec un ordre du Roy pour y faire les fonctions de commissaire ».
5 mai. Cazotte est introduit au Conseil Supérieur de la Martinique où il assiste désormais à la plupart des séances.

1750. A la suite du traité conclu avec l'Angleterre, l'île de Sainte-Lucie devenait neutre et la France s'engageait à enlever les garnisons et à faire raser les bâtiments civils et militaires. Jacques Cazotte fut chargé de diriger l'ensemble de ces opérations.

1751. Cazotte se plaint vivement de sa situation financière : il est à la Martinique depuis quatre ans, et n'a toujours pas touché ses appointements. A ces graves soucis matériels s'ajoutent des difficultés professionnelles (le conteur eut à subir, à plusieurs reprises, l'autoritarisme rigide de ses supérieurs hiérarchiques) et des soucis de santé, à tel point qu'il sollicite en avril 1751, un congé de six mois pour venir se rétablir en France. Il l'obtient mais, son état s'améliorant, il décide de différer son départ.

1752. *Fin juin*. Cazotte quitte la Martinique sur le vaisseau *Le Léopard* et arrive à Brest le 25 juillet. Aussitôt il vient à Paris rendre ses devoirs au ministre.
Dans la capitale, il est soigné et guéri par un célèbre médecin d'origine bourguignonne, Pierre-Isaac Poissonnier.
Il profite de son séjour pour reprendre contact avec les milieux littéraires parisiens.

1753. *Début de l'année. La Guerre de l'Opéra*. Dans cette publication, Cazotte — qui avait lui-même composé plusieurs chansons et romances — prend la défense de la musique française contre la musique italienne : c'est l'époque de la célèbre Querelle des Bouffons (la troupe italienne des Bouffons, chanteurs d'opéras, venait d'arriver en France). La brochure de notre auteur se caractérise à la fois par son nationalisme et par son conservatisme. Jacques

Cazotte a surtout le mérite de présenter clairement la Querelle et d'exposer ses idées d'une manière enjouée, spirituelle, avec un réel talent littéraire.

2 novembre. Cazotte adresse un mémoire au ministre de la Marine pour suggérer diverses modifications à apporter dans l'administration de la Martinique.

Décembre. Observations sur la lettre de Jean-Jacques Rousseau. Dans ce pamphlet de dix-neuf pages, le conteur s'en prend d'abord de manière très polémique à la personnalité de Rousseau, puis il s'engage dans un plaidoyer — dont les arguments ne sont pas toujours convaincants — en faveur de la musique française. On y trouve le même nationalisme que dans *La Guerre de l'Opéra*.

1754. *Début de l'année*. Cazotte repart pour la Martinique. Après une traversée de vingt-huit jours, il reprend ses fonctions dans l'île. Les difficultés recommencent. Elles sont toutes liées aux prétentions des officiers de l'Épée et à leurs efforts pour assurer leur autorité sur les fonctionnaires de la Plume.

Mai. Le conteur signe un bail de trois ans pour la location d'une maison plus grande qu'il devait partager avec Rouillé de Raucourt, gouverneur particulier de la Martinique. Mais un conflit éclate entre les deux hommes et l'affaire ne sera réglée que péniblement, en 1757.

1759. *Janvier et mois suivants*. Cazotte participe d'abord à une action militaire qui parvient à repousser l'invasion anglaise devant la baie de Fort-Royal; il organise ensuite les préparatifs d'une expédition destinée à secourir la Guadeloupe dont les Anglais faisaient le blocus depuis le 21 janvier.

30 avril. Cazotte envoie au duc de Choiseul, alors secrétaire d'État des Affaires étrangères, une très longue lettre sur la reddition de la Guadeloupe où il élève les plus vives critiques contre l'administration des colonies et propose des suggestions dont il sera tenu compte.

Cet hommage indirect rendu à notre auteur viendra trop tard pour qu'il puisse en éprouver lui-même les bienfaits : à quarante ans, c'est un homme éprouvé et sans illusions qui se prépare à regagner la France. Sa santé, déjà chancelante en 1752, s'est encore détériorée. Sa vue s'est tellement affaiblie qu'il ne peut plus rédiger lui-même sa correspondance.

Début août. Le conteur s'embarque sur *Le Florissant*, quittant définitivement La Martinique.

Octobre. Arrivée en France. (Une curieuse lettre, rédigée en espagnol par un écrivain public sous la dictée de Cazotte, nous apprend que le conteur fit une escale à Cadix dans les derniers jours de septembre.)
21 novembre. Mémoire dans lequel Cazotte s'applique à réfuter les attaques lancées contre lui par ses ennemis juste avant son départ de la Martinique.

1760. *2 octobre.* Le ministre de la Marine envoie à l'archevêque de Besançon la commission de commissaire de la Marine pour Cazotte, datée du 4 septembre 1760 et accompagnée de la permission de se retirer du service.
Par la suite, sa santé étant rétablie, le conteur sollicita un poste actif dans la Marine, mais il ne l'obtint jamais, pas plus, d'ailleurs, que la pension de retraite qu'il réclama.

1761. A son départ de la Martinique, Cazotte avait vendu ses biens (« argent, nègres, bétail »...) aux jésuites qui lui avaient remis, en contrepartie, une lettre de change. Le conteur était en très bons termes avec le père Lavalette — supérieur général et préfet apostolique des Missions dans l'île — et il accepta sans difficulté de n'être remboursé qu'à son retour à Paris. Après un échange infructueux de correspondance, Cazotte, voyant qu'on différait sans cesse le paiement et ne parvenant pas à un arrangement amiable avec les jésuites, se voit contraint de confier l'affaire à des avocats (130 000 livres lui étaient dues).
8 mai. A la suite d'un arrêt de la cour du Parlement, très favorable aux créanciers du père Lavalette, Cazotte reçoit quelques premiers acomptes. Toutefois, il ne fut que très partiellement remboursé, car le 6 août 1762 le Parlement de Paris supprima la Société de Jésus et confisqua tous ses biens sans indemniser pour autant ceux à qui elle devait de l'argent.
9 juillet. Jacques Cazotte prend pour épouse Élisabeth Roignan, qu'il avait connue à la Martinique. Née au Fort-Royal le 15 juillet 1731, elle était la fille de Simon Roignan, conseiller du Roi, et de Françoise Élisabeth Aubin.
Le conteur venait de se fixer en Champagne, à Pierry, dans le vaste domaine que son frère, le chanoine Chrétien-Nicolas, lui avait laissé en héritage, à sa mort, en 1760.

1763. Cazotte publie *Ollivier,* ouvrage qui, à l'époque, obtint un succès immédiat et fut même réédité tout au long du XVIIIe siècle.

1764. *31 janvier.* Naissance d'un premier fils, Jacques-Scévole, dont la carrière nous est connue grâce à son livre, *Témoignage d'un royaliste,* publié en 1839.

1765. Naissance d'un second fils, Simon-Henri, qui sera officier et se fixera plus tard à la Martinique.

1766. Cazotte publie, sous le nom de son ami Jean-François Rameau et avec son accord, un poème de 394 vers intitulé *La Nouvelle Raméide.* Selon un mot de l'auteur lui-même, il s'agit d'une « espièglerie » qui procura quelque secours financier au neveu du grand musicien. La même année, Cazotte compose (avec le neveu de Rameau) un opéra comique *Les Sabots* qui sera représenté, après avoir été profondément remanié, le 26 octobre 1768 sous le titre : *Les Sabots, opéra comique en un acte, mêlé d'ariettes par MM. C... et Sedaine.* Sedaine, dramaturge à succès, avait en effet repris l'ensemble.

1767. Publication du *Lord impromptu,* nouvelle romanesque. Naissance d'Élisabeth, dont l'attitude héroïque au moment de l'arrestation de son père est restée légendaire. Demandée en mariage en 1791 par le chevalier Robinet de Plas, elle ne l'épousera qu'après l'émigration, en 1800. Elle mourra peu après, au moment de son accouchement, en même temps que son enfant.

1768. Cazotte est élu membre de l'Académie des Sciences et Belles-Lettres de Dijon.
Publication d'un recueil de soixante *Fables* imitées de La Fontaine. Cette partie de l'œuvre de Cazotte est dans l'ensemble plutôt terne.

1772. *Le Diable amoureux.* Considérée comme le chef-d'œuvre de l'auteur, cette nouvelle a permis à Jacques Cazotte, et jusqu'à nos jours, de n'être point totalement inconnu du public cultivé.

1777 ou 1778. C'est à ce moment-là que, selon toute vraisemblance, Cazotte devient membre de l'ordre martiniste. On apprend, par la correspondance même de l'auteur, qu'il y est « resté attaché l'espace de trois ans ».

1788. Date de la célèbre *Prophétie* de Cazotte, rapportée en 1806 par La Harpe : c'est à sa réputation de visionnaire et en particulier à cette prophétie, tout autant qu'à son talent d'écrivain, que Cazotte doit d'avoir laissé son nom à la postérité.
Première publication de *L'Honneur perdu et recouvré, nouvelle héroïque* et de *Rachel ou la belle Juive, nouvelle historique espagnole.*

1788 et 1789. *Suite des Mille et Une Nuits, contes arabes traduits par Dom Chavis et M. Cazotte.* Ils forment les quatre derniers volumes du « Cabinet des fées ».

1789. *1er janvier.* Dans une lettre à sa femme, le conteur se montre résolument favorable à la montée du tiers état et à toute une série de réformes. Sa lettre est datée de Paris où il vient souvent. Lors de ses séjours dans la capitale, il habite au 39, rue Thévenot (aujourd'hui rue Réaumur), dans une maison dont il avait acheté ou loué une partie, et dont l'autre était occupée par l'un de ses cousins. Il lui arrivait aussi d'être hébergé par des amis.
Septembre. Mme de la Croix, que l'auteur a connue à l'occasion du *Diable amoureux,* vient se retirer à Pierry, où elle résidera jusqu'à la mort de son hôte. La marquise de la Croix, née en 1720, était l'amie de Saint-Martin, secrétaire et disciple le plus brillant de Martines de Pasqually, lui-même fondateur de l'Ordre des Élus-Cohens. Selon les confidences de Mme Cazotte, l'influence de cette femme aurait jeté le désarroi dans l'esprit de son mari.
A Pierry, Cazotte reçoit des visiteurs de passage, auxquels les préoccupations politiques ne sont pas étrangères ainsi que des amis de longue date comme le commandeur Dampierre « ami intime », qui chaque année vient y passer plusieurs semaines au moment des vendanges.
Toutefois notre auteur se plaît de plus en plus dans la solitude. Il consacre son temps à la prière, à la peinture, à la réflexion sur les événements politiques. Il lit en particulier le *Mercure,* journal conservateur, et la *Gazette de Paris,* journal royaliste. Avec réalisme, il s'intéresse toutefois au rendement de ses vignobles et les clients ne lui manquent pas. Il achète ou échange des terres de manière à consolider son patrimoine.

1790. *12 janvier.* Jacques Cazotte et sa femme accordent officiellement leur consentement au mariage de leur fils, Scévole, mais la jeune fille lui préféra finalement un auditeur aux comptes de Paris.
6 février. Cazotte, parlant de Mme de la Croix, note dans une de ses lettres : « Nous nous prîmes d'une amitié qui ne finira qu'avec la vie. »
Fin de l'année. A partir de cette date, Cazotte montre une hostilité de plus en plus irréductible à la Révolution, et sa correspondance est caractérisée par de violentes attaques contre l'Assemblée, contre la Constitution et surtout contre les Jacobins.

1791. *Mon songe de la nuit du samedi au dimanche de devant la Saint-Jean 1791.* L'auteur raconte un rêve dans lequel il est en relation avec les forces surnaturelles et qui signifie pour lui la fin prochaine du règne de la « bête », c'est-à-dire de la Révolution.

24 juillet. Dans une lettre à son ami Pouteau, parlant des Jacobins et emporté par son optimisme, il écrit : « J'ai trop de raison de me rassurer pour craindre ces malheureux fanatiques. » (Pouteau était secrétaire de l'intendant de la liste civile, Laporte. Cazotte entretiendra avec lui, à partir de 1791, une correspondance régulière qui lui vaudra l'échafaud.)

Septembre. Dans une lettre à Pouteau, Cazotte écrit, après la rédaction définitive de la Constitution de 1791 : « Il entre bien de la scélératesse dans ce qu'on a fait : on reconnaît partout l'œuvre du Diable. »

1er octobre au 10 août 1792. Cazotte reçoit, autant que sa distribution plus ou moins clandestine le permet, le *Journal à deux liards,* violent pamphlet contre-révolutionnaire imprimé par les soins de Pouteau.

27 décembre. Cazotte écrit, dans une lettre à Pouteau : « Hors de l'Église, point de salut. »

De la fin de cette année-là jusqu'à sa condamnation, altération de l'état de santé du conteur : il en vient à dicter ses lettres à sa fille, qui lui sert de secrétaire.

1792. *Printemps.* Simon-Henri, second fils de Cazotte, a émigré contre l'avis de son père. Dans une lettre de Coblentz, il lui écrit que l'armée des princes entrera sûrement en France en juin de la même année.

8 mai. Malgré le démenti des événements, Jacques Cazotte assure (lettre à Pouteau) que les persécuteurs « n'ont pas quarante jours à vivre ».

Milieu de l'année : les *Révélations.* C'est une douloureuse méditation sur la Révolution inspirée de l'*Apocalypse;* il proclame sa fidélité à Dieu et à son roi et sa foi dans l'échec de la « bête ».

22 juillet. Cazotte prédit dans une lettre à Pouteau : « Nos malheurs touchent presque à leur terme. »

6 août. Conseils au roi Louis XVI. Dans ce document dont nous ne possédons pas l'original, Cazotte suggère au roi une intervention personnelle et lui donne en particulier certains détails sur la stratégie que devraient employer les soldats de la garde nationale fidèles au roi pour le protéger et lui assurer le libre accès à l'Assemblée.

16 août. Le comité de surveillance de l'Assembiée nationale enjoint aux administrateurs du district d'Épernay de « faire arrêter et mettre en maison de sûreté M. Cazotte, gros possesseur à Pierry, ainsi que la demoiselle Élisabeth Cazotte, sa fille ». Il est également ordonné d'apposer les scellés sur les papiers trouvés dans la maison et d'expédier à Paris ceux qui paraîtront « renfermer des projets contre la révolution et concernant le roy ». Cet ordre intervenait après la découverte de la correspondance qu'avait adressée Cazotte à son ami Pouteau.

18 août. La gendarmerie nationale d'Épernay arrête les deux accusés.

24 août. Le comité de surveillance de Paris demande une autre perquisition chez Cazotte pour examiner si des armes n'y auraient pas été cachées.

25 août. Les prisonniers sont emmenés d'Épernay à la prison de l'abbaye de Saint-Germain, à Paris.

29 août. Jacques Cazotte comparaît devant Fouquier-Tinville, directeur du jury d'accusation près le tribunal criminel.

30 août. Deuxième interrogatoire de Cazotte : Fouquier-Tinville s'efforce de faire reconnaître à l'accusé son rôle contre-révolutionnaire. Cazotte était soupçonné d'avoir entretenu une correspondance criminelle avec les émigrés, d'avoir institué chez lui un comité contre-révolutionnaire, d'avoir participé au « complot formé contre Paris et l'Empire français », et plus généralement d'avoir activement manifesté son opposition à la Révolution.

Au soir de ce même jour, comparution d'Élisabeth Cazotte devant le même Fouquier-Tinville, qui ne retient aucune charge contre elle et la laisse libre.

1er septembre. L'acte d'accusation dressé contre Cazotte montre que les juges virent dans le prisonnier l'un des théoriciens écoutés de la contre-révolution et que ses explications n'avaient pas réussi à les convaincre. Cazotte est présenté aux jurés, qui admettent l'accusation. Il ne reste plus qu'à faire comparaître l'accusé devant le tribunal qui déterminera à quelle peine il doit être condamné. En attendant, l'écrivain est renvoyé à la prison de l'Abbaye.

3 septembre. Des volontaires qui viennent de s'enrôler apprennent que l'invasion étrangère progresse et décident de ne pas laisser d'ennemis derrière eux. Au début de l'après-midi, on massacre plusieurs prêtres réfractaires. Les tueurs se portent ensuite à l'intérieur de la prison. C'est alors que

Cazotte est sauvé grâce à l'intervention émouvante de sa fille.
13 septembre (selon une date mentionnée par Scévole). Nouvelle arrestation de Jacques Cazotte à son domicile parisien. Cette fois, il est incarcéré à la Conciergerie. Sa fille, qui n'est pas arrêtée, réussira à le suivre et à se faire admettre comme prisonnière.
24 septembre. Nouvelle comparution devant le tribunal criminel. Cazotte est de nouveau interrogé sur le contenu de ses lettres à Pouteau. Il admet pratiquement les charges qui pèsent contre lui et ne fait aucune tentative pour amadouer le jury ou l'émouvoir en termes pathétiques. Le président Lavau prononce contre lui la peine de mort et déclare que les biens du condamné sont confisqués.
25 septembre. L'exécution a lieu vers 7 heures du soir, sur la place du Carrousel. Cazotte meurt avec le plus grand courage. Se tournant vers la foule, avant de tendre sa tête au bourreau, il s'écrie : « Je meurs comme j'ai vécu, fidèle à Dieu et à mon roi. »

NOTICES ET NOTES

Le Diable amoureux

NOTICE

La première édition du *Diable amoureux* date de 1772, mais le texte connut trois états successifs. Dans une première version, non publiée, on assistait au triomphe du mal, dans la mesure où Alvare, après avoir succombé à la tentation, tombait au pouvoir de Satan. Il en devenait par la suite l'instrument, semant partout le désordre pour le compte de son maître. Cette partie du récit donnait « beaucoup d'essor à l'imagination », précise l'auteur dans l'épilogue, et ouvrait ainsı « la carrière la plus étendue à la critique, au sarcasme, à la licence ». Le thème du diable — ou de ses acolytes — se mêlant aux humains pour découvrir leurs secrets les mieux cachés, pour aviver les discordes et susciter partout le désordre, était exploité avec succès par de nombreux auteurs dès le début du XVIIIe siècle. Citons par exemple *Le Diable boıteux,* de Lesage 1707) qui fut très fréquemment imité, en particulier par l'abbé Bruslé de Montpleinchamp qui fait paraître à Nancy, sans nom d'auteur, un *Diable bossu* en 1708.

L'édition de 1772 se caractérisait par le succès du bien : le héros, à la suite d'un incident sur la route du village familial, était frappé par l'attitude de sa compagne. Une certitude intérieure l'envahissait : celle d'être obsédé. Mais il lui suffisait d'une exhortation prononcée avec force pour que l'esprit malin au corps de femme disparaisse à l'instant. On voyait alors Alvare se « prosterner pour rendre grâces » de sa « délivrance ».

L'édition définitive, celle de 1776, constitue quant à elle une version intermédiaire, dans la mesure où le héros finit par céder physiquement au diable mais sans être toutefois pleinement consentant, puisque « la voix sourde du remords » l'accable au moment même où il s'abandonne à Biondetta. Cazotte souligne qu'il a modifié la première édition de l'ouvrage à la suite des remarques de ses lecteurs. Ceux-ci lui reprochaient son manque d'imagination et « le plus grand nombre eût désiré que le héros tombât dans un piège couvert d'assez de fleurs pour qu'elles pussent lui sauver le désagrément de la chute ».

Les critiques de l'époque saluèrent l'ouvrage comme un divertissement sans conséquence. Fréron, dans *L'Année littéraire,* applaudit à cette « piquante bagatelle » qu'il qualifie de « badinage ingénieux ». Le chroniqueur du *Mercure de France* rend également hommage à l'imagination de l'auteur tandis que La Harpe, dans sa *Correspondance littéraire,* insiste sur la « gaieté » de ce conte amusant. *Le Diable amoureux,* par son caractère de galanterie, évoque en effet en apparence un genre particulièrement florissant au XVIIIe siècle. En outre, par opposition à l'esprit des Lumières, l'ouvrage apparaît comme un conte antiphilosophique où la passion est source de mal.

En fait, *Le Diable amoureux,* comme le reconnaît la critique moderne, annonce l'avènement du conte fantastique. La nouvelle de 1772, à ce titre, a influencé un certain nombre d'auteurs tel Hoffmann qui, par exemple, met en scène un personnage du nom de Biondetta dès son premier opéra comique, *Le Masque* 1799). Dans les *Contes fantastiques* et plus particulièrement dans *L'Esprit élémentaire,* on trouve bien des similitudes entre les personnages et les situations du *Diable amoureux* et ceux du célèbre écrivain. Hoffmann a d'ailleurs exprimé clairement son enthousiasme pour *Le Diable amoureux,* traduit en allemand sous le titre *Teufel Amor.*

Le succès du *Diable amoureux* s'est poursuivi, au cours des XIXe et XXe siècles : on compte vingt-cinq éditions différentes de l'ouvrage en France au cours du siècle qui suivit la mort de l'auteur, et plus de vingt de 1900 à nos jours. A l'étranger, il semble que la première traduction en allemand date de 1780, et en anglais de 1800.

Nous proposons ici le texte de l'édition de 1776 dont nous avons modernisé l'orthographe.

Nous donnons ci-après l' « avis de l'éditeur » qui précédait la première édition du *Diable amoureux* 1772) et celui de l'édition définitive 1776).

AVIS DE L'ÉDITEUR
(1772)

Malgré la nécessité *indispensable,* que tout le monde connaît, d'orner de *gravures* tous les ouvrages qu'on a l'honneur d'offrir au public, il s'en est peu fallu que celui-ci n'ait été forcé de s'en passer. Tous nos grands artistes sont abîmés d'ouvrages, tous nos graveurs percent [*sic*] les nuits et ont peine à y suffire; l'auteur était désespéré et ne pouvait ni pour or, ni pour argent, trouver ni dessins ni gravures. Donner son ouvrage sans cela, c'était le perdre; aussi était-il résolu à le garder lorsque heureusement il a trouvé dans une auberge un de ces hommes de génie que la nature se plaît à former, et dont l'art n'a jamais, par ses règles asservissantes, refroidi l'imagination. De Strasbourg à Paris il n'y a presque pas de cheminée qui ne porte l'empreinte du feu de ses compositions, de la fumée ondoyante de ses pipes et du flegme philosophique de ses fumeurs[1].

Il a bien voulu jeter sur le papier son idée brûlante et rapide; et si les froids connaisseurs n'y trouvent pas le fini maniéré d'un burin platement exact, les gens de goût seront, à coup sûr, saisis de la vérité de l'expression. Le sérieux imposant d'un philosophe instruit des secrets les plus impénétrables de la cabale, l'avide curiosité d'un adepte qui brûle de s'instruire et dont l'attention se communique jusqu'à ses jambes, leur sauteront aux yeux : ce qui ne leur échappera sûrement pas, c'est le bras du serviteur infernal de *Soberano* qui sort d'un nuage pour obéir à son maître, et lui apporter, au premier signal, la pipe qu'il demande; c'est enfin la facilité du génie de l'artiste à placer si naturellement, sur le mur de la chambre, l'estampe, heureusement négligée, qui représente cet étonnant effet de la puissance magique.

Que ne pouvons-nous décrire avec la même étendue les chefs-d'œuvre de deux autres génies qui ont prêté leurs crayons séduisants; mais pourquoi nous y refuser? L'esprit d'un dessin, l'expression d'une gravure, ne disent-ils pas presque toujours plus et mieux que les paroles les plus sonores et les mieux arrangées? Quelles expressions rendraient, comme la gravure, le courage tranquille d'*Alvare,* que le caverneux *che vuoi* n'ébranle point?

Comment peindre aussi chaudement, en écrivant, son étonnement froid, lorsque, de sa couche rompue, il jette les yeux sur son page charmant qui se peigne avec ses doigts?

1. Il est indiqué dans l'édition de 1772 que les six planches (non signées) du *Diable amoureux* ont été gravées par Moreau d'après des dessins de Clément-Pierre Marillier (1740-1808).

Quelles phrases donneront jamais une idée plus nette du *clair-obscur* que la quatrième de nos estampes, dont l'auteur, ayant à représenter deux chambres, a si ingénieusement mis tout l'*obscur* dans l'une et tout le *clair* dans l'autre? Et quel service n'a-t-il pas rendu, par cet heureux contraste, à tant de gens qui ont la fureur de parler de cet art, sans en avoir les premières notions? Si nous ne craignions pas de blesser sa modestie, nous ajouterions que sa manière nous a paru tenir beaucoup de celle du fameux Rembrun [*sic*].

Le chien d'Alvare qui, dans le bosquet, le sauve, en déchirant son habit, du précipice où il allait s'engloutir, prouve bien que les gens d'esprit en ont souvent moins que les bêtes.

La dernière enfin, qui tire assez sur le haché si spirituel de la première, quoique d'une autre main, nous a paru aussi sublime qu'elle est morale; quelle foule d'idées présente à l'imagination son éloquente sécheresse! Une campagne éloignée de tout secours humain; des coursiers fougueux, emblème des passions, qui, en brisant leurs liens, laissent bien loin derrière eux la voiture fragile qui représente si bien l'humanité; un être enivré qui se précipite pour n'embrasser qu'une vapeur; un nuage affreux, d'où sort un monstre dont la figure retrace, aux yeux du mortel abusé, l'image au vrai de ce que son imagination libertine lui avait si follement embelli.

Mais, où nous entraîne le désir de rendre justice aux délicieux auteurs de ces tableaux frappants? Qui de nos lecteurs n'y trouvera pas un million d'idées que nous nous reprocherions de leur indiquer? Brisons là, et qu'il nous soit permis seulement de dire *un mot* de l'ouvrage.

Il a été rêvé en une nuit et écrit en un jour : ce n'est point, comme à l'ordinaire, un vol fait à l'auteur; il l'a écrit pour son plaisir et un peu pour l'édification de ses concitoyens, car il est très moral; le style en est rapide; point d'esprit à la mode, point de métaphysique, point de science, encore moins de jolies impiétés et de hardiesses philosophiques; seulement un petit assassinat pour ne pas heurter de front le goût actuel, et voilà tout. Il semble que l'auteur ait senti qu'un homme qui a la tête tournée d'amour est déjà bien à plaindre; mais que lorsqu'une jolie femme est amoureuse de lui, le caresse, l'obsède, le mène et veut à toute force s'en faire aimer, c'est le diable.

Beaucoup de Français, qui ne s'en vantent pas, ont été dans des grottes faire des évocations, y ont trouvé de vilaines bêtes qui leur criaient, *che vuoi?* et qui, sur leur réponse, leur présentaient un petit animal de treize à quatorze ans. Il est joli, on l'emmène; les bains, les habits, les modes, les vernis, les maîtres de toute espèce, l'argent, les contrats, les maisons, tout est en l'air; l'animal devient maître, le maître devient animal. Eh! mais pourquoi? C'est que les Français ne sont pas Espagnols; c'est que le diable est bien malin; c'est qu'il n'est pas toujours si laid qu'on le dit.

AVIS DE L'ÉDITEUR
(1776)

Cet Ouvrage parut dans sa nouveauté, enrichi de gravures plus que grotesques qui partaient toutes de la main de nos meilleurs maîtres. Un homme de beaucoup d'esprit y joignit alors une préface que l'on retranche à regret dans cette édition : elle contenait une critique aussi fine qu'agréable; mais comme elle était presque entièrement relative aux estampes dont on n'a pas jugé à propos de faire tirer de nouvelles épreuves, on a cru devoir la supprimer : elle perdrait, aujourd'hui, faute de pouvoir être entendue, presque tout ce qu'elle avait d'agrément.

NOTES

Page 33.

* *Cabale :* écrit habituellement kabbale, ce terme renvoie à l'interprétation allégorique de la Bible par la tradition juive. Dans *La Kabbale et sa symbolique* (Payot, 1966), Gershom G. Scholem écrit en particulier : « La kabbale — littéralement tradition, c'est-à-dire tradition ésotérique — est le mouvement par lequel (surtout entre le XIIe et le XVIIe siècle) les tendances mystiques au sein du judaïsme ont trouvé comment écouler leur " sève " dans diverses ramifications et des développements souvent très vivants [...]. La kabbale vit le jour d'abord dans le Sud de la France nourrie par une source souterraine venant vraisemblablement d'Orient [...]. Aux environs de 1180 apparut, personne ne sait exactement où et comment, dans le sud de la France le premier écrit des kabbalistes, le livre *Bahir,* certainement l'un des textes les plus étonnants pour ne pas dire incroyables de la littérature hébraïque du Moyen Age [...]. Il existe une littérature extrêmement riche dans laquelle les mystiques juifs ont cru pouvoir interpréter le texte biblique suivant leur propre pensée. Une très grande partie de l'immense littérature kabbaliste se compose de commentaires de livres bibliques en particulier du Pentateuque (la " Tora écrite "), des Psaumes, du Cantique des Cantiques, du livre de Ruth et du prédicateur Salomon. »

Page 34.

* *Carlin :* « monnaie d'Italie » (Littré).

Page 37.

* *Portici :* ville maritime située à 6 kilomètres au sud-est de Naples, sur la rive orientale du golfe, au pied du Vésuve. Les ruines auxquelles il est fait allusion sont celles d'Herculanum, engloutie en 79 en même temps que Pompéï.

Page 38.

* *Penthacle :* ce terme, ainsi orthographié dans les éditions de 1776 et 1816 (alors que dans celle de 1772 on ne trouve que le mot « cercle ») est inconnu sous cette forme. Il est probablement employé pour « pentacle » qui désigne une étoile à cinq branches. Étiemble dans *Romanciers du XVIIIe siècle* (Pléiade t. II, Préface, p. XX-XXI) fait une distinction entre « pentacle » qui aurait été employé d'une manière erronée par Cazotte et « pantacle », cercle magique indispensable à l'évocation des esprits. Cette erreur sur le seul terme d'ésotérisme un peu spécialisé que l'on trouve dans *Le Diable amoureux* ne laisse pas préjuger d'une grande connaissance de l'auteur dans ce domaine.

Page 39.

* *M'éprouvent :* me mettent à l'épreuve.

** *Évocation :* terme de magie. Action d'évoquer, de faire apparaître les démons, les ombres ou les âmes des morts (définition de Littré).

*** *Je me piète :* « se piéter », c'est, selon Littré, « se fixer, s'assurer sur ses pieds ».

**** *Une tête de chameau horrible :* le chameau est considéré comme un animal impur selon le Lévitique (XI, 4). Il est possible que Cazotte, nourri de la lecture de l'Ancien Testament, l'ait choisi volontairement pour incarner le diable. Par ailleurs, divers textes anciens — notamment ceux d'Honorius d'Autun — établissent une correspondance entre les chameaux et les camilles qui sont les serviteurs des rois en même temps qu'ils transmettent la philosophie hermétique (*Dictionnaire des symboles,* sous la direction de Jean Chevalier, Laffont, 1969, article « chameau »), ce qui fait singulièrement écho aux propos antérieurs d'Alvare sur la kabbale et les sciences occultes.

Cette scène de l'apparition passera à la postérité. Baudelaire en particulier notera à propos des diminutifs amoureux souvent empruntés au monde animal : « Les satans n'ont-ils pas des formes de bêtes? Le chameau de Cazotte, — chameau, diable et femme » (*Journaux intimes XI,* in *Œuvres complètes,* Bibliothèque de la Pléiade, t. I, 1975, p. 660).

***** *Che vuoi :* en italien « Que veux-tu? »

Page 43.

* *Une aventure dont intérieurement je me défiais :* par un paradoxe qui est à porter au crédit de l'écrivain, c'est au cœur même du merveilleux, au cours de cette scène en apparence pleine de gaieté et rassurante, qu'apparaît pour la première fois dans l'ouvrage un réel malaise, doublé d'une interrogation implicite. Avant et pendant l'horrible apparition, le héros avait finalement réussi à dominer sa peur, il était, au moins en apparence, sorti victorieux de l'épreuve. Mais la beauté du festin ne peut pas faire oublier son origine démoniaque : sous l'apparence du merveilleux se révèle un tout autre climat, porteur d'angoisse et de menaces.

Page 45.

* *Un récitatif obligé :* Littré définit l'expression par une citation du *Dictionnaire de Musique* de Jean-Jacques Rousseau : « C'est celui qui, entremêlé de ritournelles et de traits de symphonie, oblige, pour ainsi dire, le récitant et l'orchestre l'un envers l'autre, en sorte qu'ils doivent être attentifs et s'attendre mutuellement » (article « récitatif obligé »).

** *Ariette :* terme de musique. Air léger et court qui se chante avec paroles et accompagnement.

Page 46.

* *Estafier :* « en Italie, domestique armé et portant manteau » (Littré).

Page 49.

* *Le quartier :* « ce qu'on paye de trois mois en trois mois pour loyers, rentes, pensions... Se dit quelquefois de la demi-année lorsqu'il s'agit de payements » (Littré).

Page 55.

* *A ce tribunal que vous connaissez :* allusion au tribunal de l'Inquisition.

Page 58.

* *Felouque :* « terme de marine. Petit bâtiment étroit et long, à voiles et à rames » (Littré).

Page 60.

* *Sequins :* « monnaie d'or qui avait cours en Italie » (Littré).

Page 62.

* *Ridotto :* logé dans le palais Dandolo, près du campo San

Moisè et à quelques centaines de mètres de San Marco, le Ridotto fut, à la fin du XVIIIe siècle, un cercle et un établissement de jeux célèbre dans toute l'Europe. Longhi et Guardi l'ont souvent représenté.

Page 63.

* *Casin :* cabane, petite maison, de l'italien *casino,* petite maison, de *casa.* Après cette définition, Littré renvoie à « casino » où il précise : « Au XVIIIe siècle, casino n'était pas encore reçu, et on le francisait sous la forme de casin. »

Page 65.

* *Taille :* terme employé dans les jeux « où l'on retourne les cartes deux à deux, dont l'une fait perdre et l'autre gagner le banquier ou celui qui taille, les pontes ou ceux qui jouent contre le banquier. Ces deux cartes retournées s'appellent une *taille* » (*Encyclopédie,* édition de 1778).

** *Pharaon :* voici la définition qu'en donne Littré : « Jeu de hasard qui se joue avec des cartes ; le banquier y joue seul contre un nombre indéterminé de joueurs, dont chacun met son enjeu sur une des cinquante-deux cartes dont se compose le jeu entier. Le banquier a un jeu pareil ; il en tire deux cartes, l'une pour lui à droite, et l'autre pour les joueurs à gauche ; il gagne tout l'argent sur la carte de droite, et double les sommes placées sur celle de gauche. »

Page 66.

* *Cicisbeature :* en italien, la *cicisbeatura* désigne la galanterie. En français, le *cicisbea* (= le galant) est devenu le sigisbée, mais on ne trouve pas de terme correspondant pour *cicisbeatura.*

Page 70.

* *La Brenta :* rivière d'Italie qui naît près de Trente et se jette dans la lagune de Venise. C'est le long de la Brenta que se trouvaient (et se trouvent encore) les villas vénitiennes, dont celle de Palladio.

Page 75.

* *Biondetta, présumée sans connaissance :* il nous faut souligner ici la fréquence dans cette nouvelle des termes dubitatifs. L'ambiguïté des faits se trouve accrue grâce à ce procédé de modalisation qui permet de nuancer le texte d'incertitude. Nous lisons par exemple : « Je crus reconnaître », « Je crus voir », « Il semblait que », « Je crois distinguer ».

** *Je crus voir ma mère, en rêve :* dans une perspective

psychanalytique, doña Mencia peut être considérée comme un symbole poétique du surmoi, si l'on se réfère aux textes de Freud. Le personnage de la mère (le surmoi intériorisé), omniprésent à la conscience du narrateur, se manifeste comme un guide suprême, arbitre du bien et du mal. Doña Mencia est aussi un symbole religieux : face à la nouvelle Ève tentatrice qu'est Biondetta, elle figure sans doute la Vierge Marie, mère de tous les hommes.

Page 79.

* *Les Sylphes, les Salamandres, les Gnomes, les Ondins :* il s'agit de quatre termes de la kabbale. Selon Littré, les Sylphes étaient les prétendus génies élémentaires de l'air et les « Salamandres » les prétendus esprits du feu. Les « Gnomes » présidaient à l'élément de la terre et à tout ce qu'elle renferme dans son sein. Les « Ondines » étaient les génies élémentaires des eaux.

** *Il m'est permis de prendre un corps pour m'associer à un sage :* nous trouvons là une illustration des idées de l'abbé de Villars qui, dans un ouvrage fort connu à l'époque, *Le Comte de Gabalis ou Entretiens sur les sciences secrètes* publié en 1668, décrit les « êtres élémentaires », en particulier les Sylphes qui se tiennent dans « cet espace immense qui est entre la terre et les cieux ». Biondetta, en affirmant sa nature originelle de Sylphide, se veut en quelque sorte l'incarnation de l'un de ces esprits élémentaires dont Gabalis se plaît à faire l'éloge de manière abstraite. Celui-ci précisera qu'une Nymphe ou une Sylphide « devient immortelle... quand elle est assez heureuse pour se marier avec un Sage » : un discours à bien des égards semblable se retrouve dans la bouche de Biondetta.

Page 80.

* *Tout ceci me paraît un songe, me disais-je ; mais la vie humaine est-elle autre chose ?* Ce même thème du songe se trouvait dans *Le Lord impromptu,* nouvelle publiée par Cazotte en 1767 où à plusieurs reprises le héros, Richard, déclare qu'il croit rêver : « Rien ne lui paraît vrai. Il trouve de l'apparence à tout. » De même Alvare, au cours du récit, en vient à s'interroger sur la réalité même de son aventure. Il ne sait plus quel est le critère du vrai et du faux, de la réalité et de l'illusion.

Page 84.

* *Les préjugés sont nés chez vous au défaut de lumières :* Biondetta est le porte-parole des philosophes du XVIIIe siècle en ce qu'elle critique avec violence traditions et préjugés, se faisant l'avocate de la libre détermination personnelle de la passion. Cazotte reprend, dans un raccourci implicite, le schéma biblique

de la tentation. Il reprend également la double conception qu'on se faisait du diable au Moyen Age, celle du maître de tous les savoirs, souvent incarné sous les traits d'une femme belle et provocante.

Page 86.

* *L'église du grand couvent des Franciscains :* San Francesco della Vigna, au nord-est de San Marco, ou la célèbre église des Frari, particulièrement riche en tombeaux.

** *Le second :* on attendrait « la seconde », mais tel est bien le texte de 1772 comme celui de 1776.

Page 92.

* *Il semblait que le ciel me devenait contraire depuis que je n'étais pas seul :* le bien et le mal sont en lutte. Dès que Biondetta est avec Alvare, les difficultés commencent. Ainsi se manifeste l'identification du diable et de la femme. En cela, Cazotte ne fait que suivre, en fidèle catholique, une longue tradition qui remonte à la Genèse. Il suffirait pourtant à Alvare, comme le lui a dit Biondetta, d'un acte de volonté pour se séparer d'elle : à chaque instant il reste libre. Sans doute faut-il, comme le dira plus tard l'écrivain dans sa correspondance, « toujours être en garde contre la perversité humaine, très puissante sous la loi à laquelle le péché nous a assujettis », mais le bien est également à la portée des hommes car « ce globe [leur] a été abandonné par les lois éternelles ».

Page 96.

* *Elle m'embrassait de toutes ses forces et redoublait à chaque éclair :* on est frappé par le caractère de galanterie de l'ouvrage : l'essentiel de l'intrigue est une tentative de séduction. N'oublions pas toutefois qu'il s'agit là d'une ruse du démon qui cherche à asservir l'homme par la tentation de la chair. Loin d'être une apologie des jeux sensuels, le conte de Cazotte apparaît d'abord comme une condamnation de l'érotisme et de la passion.

Page 99.

* *D'un gentilhomme enfin :* dans l'édition de 1772, le dénouement de la nouvelle était beaucoup plus abrupt. Après les mots « d'un gentilhomme enfin », figurait le texte suivant :

> Elle voulut insister, j'étais devenu inflexible. M'imputant le malheur des miens, j'eusse exposé ma tête à tous les risques, et eussé-je pu redouter des châtiments, j'étais déter-

miné à les affronter, à les souffrir, plutôt que de demeurer en proie aux remords qui déchiraient mon cœur.

C'était dans cette disposition que je m'avançais vers les murs qui m'avaient vu naître, et que je devais trouver bientôt remplis du deuil que j'y avais causé. Les mulets, quoique forts, ne marchaient pas assez vite au gré de mon impatience : « Fouette donc, malheureux, fouette ! » disais-je au muletier. Il fouette ; et, en effet, les mulets hâtent le pas.

Je découvrais déjà, mais d'assez loin, le sommet des tours du château ; pour animer encore davantage les animaux qui me tirent, je les aiguillonne avec la pointe de mon épée ; ils ruent, ils prennent le mors aux dents. Bientôt on ne les voit plus courir, ils volent. Le postillon, démonté, est jeté dans une ornière ; les rênes, retombées en avant, ne peuvent plus être saisies par moi ; j'appelle sur ma route ; je crie, je m'emporte ; on s'effraye, on s'écarte, on fuit sur mon passage ; enfin, je traverse comme un orage le village de Maravillas, et suis emporté à six lieues au-delà, sans que rien mette obstacle à la force invincible qui entraîne ma voiture. Je me fusse précipité mille fois, si la rapidité du mouvement m'en eût laissé les moyens.

Las d'efforts, de tentatives de toute espèce, je me rassois. Je regarde Biondetta. Elle me semble plus tranquille qu'elle ne devrait l'être, elle que j'avais vue susceptible de crainte pour de bien moindres raisons. Un trait de lumière m'éclaire : « *Les événements m'instruisent,* m'écriai-je, *je suis obsédé.* » Alors je la prends par un bouton de son habit de campagne : « *Esprit malin,* prononçai-je avec force, *si tu n'es ici que pour m'écarter de mon devoir et m'entraîner dans le précipice d'où je t'ai témérairement tiré, rentres-y pour toujours.* » A peine eus-je prononcé ces mots, elle disparut ; et les mulets qui m'avaient emporté étant de même nature qu'elle, l'avaient suivie.

La calèche [1] fait un mouvement extraordinaire ; il m'enlève du siège, et je me vois au point d'être forcé d'en sortir. Je lève les yeux au ciel ; un nuage noir s'élevait en l'air, le sommet représentait une énorme tête de chameau. Le vent, qui emportait cette vision avec toute la violence d'un ouragan, l'eut bientôt dissipée. En portant mes regards autour de moi, je vis que les mulets étaient évanouis, et que ma calèche, penchée vers la terre, portait sur ses brancards.

1. Une calèche espagnole a la couverture pareille aux calèches que portaient nos femmes. [Note de Cazotte. Le terme de calèche désignait, au milieu du XVIIIe siècle, une coiffure de femme qui se repliait sur elle-même comme la capote d'une calèche.]

Je me trouvai seul dans une petite plaine aride écartée des chemins ordinaires. Mon premier mouvement fut de me prosterner pour rendre grâce de ma délivrance.

J'aperçois un hameau; j'y vais, j'y trouve des secours pour me faire conduire où je devais aller, mais sans demander de nouvelles, sans me faire reconnaître. J'étais absorbé dans ma douleur, et accablé de remords qui ne s'étaient jamais fait sentir aussi vivement.

J'arrive au château. J'osais à peine lever les yeux, ni les arrêter sur aucun objet. J'entends une voix : « C'est Alvare! c'est mon fils! » J'élève la vue, et reconnais ma mère... *Au milieu de ces réflexions,* etc. [p. 117].

Page 103.

* *Des Égyptiens et des Égyptiennes :* les termes *Égyptien, Égyptienne,* sont employés à l'époque dans le sens actuel de bohémien, bohémienne. Au XVIIIe siècle, les deux appellations coexistaient (« espèces de vagabonds déguisés qui, quoiqu'ils portent ce nom, ne viennent cependant ni d'Égypte ni de Bohême », *Encyclopédie,* édition de 1778).

Page 104.

* *En conjonction trine avec Vénus :* ce terme d'astrologie désigne « l'aspect ou la situation d'un astre par rapport à un autre lorsqu'ils sont distants de cent vingt degrés. On l'appelle quelquefois trigone » (*Encyclopédie,* édition de 1778). On trouve dans *Le Comte de Gabalis* de l'abbé de Villars (voir la note de la page 79) les mêmes indications astrologiques : le comte de Gabalis répète à son interlocuteur qu'il a « Jupiter dans l'ascendant » mais aussi « Saturne dans un angle, dans sa Maison, et rétrograde »; au cours de leur troisième entretien, il se fait encore plus précis : « Vous avez, lui dit-il, un Mars en haut du ciel dans votre figure » ainsi que « Jupiter à la pointe de votre ascendant que Vénus regarde d'un sextil ». La correspondance de sens se double ici d'une similitude dans l'expression qui ne saurait être fortuite.

Page 105.

* *Doublon :* monnaie d'or espagnole.

** *Il est fait pour jouir de tous les trésors :* le texte porte : « comme il *en* fait », mais cette coquille est rectifiée dès l'édition Bastien de 1816.

Page 109.

* *Vos cérémonies sont des précautions prises contre la mau-*

vaise foi, et je n'en fais point de cas : une phrase de *L'Ingénu* de Voltaire sur le mariage semble faire écho aux propos de Biondetta. Le Huron s'adresse à ceux qui tentent de freiner son ardeur à l'égard de Mlle de Saint-Yves et lui vantent les mérites des conventions sociales : « Vous êtes donc de bien malhonnêtes gens, puisqu'il faut entre vous tant de précautions. »

Page 116.

* *Cadenette :* « longue tresse qui tombe plus bas que le reste des cheveux » (Littré).

Page 121.

* *Je n'ai rien lu de semblable dans la* Démonomanie *de Bodin, ni dans le* Monde enchanté *de Bekker :* il est fait allusion aux deux ouvrages suivants : *La Démonomanie des sorciers* par Jean Bodin (1580) et *Le Monde enchanté, ou Examen des communs sentiments touchant les esprits, leur nature, leur pouvoir, leur administration et leurs opérations et touchant les effets que les hommes sont capables de produire par leur communication et leur vertu, divisé en quatre parties,* par Balthasar Bekker 1694).

Page 122.

* *Vous ne serez jamais tenté de la prendre pour le Diable :* l'ouvrage se termine par la conclusion moralisatrice de Quebracuernos. Le nom propre du personnage se traduit directement de l'espagnol et signifie *Brise-cornes* du diable). Cette traduction renvoie directement à l'interprétation première du récit : la grâce divine permet de triompher de la tentation démoniaque. Une autre lecture, plus approximative peut-être, permettrait de décomposer ce nom en : *que abra* subjonctif de *abrir,* en espagnol : ouvrir) + cuer ou *cœur,* forme ancienne transparente + de + nos, *nous.* Le sens ainsi obtenu « Puissiez-vous ouvrir notre cœur ») serait conforme à la fonction même du personnage : interprète, herméneute qui joue un rôle analogue à celui du devin aveugle de la tragédie : expliciter le rêve, la production majeure et la « voie royale » de l'inconscient selon Freud.

Page 125.

* *Ruses que peut employer le Démon quand il veut plaire et séduire :* nous avons déjà signalé notes p. 79 et p. 104) le rôle joué dans l'inspiration du conteur par l'ouvrage de l'abbé de Villars, *Le Comte de Gabalis.* On trouve en effet, entre les deux œuvres, des similitudes de situations, de vocabulaire, de thèmes et d'idées. Ainsi dans les deux cas, le récit s'ouvre sur une initiation; les

deux héros ont le même caractère; les deux textes enfin expriment la même opinion concernant le diable : Gabalis souligne que « le diable, entre autres vices qu'il a, est surtout grand hypocrite » et Biondetta, incarnation de l'esprit diabolique, ne cesse de mentir.

Après *Gabalis,* le thème des esprits élémentaires, et en particulier celui de l'amour entre les Sylphes et les humains devait connaître un grand succès littéraire et il est probable que Cazotte a lu quelques-uns au moins des ouvrages qui s'en font l'écho. Rappelons par exemple un *Sylphe amoureux* dans les *Nouveaux Contes de fées* de la comtesse de Murat 1698) et *Le Sylphe,* conte de Crébillon fils. Citons également une pièce de théâtre, *Le Mari Sylphe,* de Marmontel 1765). Dans un livre plus ancien, composé par le dominicain Jacques de Voragine au XIIIe siècle, *La Légende dorée,* on assiste à l'apparition du diable sous les traits d'une jolie femme. Il se peut même que ce dernier ouvrage soit précisément le texte auquel se réfère Cazotte dans l'épilogue de 1776. On lit en effet dans *La Légende dorée* l'anecdote suivante : jaloux de la sainteté d'un évêque qui avait une vénération particulière pour saint André, « l'antique ennemi, pour le séduire, après avoir employé toutes sortes de ruses, prit la forme d'une femme merveilleusement belle ». L'évêque est sur le point de commettre avec cette personne une action criminelle lorsqu'un « pèlerin vient heurter la porte avec violence, demandant qu'on lui ouvre » et révèle à l'évêque, qui est ainsi sauvé, la nature diabolique de la jeune femme. Ce thème de l'apparition du diable se trouve également dans les *Mémoires* du Cardinal de Bernis dont Cazotte a pu avoir connaissance et on le rencontrait déjà dans le célèbre roman en prose du XIIIe siècle, *La Queste del Saint-Graal,* où Perceval était séduit par une demoiselle richement vêtue qui se révélait être un démon.

Ollivier

NOTICE

Cazotte publie *Ollivier* en 1763. C'est un long poème en prose de douze chants, qui connut un succès immédiat et relativement durable, comme l'attestent ses rééditions successives tout au long du XVIIIe siècle. Fréron, dans *L'Année littéraire,* recommande à ses lecteurs cet « ouvrage très agréable » qui « fait honneur à l'esprit, à l'imagination, au cœur même de l'écrivain » et Mme d'Hautefeuille, rappelant bien plus tard ses souvenirs, dans *La Famille Cazotte,* publié en 1847, mettra sur le même plan *Ollivier* et *Le Diable amoureux,* soulignant qu'ils étaient autrefois égaux dans la faveur du public.

Pour un lecteur d'aujourd'hui, *Ollivier* apparaît comme un curieux amalgame littéraire, puisque quatre séries d'intrigues y sont entrecroisées de manière assez lâche. L'intrigue principale est constituée par les aventures du héros auquel l'ouvrage donne son nom : Ollivier, après avoir rendu mère Agnès, fille de Sigismond, comte de Tours, s'enfuit précipitamment pour éviter le supplice dont il est menacé, emportant son fils dans ses bras. Après de multiples aventures, il obtiendra la main d'Agnès et tous deux iront, avec leur fils, vivre en Palestine, dans une ville conquise par Ollivier.

Les mésaventures d'Inare sont le pendant grotesque des exploits d'Ollivier : ayant été repoussé par Agnès, Inare poursuivra de sa haine celui qu'elle lui préfère mais sera finalement sauvé par son généreux rival. Troisième série d'aventures : celles d'Enguerrand qui égare les recherches des ennemis d'Ollivier. Il tombera dans un piège tendu par la fée Strigilline et après de multiples péripéties se trouvera finalement — par la seule volonté de l'auteur et sans aucune logique — auprès du héros. Le dernier récit a pour héroïne Fleur-de-Myrte, « amante d'Enguerrand », et pour intrigue ses diverses tribulations : Fleur-de-Myrte veut rejoindre Enguerrand qu'elle croit déjà parti en croisade. A peine embarquée, son vaisseau fait naufrage. Recueillie dans une île, elle doit décourager les avances amoureuses de plusieurs personnages avant de terminer sans transition ses aventures, comme Enguerrand, à la cour d'Ollivier.

Signalons qu'un manuscrit d'*Ollivier* se trouve à la Bibliothèque de Châlons, manuscrit dont le texte diffère sensiblement de la version publiée.

On ne connaît pas avec certitude les sources du poème, mais on trouve, dans l'œuvre de Cazotte, divers écrits où apparaissent les mêmes personnages, en particulier deux « romances » (terme désignant des poèmes chantés) : *La Veillée de la bonne femme ou le réveil d'Enguerrand* et *Les Prouesses inimitables d'Ollivier, marquis d'Édesse.* Dans les trente et une strophes des *Prouesses* on découvre une esquisse tout à fait étonnante de l'action principale d'*Ollivier.* Une autre source paraît être l'Arioste et son *Roland furieux,* que Cazotte cite dans la préface de l'édition de 1763 de son ouvrage : cette œuvre, dédaignée tout au long du XVIIe siècle, rencontra un regain de faveur plus net à partir de 1750.

NOTES

Page 141.

* *Fleur-de-Myrte :* rappelons que Fleur-de-Myrthe est la confidente d'Agnès. Il est précisé dans le chant II qu'Ollivier est « lié par le sang à Fleur-de-Myrte » et que cette jeune fille aime Enguerrand d'un amour partagé.

Page 164.

* *Florizel :* l'identité de ce personnage reste assez imprécise. La suite du texte nous apprend seulement qu'il possède un château « à quelques lieues d'ici » et que Florizel et Enguerrand « se connaissaient ».

Prophétie de Cazotte

NOTICE

C'est à La Harpe que revient le mérite d'avoir fait connaître les détails de la prophétie de Cazotte, bien que d'autres y aient fait allusion. Dans un texte intitulé « Prédictions de Cazotte » et publié pour la première fois dans ses *Œuvres choisies et posthumes*, en 1806, le célèbre critique — qui affirme avoir été personnellement témoin de ce qu'il décrit — rapporte que l'événement eut lieu au commencement de 1788, au cours d'un banquet donné chez un grand seigneur. Nous possédons d'autres témoignages concernant cette prophétie, en particulier celui de Charles Nodier qui écrit dans *Monsieur Cazotte* (1836) : « Je me souviens très distinctement d'avoir entendu raconter le fait principal (c'est-à-dire la prévision d'une révolution à venir) par Cazotte... » et celui de Mme d'Oberkirsch dans ses *Mémoires* (1853). Après avoir indiqué qu'il courait au début de la Révolution plusieurs prophéties, tant en France qu'à l'étranger, elle souligne que celles de Cazotte (car elle lui en attribuait plusieurs) trouvaient tout particulièrement créance : « Bien des gens les lui avaient entendu prononcer, et il était impossible d'en nier l'existence. »

On ne peut toutefois que rester sceptique sur la réalité de la fameuse prophétie car aucune preuve historique ne vient corroborer les affirmations extrêmement précises de La Harpe. Il est clair par ailleurs — et Sainte-Beuve l'a bien montré dans ses *Causeries du Lundi* — que le texte du critique, loin d'être un témoignage spontané, constitue un véritable exercice littéraire dont la composition, les effets et le style sont très travaillés.

Histoire de Maugraby

NOTICE

Sous le titre *Suite des Mille et Une Nuits, contes arabes traduits par Dom Chavis et M. Cazotte,* paraît la dernière œuvre de Cazotte. Ces contes furent rassemblés dans les quatre derniers volumes du « Cabinet des fées » et parurent en 1788 (tomes 38 et 39) et 1789 (tomes 40 et 41).

Le point de départ de cette œuvre est une traduction faite par Dom Chavis, prêtre arabe de la congrégation de saint Basile qui vint en France à la fin de 1786 (ou peut-être au début de 1787). Il apportait avec lui des contes qui ne se trouvaient pas dans *Les Mille et Une Nuits,* traduction bien connue de Galland. En fait, Cazotte n'en fit donc pas, à l'inverse de ce qu'en dit le titre, la traduction, mais l'adaptation, et il en modifia tellement le texte qu'il en devint une œuvre personnelle.

Les contes orientaux ont surtout une valeur morale et philosophique, particulièrement sensible dans l'*Histoire de Bohetzad et de ses dix vizirs,* dans l'*Histoire de Sinkarib et de ses deux vizirs ou l'Ingrat puni* (le titre déjà est explicite) ou dans l'*Histoire d'Halechalbé et de la dame inconnue.* L'accent est mis sur les vicissitudes de la conduite humaine, sur les fautes à éviter, sur les vertus à cultiver.

Le meilleur des contes, sur le plan esthétique, est celui de *Maugraby,* mélange de réalisme et d'étrangeté. Nous en proposons plusieurs extraits dans ce volume. Il y règne une atmosphère de mystère, puis de menace et d'appréhension. De plus, l'*Histoire de Maugraby ou le Magicien* offre un message de type spiritualiste et paraît se faire l'écho des préoccupations et des croyances de l'auteur, tout comme ces deux autres contes : *Le Chevalier ou Histoire d'Habib et de Doratil-Goase* et les *Aventures de Simoustapha et de la princesse Ilsetilsone.* Ici encore, Cazotte, dans son désir de montrer l'âme à chaque instant écartelée entre la force du bien et celle du mal, nous entraîne dans un univers surnaturel et symbolique.

Dans le *Maugraby*, nous trouvons de plus un avertissement sans ambiguïté : la magie n'est pas un jeu et la curiosité pour les sciences occultes conduit vite Sœur-des-Planètes, comme Alvare dans *Le Diable amoureux*, sur une pente tragique. Il est une seule circonstance dans laquelle on puisse employer sans crainte la magie : c'est pour la retourner contre elle-même, ce que fait Habed dans le conte que nous proposons ici. Pour lutter contre le Maugraby, envoyé de Satan, le héros est éclairé sur la conduite à tenir par un Esprit qui lui apparaît en songe. Mais l'effort personnel est encore plus nécessaire pour traverser les épreuves qui conduisent l'homme vers la réintégration. Cette importance donnée à la vie spirituelle rapproche Cazotte de Saint-Martin et de son idéal de pureté et d'approfondissement de soi-même, état d'esprit qui, seul, rend digne du salut.

Les notes en bas de page sont de Cazotte.

Mon songe de la nuit du samedi au dimanche de devant la Saint-Jean 1791

NOTICE

On ne possède pas l'original de ce texte, qui a été publié pour la première fois par Bastien en 1816. Cazotte évoque un songe dont la signification est à la fois politique et mystique. Le conteur a la conviction d'être en communication avec le surnaturel. Il est clair (d'après sa correspondance en particulier) qu'il admet l'existence des esprits et, comme Mme de la Croix, l'efficacité de certains gestes et de certains signes lui paraît certaine.

Il croit aussi à la possibilité de « lier », c'est-à-dire de réduire à l'inaction, de rendre inoffensifs de mauvais esprits ou des personnages bien vivants et dangereux. Toutefois Cazotte reste méfiant, car il a la certitude que le diable peut induire les hommes en erreur en leur adressant des songes qu'ils pourraient interpréter à tort comme venant des forces du bien. Sur le plan politique, ce songe symbolise une délivrance du joug de la « bête »; il est donc porteur d'un grand espoir et confirme l'écrivain dans sa certitude de voir le triomphe de la contre-révolution.

Révélations

NOTICE

Les *Révélations*, dont nous ne possédons pas l'original, est un texte qui, comme le *Songe*, a été publié plus tard par Bastien. On peut le dater très probablement du milieu de l'année 1792.

Les *Révélations* se présentent comme de véritables visions qui, partant de quelques extraits de l'*Apocalypse*, décryptent les événements révolutionnaires à sa lumière pour en donner une interprétation qui montre la lutte du bien et du mal et qui débouche sur une triple vision optimiste de l'avenir (Première, Seconde et Troisième révélations). Cazotte a naturellement confiance : dans ce combat perpétuel, mais cette fois décisif, Dieu ne peut manquer de l'emporter, telle est sa conviction. Et malgré le démenti des faits, il garde jusqu'au bout la certitude que le roi l'emportera sur ses adversaires. Lors de son procès, Cazotte déclarera formellement à ses juges que ses certitudes lui viennent à la suite de visions, et lors de sa captivité, il essaiera de persuader ceux qui l'entourent que leur situation est une « émanation de l'Apocalypse ».

NOTES

Page 263.

* *Ce colosse :* allusion à l'Assemblée constituante.

Page 269.

* *Alais :* il s'agit bien sûr de la ville d'Alès (Alais jusqu'en 1926).

Page 270.

* *Belsunce... Voisins... Dampierre... Varicourt :* Cazotte évoque ici plusieurs figures de royalistes morts pour avoir voulu défendre la monarchie : le comte de Belsunce, major en second du régiment de Bourbon, fut massacré à Caen par ses soldats révoltés, en 1790; le maréchal de camp de Voisins s'opposa en

juillet 1789 aux habitants de Valence qui, après la prise de la Bastille, voulaient former une garde nationale; il fut tué avec deux de ses officiers; le comte de Dampierre, gentilhomme de Champagne, fut tué le 21 juin 1791 pour avoir voulu défendre Louis XVI lors de son arrestation à Varennes; François Rouph de Varicourt, garde du corps du roi, fut tué à Versailles le 6 octobre 1789 en défendant la porte des appartements de Marie-Antoinette.

** *Héroïque Favras :* le marquis de Favras, agent du comte de Provence, était chargé en particulier de recruter des volontaires royalistes pour faciliter la sortie de Louis XVI de Paris. Impliqué dans un complot qui visait La Fayette et Bailly, maire de Paris, il fut désavoué par le comte de Provence, condamné à mort et pendu le 19 février 1790.

Page 275.

* *Les Hohenloe, les Beaulieu, les Clairfayt, les Schoenfeld :* le prince Frédéric Louis de Hohenlohe-Langenbourg-Œringhen commandait l'avant-garde du duc de Brunswick dans l'expédition de Champagne de 1792. Le baron de Beaulieu et le comte de Clairfayt étaient deux généraux autrichiens qui remportèrent plusieurs succès en 1792 contre l'armée française. Le baron de Schoenfeld, général prussien, commanda l'une des divisions de l'armée prussienne en Champagne. Quant à l' « ange de lumière », ce « généralissime » auquel Cazotte fait allusion, il ne peut s'agir, par-delà la signification symbolique et mystique du texte, que d'une allusion au duc de Brunswick, commandant en chef des armées alliées.

Page 276.

* *Sur le front des La Fayette, des Luckner, des Biron :* le général Nicolas Luckner, né en Bavière, entra dans l'armée française après avoir été colonel dans l'armée prussienne. Favorable à la Révolution, il devint en 1791 maréchal de France et, l'année suivante, commandant de l'armée du Nord. Il devait être condamné à mort par le tribunal révolutionnaire et exécuté le 5 janvier 1794. Le duc de Gontaut Biron est plus connu sous le nom de duc de Lauzun. Il se rallia très vite aux idées révolutionnaires et fut nommé en 1792 commandant en chef des armées du Rhin. Il devait être condamné à mort et exécuté le 1er janvier 1794.

Page 277.

* *Il disait au brave d'Aumont :* Jean d'Aumont, né en 1522, maréchal de France, servit sous six rois : François Ier, Henri II,

François II, Charles IX, Henri III et enfin Henri IV. Il se distingua dans de nombreux combats, en particulier à la journée d'Arques (1589) et, plus encore, à la bataille d'Ivry (1590) à laquelle Cazotte fait ici allusion. Il mourut le 19 août 1595 des suites d'une blessure dont il fut atteint au siège de Camper, en Bretagne.

Page 278.

* *Pour le couronnement du nouvel empereur :* il s'agit de François II, neveu de Marie-Antoinette, qui succéda à son père Léopold II en 1792.

** *Le Godefroy des princes alliés :* allusion au duc de Brunswick, général en chef des armées de Prusse et d'Autriche, comparé à Godefroi de Bouillon, chef de la première croisade.

Page 279.

* *L'intrépide et vertueux d'Épréménil :* Jean-Jacques Duval d'Épréménil (1746-1794), conseiller au Parlement de Paris et député de la noblesse aux États Généraux était activement dévoué aux intérêts du roi. Le 10 août 1792, il fut violemment attaqué et blessé par les émeutiers mais, contrairement à ce qu'affirme Cazotte, il fut sauvé au dernier moment par des soldats de la garde nationale. Il devait être guillotiné le 23 avril 1794 sous l'accusation d'avoir conspiré contre la République.

** *Nouveau Marcel :* allusion à Bailly, maire de Paris, comparé à Étienne Marcel qui avait soulevé Paris contre le dauphin (le futur Charles V) en 1358.

*** *Ton auguste sœur :* il s'agit de Mme Élisabeth, née en 1764 et guillotinée en 1794. Si Cazotte lui donne une telle place c'est sans doute parce qu'elle était connue pour son extrême dévouement au roi. Par ailleurs Cazotte ne cache pas dans sa correspondance son hostilité aux frères de Louis XVI et semble également manifester une certaine méfiance vis-à-vis de Marie-Antoinette.

Lettres

NOTICE

La correspondance de Cazotte éclaire à la fois sa biographie et sa personnalité. Nous avons choisi de publier ici six des quarante lettres écrites par l'auteur entre le 1er janvier 1789 et le 28 juillet 1792. En effet, les lettres rédigées à la Martinique entre 1748 et 1759 se rapportent toutes à la vie professionnelle de l'auteur, tandis que pour les trente années qui séparent le retour du conteur en France du début de la Révolution, nous ne possédons que cinq lettres autographes. En revanche, les nombreuses lettres écrites par Cazotte durant les quatre dernières années de sa vie sont les plus riches en notations personnelles. Elles sont extrêmement précieuses pour comprendre non seulement l'engagement politique de l'écrivain, mais aussi ses convictions religieuses, voire son mysticisme, sans parler de rares confidences sur son œuvre passée et sur son initiation au martinisme. Certains de ces textes nous paraissent manifester un réel talent littéraire tant par la chaleur du ton polémique que par l'intensité parfois poignante des doutes et des certitudes de l'homme, confronté à une situation historique qui met en cause les valeurs fondamentales auxquelles il a toujours été attaché.

L'essentiel de ces pièces est constitué par la correspondance adressée par Cazotte à son ami Pouteau, secrétaire de l'intendant de la liste civile, Arnault de Laporte. Cette correspondance, à l'exception d'une seule lettre (celle du 8 juillet 1789, qui est inédite), a été imprimée en 1792 sur l'ordre de l'Assemblée nationale.

Nous avons maintenu dans ces lettres l'orthographe de l'époque.

NOTES

Page 283.

* *Pierry, 8 juillet 1789 :* lettre inédite. Il s'agit de la première lettre, qui nous soit parvenue, de Cazotte à son ami Pouteau, qui devint secrétaire de l'intendant de la liste civile, une fois cette redevance annuelle votée par l'Assemblée nationale.

Cette lettre montre bien où vont les sympathies de l'écrivain. Pour Cazotte, corriger les abus du temps implique non pas une structure différente du pouvoir, mais un renforcement de la monarchie et un retour aux lois du passé, attitude réactionnaire au sens strict du terme.

** *M. Moreau :* il est possible que Cazotte fasse allusion à Jacob Nicolas Moreau, auteur d'une *Exposition et défense de la constitution monarchique de la France,* publiée en février 1789 (cf. Jacques Godechot, *La Contre-Révolution,* P.U.F., 1961, p. 18-20). Voir également notre préface, p. 27.

Page 284.

* *Biens nationaux :* en août 1791, il s'agit seulement des biens ecclésiastiques qui, après avoir été réunis à ceux du domaine royal, avaient été rendus à la nation. Les biens nationaux servaient de garantie hypothécaire aux assignats.

** *Bâtard :* il s'agit de Louis-Philippe Joseph, duc d'Orléans depuis 1785. Il fit arrêter en 1791 par le conseil général de la commune de Paris que le nom d' « Égalité » serait désormais porté à perpétuité par sa famille. Condamné par le tribunal révolutionnaire, il fut exécuté le 6 novembre 1793.

*** *Le disciple d'Élizée :* Élie et Élisée furent les premiers grands prophètes juifs (cf. premier et deuxième livres des *Rois*). Il est difficile de savoir à quel disciple d'Élisée fait allusion Cazotte. Peut-être pense-t-il à Naaman, qui fut guéri de la lèpre par le prophète (deuxième livre des *Rois*, V).

**** *Luc Gaurik* (1476-1558) était un mathématicien et un astrologue. Il gagna l'estime des papes Jules II, Léon X, Clément VII, Paul III et fut nommé en 1545 évêque de Civita-Ducale. Ses œuvres furent publiées en 1575 sous le titre de *Opera omnia*. Catherine de Médicis, femme d'Henri II (branche des Valois-Angoulême), fut reine de 1547 à 1559. Elle eut effectivement recours au talent d'astrologue de Luc Gaurik qu'elle consultait fréquemment, mais rien ne prouve qu'elle lui fit maudire les Bourbon, sinon les « preuves » auxquelles Cazotte fait allusion.

Page 285.

* *Sans scavoir ce qu'elles font, qu'après coup :* jusqu'en 1825, la manufacture des Gobelins utilisa parallèlement les métiers à basse lisse et les métiers à haute lisse. Dans le second cas (et longtemps aussi dans le premier), l'ouvrier tissait la chaîne à l'envers et ne pouvait donc juger de son travail que lorsqu'il était achevé.

** *Balaam :* « laissant le droit chemin, ils se sont égarés pour suivre le chemin de Balaam, fils de Béor, qui aima un salaire d'injustice; mais son méfait lui fut démontré : une bête de somme sans voix parla avec une voix d'homme et empêcha la démence du prophète » (*Deuxième Épître de Pierre,* 15-16). Cf. aussi *Apocalypse,* II, 14 et *Nombres,* XXII-XXIV.

*** *Faire ma tapisserie :* reprise de l'allusion aux Gobelins.

**** *Faux principes :* allusion à la Déclaration des droits de l'homme et du citoyen adoptée par l'Assemblée constituante le 26 août 1789.

Page 286.

* *La perte de la France :* il s'agit de la Constitution de 1791.

** *A Épernay :* allusion à l'attitude du roi conspué par la foule à Épernay, le 23 juin 1791, le lendemain de son arrestation à Varennes.

*** *Pseautier :* le psautier désignait aussi bien un recueil de psaumes qu'un grand chapelet à cent cinquante grains.

**** *Je cours à mes pinceaux :* Cazotte précisera au cours de son interrogatoire qu'il passait la plupart de ses journées « dans son cabinet à dessiner »; nous savons qu'il peignait et qu'il possédait une collection de tableaux.

***** *Les tristes épopées de Durosoy :* Barnabé Parmian de Rosoy, dit Durosoi (1745-1792), connu par son abondante et médiocre production littéraire, fonda en 1789 *La Gazette de Paris,* journal vivement opposé à la Révolution et qui devait disparaître après le 10 avril 1792. Durosoi mourut sur l'échafaud en août 1792.

Page 287.

* *Le Mercure :* le *Mercure de France* avait été fondé en 1672 par Visé. En 1778, Panckoucke obtint le privilège de ce journal qu'il divisa en deux parties : *Mercure de France* proprement dit, essentiellement littéraire, et *Mercure historique et politique* rédigé depuis 1784 par Jacques Mallet du Pan, journaliste royaliste (1749-1800).

** *Traité de Pilnitz :* à la suite de la rencontre au château de Pilnitz, le 24 août 1791, entre l'empereur d'Allemagne Léopold II et le roi de Prusse Frédéric-Guillaume, entrevue à laquelle assistaient plusieurs émigrés français, une déclaration commune fut signée par les deux souverains; ils réclamaient en particulier la pleine liberté de Louis XVI et la dissolution de la Constituante.

*** *Mon système :* comme nous l'avons vu, Cazotte fit partie trois ans de l'ordre martiniste, mais il s'en retira vers 1781. Le « système » auquel il fait ici allusion est en fait le catholicisme, comme on peut le vérifier à maintes reprises dans sa correspondance.

**** *A notre secours :* ici transparaît nettement l'espoir de Cazotte, déjà exprimé quelques lignes plus haut, qu'une intervention divine permettra de redresser une situation qu'il juge dangereusement compromise.

***** *L'assemblée nationale :* il s'agit de l'Assemblée législative qui succéda à la Constituante, du 30 septembre 1791 au 22 septembre 1792.

Page 288.

* *Toutes les républiques de France :* allusion probable aux quatre-vingt-trois départements créés par la Constituante en 1790.

** *La constitution :* la constitution de 1791, précédée de la Déclaration des droits de l'homme et du citoyen, avait été acceptée le 13 septembre par Louis XVI.

*** *Maréchaussées :* troupes à cheval chargées de veiller à la sûreté publique sous l'Ancien Régime. Elles furent dissoutes le 21 décembre 1790 et remplacées par la gendarmerie nationale.

**** *Parti de la droiture :* les comptes rendus de *La Gazette de Paris* opposent régulièrement le « côté gauche » de l'Assemblée nationale et le « côté de la droiture » constitué par les royalistes.

***** *Worms :* ville du grand-duché de Hesse-Darmstadt où les émigrés français se rassemblèrent en 1791.

Page 289.

* *Brissot, Fauchet, Condorcet* sont tous trois députés à l'Assemblée législative, et font donc partie, dans le langage polémique de Cazotte, de la tourbe du Manège (lieu dans lequel se tenaient les séances de cette assemblée).

** *Numéros à deux liards :* Cazotte s'efforçait, comme beaucoup d'autres royalistes, de faire connaître le *Journal à deux liards,* violemment hostile à la Révolution.

*** *Le fiacre empoisonné par M. Thourette :* allusion à une anecdote d'une vulgarité à la limite du scatologique rapportée par le *Journal à deux liards* et concernant M. Thourette, diminutif possible, dans une perspective polémique, de Jacques-Guillaume Thouret qui fut trois fois président de la Constituante en 1790 et rapporteur de la constitution de 1791.

**** *Le prince de Condé* avait rassemblé à Coblentz plusieurs groupes d'émigrés; ils constituèrent une petite armée dont il fut nommé général en chef.

Page 290.

* *A Dunkerque :* le *Journal à deux liards* (4e mois, nº 18) fait allusion, sans préciser davantage, aux atrocités commises à Aubagne et à Dunkerque. Le *Journal de Paris* du 31 mars 1792 évoque le sort de M. Holles, « négociant à Dunkerque, ruiné lors des derniers troubles par le pillage de ses propriétés ».

** *Les monones :* le terme ne se trouve dans aucun des dictionnaires de l'époque que nous avons consultés. Il pourrait s'agir d'une erreur typographique pour « monstres ».

*** *Héros dormeur :* il s'agit de La Fayette.

**** *Les lettres que nous recevons d'Allemagne :* il est probable que ces lettres sont adressées à Cazotte par son fils cadet Simon-Henri (né en 1765).

Page 291.

* *La révolte de Noyon :* à la fin de 1791 et au début de l'année suivante, des émeutes se produisent à Noyon et plus encore à Ourscamp (à quelques kilomètres de Noyon), par suite de la hausse des cours des denrées alimentaires.

** *Ay :* petite ville de Champagne, sur la rive droite de la Marne.

*** *Pierri :* « Pierry en Champagne, diocèse de Rheims, parlement de Paris intendance de Châlons, élection d'Épernay. On y compte 50 feux y compris ses dépendances. Cette paroisse est à 1/2 lieue S.S.O. d'Épernay » (Expilly, *Dictionnaire géographique, historique et politique*). Cazotte habitait Pierry depuis 1760.

Page 292.

* *Le duc de Biron :* Armand-Louis de Gontaut, duc de Lauzun, devint duc de Biron en 1788 à la mort de son oncle. Confident du duc d'Orléans et vivement hostile à la cour, il fut chargé d'une mission à Londres avec Talleyrand.

** *J'ai reçu le troisième mois :* il s'agit de l'ensemble des trente numéros du *Journal à deux liards* correspondant au troisième mois de cette publication.

*** *L'héroïque journée du mercredi :* le mercredi 20 juin 1792 eut lieu une violente manifestation contre Louis XVI, pour protester contre le renvoi de plusieurs ministres girondins et contre le refus de sanctionner deux décrets votés par l'Assemblée. Cette journée est qualifiée par Cazotte d'héroïque par référence à l'attitude du roi qui ordonna d'ouvrir les portes du château des Tuileries, but à la santé de la nation, mais refusa de céder.

Page 293.

* *Le duc d'Orl... :* après les journées d'octobre 1789, le duc d'Orléans avait effectué un voyage en Angleterre et il était accusé d'entretenir l'agitation grâce à l'argent emprunté à Londres.

** *Il tomba les quatre fers en l'air :* il ne nous a pas été possible de déterminer à quel événement Cazotte fait ici allusion.

*** *Promoteur en chef de toutes les disgrâces de l'homme, ici et ailleurs :* allusion à Satan. On retrouve l'explication mystique de la Révolution, qui sera également celle de Joseph de Maistre.

Page 294.

* *Achab :* l'humiliation d'Achab devant Iahvé est rapportée dans le premier livre des *Rois,* XXII, 27-29.

** *L'auguste, la céleste Elizabeth :* Mme Élisabeth (1764-1794), sœur de Louis XVI, était célèbre par sa grâce et sa beauté.

*** *La Fayette :* La Fayette était avec Rochambeau et Luckner l'un des trois généraux à la tête de l'armée française.

**** *Il est lié :* dans le langage mystique, « lié » signifie « rendu inoffensif » par une action spirituelle.

Page 295.

* *Il effacera la gloire de Salomon :* cf. premier livre des *Rois,* XI, 4-14.

Page 296.

* *Je consigne ma lettre aux gardiens incorruptibles :* le sens mystique de cette formule apparaît clairement dans les précisions apportées par l'écrivain à ses juges : « ayant entendu dire que l'on décachetait les lettres, il avait cru devoir confier la sienne à la surveillance des anges ».

** *Pour que le secret n'en soit pas violé :* ici figure, de la main de Cazotte, le signe suivant : †.

*** *Puiser dans les sources :* allusion probable aux Écritures, déjà citées dans la lettre précédente comme « seul contrepoison de toutes les rêveries philosophiques ».

**** *Le rossignol de Carat :* il s'agit des *Annales politiques,* journal révolutionnaire dont Jean-Louis Carra (1743-1793) était le rédacteur.

Page 297.

* *Les pièges de la métaphysique :* Cazotte s'en prend ici aux docteurs en théologie qu'il accuse, semble-t-il, de s'être laissés tenter par le rationalisme; il faut comprendre le terme de « métaphysique » au sens que lui donne l'*Encyclopédie* de « science des raisons des choses ».

** *Être de l'un ou de l'autre parti :* c'est-à-dire pour Dieu ou pour Satan.

Page 298.

* *Des francs-maçons :* cette violente hostilité à la franc-maçonnerie s'explique sans doute par la certitude que nourrit Cazotte d'un complot révolutionnaire fomenté à l'échelle européenne par la franc-maçonnerie.

** *Ne quid nimis :* empruntée à l'origine aux Grecs, cette formule latine (littéralement « rien de trop ») paraît signifier dans le contexte de cette lettre que Scévole doit être en garde contre tout excès.

Page 299.

* *Misericordias domini quia non sumus consumpti :* il semble qu'il

s'agisse du début du Psaume LXXXIX *Vulgate,* LXXXVIII) intitulé « Les grâces de Iahvé » : *Misericordias Domini in aeternum cantabo.* Ce texte ne comporte pas, toutefois, la subordonnée citée par Cazotte, mais d'autre part aucun des psaumes ne contient la citation intégrale : il s'agit probablement d'une confusion de la part de l'écrivain.

** *Nisi dominus erat nobis :* début du Psaume CXXIV *Vulgate,* CXXIII) intitulé « Reconnaissance pour l'intervention de Iahvé » :
« Si Iahvé n'avait pas été pour nous —
qu'Israël le dise ! —
Si Iahvé n'avait pas été pour nous,
quand les hommes se levèrent contre nous,
ils nous auraient avalés vivants,
dans l'ardeur de leur colère contre nous. »

Le texte latin donne : *Nisi Dominus fuisset in nobis.*

*** *In convertendo dominus captivitatem Sion :* cette citation ne figure pas telle quelle dans les Psaumes. Il semble que le texte qui s'en rapproche le plus soit celui du Psaume LIII *Vulgate,* LII), verset 7 :
« Qui donnera que de Sion vienne le salut d'Israël ?
Quand Élohim ramènera les captifs de son peuple.
Jacob jubilera, Israël se réjouira. »

**** *Je vous aime et vous embrasse de tout mon cœur :* cette lettre est la dernière qui nous soit parvenue de la correspondance de Cazotte.

INDICATIONS BIBLIOGRAPHIQUES

I. PRINCIPALES ÉDITIONS DES ŒUVRES DE JACQUES CAZOTTE

1741. *La Patte du chat. Conte zinzimois*. Tilloobalaa [Paris], s. éd.

1742. *Les Mille et Une Fadaises. Contes à dormir debout. Ouvrage dans un goût très moderne*. A Baillons, chez l'Endormy, à l'image du ronfleur.

1753. *La Guerre de l'Opéra. Lettre écrite à une dame en province, par quelqu'un qui n'est ni d'un coin, ni de l'autre*. S.l., s. éd. *Observations sur la lettre de Jean-Jacques Rousseau au sujet de la musique française*. S.l., s. éd.

1763. *Ollivier, poème*. S.l., s. éd. 2 tomes en 1 vol.

1766. *La Nouvelle Raméide, poème. Revu, corrigé et presque refondu par M. Rameau, fils et neveu de deux grands hommes qu'il ne fera pas revivre*. Amsterdam, s. éd.

1767. *Le Lord impromptu, nouvelle romanesque*, traduite de l'anglais. Amsterdam, Arkstée et Merkus; et en vente chez Dehansy le Jeune à Paris. 2 parties en 1 vol.

1768. *Les Sabots, opéra comique en un acte, mêlé d'ariettes. Par MM. C. et Sedaine. Représenté pour la première fois par les comédiens italiens ordinaires du roi, le mercredi 26 octobre 1768*. Paris, Cl. Hérissant.

1772. *Le Diable amoureux, nouvelle espagnole*. Naples [Paris, A. Lejay]. Six planches gravées par Moreau d'après des dessins de Clément-Pierre Marillier et une planche de musique de « Hélas quelle est ma chimère ».

1776-1788. *Œuvres badines et morales de M.****. 3 vol.

t. 1 : A Amsterdam et se vend à Paris, chez Esprit, libraire de S.A.S. Mgr le Duc de Chartres, au Palais-Royal, 1776.

A Madame Bertin (épître); Préface; Ollivier, poème; le Plaisir, conte moral; Aventure du pélerin.

t. 2 : Œuvres badines et morales de M. C***, 1776. Le Lord impromptu, nouvelle romanesque; Avis de l'éditeur; le Diable amoureux, nouvelle espagnole; Épilogue du Diable amoureux.

t. 3 : 1re partie : Œuvres badines et morales de M. C*** dédiées à MM. de l'Académie de Dijon. A Lausanne et se trouve à Paris chez la veuve Esprit, au Palais-Royal, 1788. A MM. de l'Académie des sciences et belles-lettres de Dijon, épitre dédicatoire; Fables et contes allégoriques.
2e partie : Œuvres badines et morales de M. C*** dédiées à Madame Bertin. A Lausanne et se trouve à Paris chez la veuve Esprit, au Palais-Royal, 1788. A Madame Bertin; Le Fou de Bagdad, ou les Géans, conte ante-diluvien; L'Honneur perdu et recouvré en partie et revanche, ou Rien de fait, nouvelle héroïque; la Belle par accident, conte de fées; Avertissement; la Guerre de Genève, chant Ier; la Voltériade, poème; Argument des sept chants de la Voltériade; la Voltériade, poème.

1788-1789. *Suite des Mille et Une Nuits, contes arabes*. Genève, Barde, Manget et Cie; Paris, rue et hôtel Serpente. 4 vol. (Le Cabinet des fées, ou Collection choisie des contes de fées, et autres contes merveilleux, ornés de figures, t. 38-41.)

1816-1817. *Œuvres badines et morales, historiques et philosophiques* de Jacques Cazotte. Paris, J.-F. Bastien. 4 vol. 1re édition complète.

t. 1 : 1816. Notice historique sur Cazotte; Prophétie; Correspondance; Songe de 1791; Révélations; Procès de Vulcain; Ollivier; le Diable amoureux.

t. 2 : 1816. L'Honneur perdu et recouvré en partie et revanche, ou Rien de fait, nouvelle héroïque; la Belle par accident, conte de fées; Histoire de Maugraby, ou le Magicien; les Mille et Une Fadaises.

t. 3 : 1816. Le Lord impromptu, nouvelle romanesque; la Patte du chat, conte zinzimois; Fables (précédées d'une Dédicace à MM. de l'Académie des sciences et belles-lettres de Dijon); Rachel, ou la Belle juive, nouvelle historique espagnole; Fables allégoriques; le Fou de Bagdad, ou les Géans, conte ante-diluvien; la Guerre de Genève; la Voltériade; la Nouvelle Raméide; le Roi de Foule-Pointe; les Sabots, opéra-comique.

t. 4 : 1817. Le Calife voleur; Histoire d'Halechalbé et de la dame inconnue; Histoire d'Habib et de Doratil-Goase, ou le Chevalier; Histoire de Bohetzad et de ses dix visirs; le Pouvoir du destin; Histoire de Sinkarib et de ses deux visirs; Aventures de Simoustapha et de la princesse Ilsetilsone; l'Amant des étoiles.

1965. *Le Diable amoureux,* in *Romanciers du XVIIIe siècle.* Textes établis, présentés et annotés par Marguerite du Cheyron. Préface d'Étiemble. Paris, Gallimard. (Bibliothèque de la Pléiade, 178.) T. 2, p. 303-378.

1974. *Le Diable amoureux et autres écrits fantastiques.* Avant-propos d'Henri Parisot. Paris, Flammarion. (L'Age d'or, 15.) Contient, outre *Le Diable amoureux : Enguerrand et Strigilline, Mon songe de la nuit du samedi au dimanche de devant la Saint-Jean 1791.*

1976. *Œuvres badines et morales, historiques et philosophiques.* Hildesheim, New York, G. Olms Verlag. 4 vol. Réimpression de l'édition Bastien de Paris, 1816-1817.

1978. *Le Diable amoureux.* Préface de Jorge Luis Borges. Paris, Retz-Ricci (impr. en Italie). (La Bibliothèque de Babel.)

1980. *Le Diable amoureux,* présenté par Max Milner. Paris, Garnier-Flammarion.

II. OUVRAGES GÉNÉRAUX

BESSIÈRE (Irène). *Le Récit fantastique. La Poétique de l'incertain,* Paris, Larousse, 1974.

CASTEX (Pierre-Georges). *Le Conte fantastique en France de Nodier à Maupassant.* Paris, Corti, 1951.

CAZOTTE (Jacques-Scévole). *Témoignage d'un royaliste.* Paris, A. le Clère, 1839.

CAZOTTE (Jacques-Scévole). *Témoignage spiritualiste d'outre-tombe sur le magnétisme humain.* — Paris, 1860. Contient : « Le Somnambulisme magnétique devant un chrétien ».

DARNTON (Robert). *Mesmerism and the end of the enlightenment in France.* Cambridge (U.S.A.), Harvard University Press, 1968.

DÉCOTE (Georges). *L'Itinéraire de Jacques Cazotte : de la fiction littéraire au mysticisme politique.* Paris, Arma Artis, 1981.

DÉCOTE (Georges). *Édition critique de la correspondance de Jacques Cazotte* (à paraître).

FAIVRE (Antoine). *L'Ésotérisme au XVIIIe siècle : en France et en Allemagne.* Paris, Seghers, 1973.

HAUTEFEUILLE (Anne-Albe, Comtesse Charles de), sous le pseudonyme d'ANNA-MARIE. *La Famille Cazotte.* Paris, Passard, 1847.

MILNER (Max). *Le Diable dans la littérature française, de Cazotte à Baudelaire (1772-1861).* Paris, Corti, 1960. 2 vol.

NERVAL (Gérard de). Préface de l'édition du *Diable amoureux.* Paris, Ganivet, 1845. Reprise dans *Les Illuminés.* Paris, Victor Lecou, 1852. Réédition des *Illuminés* par Max Milner. Paris, Gallimard, 1976. (Coll. Folio.)

NODIER (Charles). « Monsieur Cazotte », *Revue de Paris,* décembre 1836. Repris dans les *Contes* de Nodier édités par Pierre-Georges Castex. Paris, Garnier, 1961.

RICHER (Jean). *Aspects ésotériques de l'œuvre littéraire,* Paris, Dervy-Livres, 1980.

RIEGER (Dietmar). *Jacques Cazotte, ein Beitrag zur erzählenden Literatur des 18. Jahrhunderts.* Heidelberg, C. Winter, 1969. (Studia romanica, 15.)

SCHNEIDER (Marcel). *La Littérature fantastique en France.* — Paris, Fayard, 1964. (Les Grandes études littéraires.)

SHAW (Edward Pease). *Jacques Cazotte (1719-1792).* Cambridge, Harvard University Press, 1942. (Harvard studies in romance languages, vol. XIX.)

TODOROV (Tzvetan). *Introduction à la littérature fantastique.* Paris, Seuil, 1970.

VAX (Louis). *La Séduction de l'étrange, étude sur la littérature fantastique.* Paris, P.U.F., 1965. (Bibliothèque de philosophie contemporaine.)

VIATTE (Auguste). *Les Sources occultes du romantisme. Illuminisme, théosophie, 1770-1820.* Paris, H. Champion, 1928. 2 vol.

III. ARTICLES

DÉCOTE (Georges). « Logique et fantastique dans *Le Diable amoureux* », *Revue des sciences humaines,* juillet-septembre 1965, p. 305-317.

DÉCOTE (Georges). « Note sur l'initiation de Jacques Cazotte », *Dix-Huitième Siècle,* 1972, p. 229-236.

FABRE (Jean). « Jean Potocki, Cazotte, et le roman noir », *Cahiers de Varsovie,* 1975, n° 3 : Jean Potocki et le manuscrit trouvé à Saragosse (Actes du colloque organisé par le Centre de civilisation française de l'université de Varsovie, avril 1972), p. 139-169.

FLEURANT (Kenneth J.). « Mysticism in the age of reason :

Jacques Cazotte and the demons », *French review*, vol. XLIX, 1975, nº 1, octobre, p. 68-75.

MARIANI (G.). « Un transfuge de l'illuminisme au XVIIIe siècle : Jacques Cazotte », *Revue internationale des sociétés secrètes*, 1931, t. XX, nº 28, 12 juillet 1931, p. 717-726.

MONNIER (Philippe). « Jacques Cazotte et ses éditeurs genevois : contribution à l'histoire de ses dernières œuvres », *Revue d'histoire littéraire de la France*, t. 74, 1974, nº 1, janvier-février, p. 36-49.

MORAND (Paul). « Le Dernier Dîner de Cazotte », *Revue de Paris*, septembre 1959, p. 36-45. Repris dans *Nouvelles des yeux*. Paris, Gallimard, 1965.

PECK (Louis F.). « The Monk and le Diable amoureux », *Modern language notes*, LXVIII (t. 68), juin 1953, p. 406-408.

PORTER (Laurence M.). « The seductive Satan of Cazotte's *Le Diable amoureux* », *L'Esprit créateur*, été 1978, vol. XVIII, nº 2 : The Occult in literature, p. 3-13.

RICHER (Jean). « L'ésotérisme du *Diable amoureux* », *Cahiers de la tour Saint-Jacques*, 2e, 3e et 4e trimestres 1960.

STAROBINSKI (Jean). « Jacques Cazotte's *Le Diable amoureux* and the structure of romance », *Symposium*, automne 1977, p. 231-242.

VERNIÈRE (Paul). « Un aspect de l'irrationnel au XVIIIe siècle : la Démonologie et son exploitation littéraire », in *Studies in XVIIIth-century culture : Irrationalism in the XVIIIth century*, vol. 2. Cleveland; London, H. E. Pagliaro, 1972, p. 289-302.

Impression S.E.P.C. à Saint-Amand (Cher),
le 27 octobre 1993.
Dépôt légal : octobre 1993.
1er dépôt légal dans la collection : mars 1981.
Numéro d'imprimeur : 2513.
ISBN 2-07-037272-3./Imprimé en France.

66970